右：謝冰瑩女士（文見十五頁）
上：何容先生（文見第一頁）

上：韋瀚章先生（文見四一頁）
左：郭水潭先生（文見六三頁）

陳紀瀅先生（文見八五頁）

陳火泉先生（文見一一七頁）

下：何凡先生（文見一五五頁）

左：楊熾昌先生（文見一三五頁）

右：龍瑛宗先生（文見一六五頁）
下：巫永福先生（文見一八五頁）

趙友培先生（文見二〇一頁）

王文漪女士（文見二三一頁）

林芳年先生（文見二四九頁）

楊乃藩先生（文見二六三頁）

右：張秀亞女士（文見二九三頁）
上：琦君女士（文見二八一頁）

筆墨長青

十六位文壇耆宿

文訊叢刊⑨

行政院新聞局策劃・文訊雜誌社主編

序

■邵玉銘

近年來，我們社會中常有一種慨嘆，認爲當前只重物質不重文化，以致經濟猛然起飛，文化却仍然落後。

其實橫剖縱觀，仍然可看出：我們在精神文明上已有長足的進步，不可一筆抹殺。只因文化無法立竿見影，影響力是漸近的，一般人較難感覺到文化的脈動。

今天建一座水庫，明天修一條公路，後天開一個港口，大後天蓋一間工廠，有形的「無中生有」，人人看得到，而且極可能立刻承受其利，感受十分明顯。文化則不然，誠如十年樹木百年樹人，一個社會的風習，一個民族的氣質，要三五十年以上才能漸次成長，而這數十年間，需要多少靈慧的腋集，才智的凝聚，水準才得以提升，漸漸顯現其光華。

近半個多世紀來，我國文藝界有重大的改變。如今，俊彥爭麗，燦耀奪目，老、中、青各領風騷，充分看得出半個多世紀以來，瓜緜傳承。

學術界亦復如是，青年學者輩出，這何嘗不是數十年來，偉岸前輩之啓迪領引？

筆者束髮受業，迄今四十年，受教於多位學術界及文藝界大師，雖宮牆九仞，未能窺其一二，仍然孺慕景仰不已。自七十六年四月到任行政院新聞局服務，有更多機會親炙學界及文藝界耆老，更深爲敬服。並且領悟：這麼多文化人，一步步立下我國文化的里程碑。

念及何不趁他們筆健，彙成專集？而民國七十二年七月起，「文訊」雜誌曾系列介紹文藝界、學術界前輩生平與作品，迄今五年，尚未成專書，殊爲可惜。因此特別情商「文訊」編輯部，整理彙集，並請各位前輩自選一篇代表作。

「智慧的薪傳」共輯有錢穆、曾虛白、任卓宣、蘇雪林、臺靜農、鄭騫、楊雲萍、王集叢、潘重規、王夢鷗、黃得時、高明、胡秋原、史紫忱、周策縱十五位學術界大師之作品、傳記。

「筆墨長青」則錄有何容、謝冰瑩、韋瀚章、郭水潭、陳紀瀅、陳火泉、楊熾昌、何凡、龍瑛宗、巫永福、趙友培、王文漪、林芳年、楊乃藩、琦君、張秀亞等十六位文藝大家之生平與代表作。

三十一位雖然不能囊括全部文化界前輩，但他們各有風範與代表性。值此五四運動七十周年前夕，出版「筆墨長青」、「智慧的薪傳」專輯，希望確實紀錄印證半個世紀來文化界的耕耘成果。

對於三十一位學術界文藝界前輩，謹致謝忱，也特別感佩「文訊」雜誌編輯羣五年來之努力與苦心。

（民國七十八年三月）

目錄

●**何容**，本名何兆熊，字子祥，民前九年生，河北省深澤縣人。北京大學英文系畢業，民國十八年以何容爲筆名馳名文壇，從事語文教育五十餘年。曾任師範大學教授、國語推行委員會委員、中國語文學會常任理事等職，現任國語日報董事長。三十八年以前作品多爲一般性文學作品，來台後作品均爲語文、文法之專論。著有專書「中國文法論」、「從頭談起」、「何容文集」等。

■封德屏

有容乃大‧無欲則剛

國語大師何容先生

何容先生本名何兆熊、字子祥、號談易。民前九年生。河北省深澤縣小堡村人。民國十八年以筆名何容馳名文壇，從此「何兆熊」本名反而不彰。國立北京大學英文系畢業。從事語文教育工作五十餘年，曾任師範大學教授、國語推行委員會主任委員、中國語文學會常任理事等職，現任國語日報董事長。民國三十八年以前作品發表在論語、宇宙風、人間世、文化先鋒等雜誌上，多為一般性文學作品；來臺後作品均為語文、文法之專論，發表在國語周刊、中國語文等雜誌上。

●語言的天賦

何容是在小堡村的私塾裏接受的啓蒙教育，七歲時，入縣城高等小學堂。那時他年幼身矮，全班排隊，他站排尾。記憶最深刻的是教數學的曹老師，教得好，但對學生十分嚴厲。有一次何容被叫到講臺上演算習題，冬天天氣嚴寒加上緊張過度，竟尿濕了整條大棉褲而不敢出聲。可是自此打下很好的數學根基，讀大學時曾一度考慮攻讀理科。

他自小就有語言天賦，對本縣各村莊方言土話，都耳熟能詳，模仿得惟妙惟肖。民國五年，何容十四歲，高等小學畢業，入深澤縣立師範講習所，講習一年，畢業後並沒有去當教員，因爲生病，在家待了一年。民國七年，考入直隸省立甲種水產實業學校，該校分製造、漁撈、養殖三科，何容讀的是製造。他是第六屆的畢業生，而張寶樹先生是同校第二屆畢業的學長。民國十一年秋畢業，投考北大及師大均未考上，於是單槍匹馬北上，住在當時所謂的「住家公寓」(長期客棧)中，苦讀了整整一年。民國十二年九月，終於考上北京大學預科乙班英文班，同期的同學有洪炎秋、王煥斗(老向)。

民國十五年，何容大學二年級，因爲張作霖的軍隊從東北入關控制了北方政府，局勢很亂，學校停課。何容休學南下，參加北伐的國民革命軍，後來打到河南省境，回武漢後又轉到別的部隊。論語第四十九期上有一張何容著軍服的照片，他說：「那是民國十五年冬天，在武昌黃鶴樓照的，軍服上的符號『十一A』是第十一軍，我是國民革命軍第十一軍第十師三十團第九、十連的連指導員。」對於這段鮮爲人知的歷史，何容寫了一首短詩：「照得照片一張，久已陳設在案，那是從前的我，莫當現在看待。」

離開部隊，民國十八年回北平復學。十九年四月他寫了一本「政治工作大綱」。許多人都以爲這是一本政治理論叢書，但何容說：「這是一篇幽默作品，很嚴肅的幽默作品。」論語第一期的書評，韓慕孫就介紹這本書，周作人也曾爲文介紹：「……這是一本近來少有的好書，我一拿到手從頭至尾看了一遍，沒有一行跳過不讀。……我稱讚這本書的緣故是很簡單的，便是他能將政治工作的大綱簡明地說給我們知道。著者是專攻標語學的，……這回他根據了多年的經驗與研究，把以標語口號爲中心的各項工作，有條不紊地寫成一本書，的確如著者所說：『自黨國成立以來，這類著作似乎還不甚多見。』……」可惜這本書留在北平，臺灣怎麼也找不著一本。

●師承林語堂

在北大英文系五年中（休學一年），他第一年及最後一年上了林語堂先生的課。林語堂對他的幾篇英文作文有很好的評語。其中有一篇是論幽默與滑稽，批的是"Good, Good idea"另外一篇 Foward of China，是當年何容走過贛南、瑞金一帶，親身經歷共產黨暴亂的狀態，林語堂先生非常欣賞。此外有一篇批評所謂爭自由大同盟的作文，林先生認爲他的見解很對。何容在「我的老師林語堂」一文中曾寫到：「我稍爲懂得一點語音學，就是林老師給我講過的英語語音學的基礎。……在他教的我們那一班裏，我並不是一個高材生，他不曾把我視爲『得意門生』。直到『論語』出版，第一期的書評，就是評我的『政治工作大綱』，因而引起了我投稿的動機，我的白話文才博得他的讚賞。……在一篇講『怎樣洗鍊白話入文』的文字裏，他曾提到三個人，何容是其中之一。我當然也難免得意，雖然並沒有忘形。」（刊「傳記文學」二八卷六期）

此後，何容除了經常在「論語」上發表文章，也常投稿給「宇宙風」及「人間世」。

●投身語文教育工作

民國十九年，何容大學畢業，次年任教育部統一籌備委員會「駐會委員」一職，並擔任成舍我創辦的「世界日報」副刊「國語周刊」的總校對。除了編報紙外，他在國語統一籌備會還做了不少工作，例如到各校講授國語文法，並開辦「國語師資訓練班」。自此之後，何容始終全心投入並堅守這個崗位，他說：「提起我推行國語的工作，並不是我立志要推行國語，而是擔任了這種工作後，才立志的。……爲了工作，不得不盡力求知，知道得越多，就越有興趣。所謂興趣大概就是這樣產生出來的。」因此，古今中外各國語文及文法的書籍、參考資料，他都盡量蒐集。

民國二十四年，北大羅莘田、魏建功兩人向胡適建議邀何容到北大講授「中國文法」一課，胡適欣然應允。民國二十六年寫成「中國文法論」乙書，大部分是當年在北大的教材，重新寫過，再加上些新的資料，民國三十一年，由開明書局印行。到臺灣後已發行到第六版了。與他相識、相知已逾一甲子的前師大教授王子和，特別推崇他這本「中國文法論」，認爲是一本劃時代之作，可成一家而言，與馬氏文通、黎紹熙的「國語文法論」是中國語言科學方面具有代表性的三本著作。

八年抗戰勝利，臺灣一光復，廢止了日本統治的代殖民奴化的日文日語教育，恢復祖國語文的教學。當時的臺灣行政長官公署，向教育部借調推行國語推行國語教育人材。何容此時擔任委員會的專任委員，在重慶的工作不是輕易可以離開的。但是爲了更重要的工作——推行國語運動，他毅然決定前來臺灣。

●何容與國語運動

民國三十五年一月十六日，何容抵達臺灣。他與伙伴們隨即展開了推行國語的工作。首先他們倡導恢復母語，即原來説閩南語的説閩南語，説客家話的説客家話；接著開始向國民學校進軍，輔導國語教學、解決國語的各種問題，設立國語講習班，繼而推廣到各機構：如省政府公務員國語進修班，臺灣銀行員工國語班。隨後，自動請求輔導國語進修的團體，越來越多。何容是來者不拒，有求必應。後來又向各縣市推展，直推行到山地各村落。爲造就國語教育人才，在師範大學創立了國語專修科，爲使臺灣民衆都能得到學習國語的機會，他們在臺灣廣播電臺，開了一個國語教學節目。於是整個臺灣，都掀起學習國語的熱潮。

民國四十四年十一月十三日，美國之音廣播自由中國推行國語的辦法和成績。廣播的頭幾句話是這樣的：「自由中國在國語教育推行方面，有非常大的成就，尤其在臺灣這個說閩南語的地區，曾經受過日本廢棄中國語文的五十年統治，我們現在臺灣碰到二十歲以下的臺灣青年，不論男女，可以說百分之百能夠說國語，二十歲以上的人，能夠說國語的比率差些，但也在一年年提高。這些都要歸功於臺灣省國語推行委員會的努力……」。

民國四十八年，臺灣省國語推行委員會在歸併爲省教育廳內部的一個單位後，何容被降爲國語推行委員會的副主任委員。許多人爲他抱屈，但他絲毫不受影響，仍然過著平常的日子。這時，當初爲推行國語而辦的「國語日報」，在何容與幾位開拓者的努力之下，已略見規模。

儘管他在師大授課，又是中國語文學會的常務理事，又擔任國小、國中、高中國文教材的召集人。國語日報除了新聞版外，每天他仍堅持自己做最後一次校對。辦公室內，往往一人獨對孤燈。他始終認爲：「現在一般人所寫的錯別字，寫得字句不通，思想不清楚，用詞不對，其原因是在書刊報紙方面，不注意編印的責任很大。國語日報是特別對兒童和青少年有語文教育作用的報紙，因而更有責任，更要特別注意，不能疏忽，免得再造出『錯誤的基礎』，發生以訛傳訛的弊害。」

此外，民國五十年左右由省教育廳主編的「中華兒童叢書」，因在國小的推行極爲普遍，對於提高兒童讀物水準，培養兒童讀物作家及插畫家都相當有貢獻。出版已二十餘年，因爲字音、字義是何容親自校閱的，也從未被人指摘。

可惜的是，來臺以後，何容因爲工作的關係，發表的多是與國語、國語文教育、文法有關的文章，一般性的文學作品就少見了。許多人欣賞他的白話文，認爲可以媲美梁實秋先生，臺靜農教授曾經說過：「早年子祥以寫散文知名，近三十年來所寫的文章都是關於語文的問題，也可以說是語文的啓蒙工作，看來容易，寫出卻不簡單，必具學識與技巧才能深入淺出的。令人稍感惋惜的，自從子祥投身國語運動後，文學圈中少了一位散文作家，他早年的作品，深婉老鍊，詼詭而辛酸，從不搔首弄姿，媚人或自炫。」

儘管文學圈中少了一位散文作家，但他在語文教育上所貢獻的心力，已直接或間接為國家培育了不少人才。曾任美國俄亥俄州大學東亞語文系主任荆允敬博士，原是中央政治學校（國立政治大學前身）外文系畢業，曾在一次公開演說中提到，他就是抗戰時期參加國語訓練，對何先生講授的語文種種，發生濃厚的興趣，成了他日後轉變方向，立志改學語文科學的原始動力。

●墨家的生活

也許是農村純樸氣質的影響，養成他對事負責的精神，對物質享受不計較的胸懷，以及隨遇而安的個性。他的一位朋友形容他：「他過慣了枯燥的墨家生活，其生也勤，其養也薄，其為人者多，其為己者少……」他希望他的朋友永遠寫不拿稿費的文章，做沒有旅費的出差，誰和他的交情最深，他就派最苦的差事給誰做。越是他認為親近的人，他越是叫你做別人不願做的事。

在國語日報工作幾十年，同仁間的一般婚喪禮俗他都參加，但從不在家請人吃飯，也不到別人家吃飯，不送禮，也不收禮。起初大家說他冷淡、冷酷。可是時間一久，大家就不知不覺斷送送禮、奔走的風氣，只在工作上求表現。再加上他用人往往用招考的辦法，擇優錄用，不知不覺中，國語日報就流行著一句話：「國語日報大門開，有才有學再進來。」

何容，真正是人如其名，他有容人之量，不但能接納對方的意見，更尊重別人的人格。即使你的見解有所偏差，他也只知修正，從不完全否定。他不論對人或對事，從沒有狂熱和暴烈的批評，總是從平易中流露出誠摯的情感和關切。因爲他的這種胸懷，所以與甚麼樣性情的人都能相處，什麼樣性格的人都喜歡和他相處。

與他共事三十多年的林良，有這樣的經驗：「一件事情，是我做錯了，他承認這是咱們都有錯；如果那件事，真是『咱們的錯。他承認那是他的錯。』他勉勵做錯事的晚輩：「不經一事，不長一智。事情已經過去了，也就算了。」這與許多習慣把過錯推到別人身上的人，迥然不同。

當年，他帶著一妻一子到臺灣來，投身於國語運動，住在泉州街一幢日式木造房子裏。民國五十二年，妻子去逝，他獨自把唯一的愛子何欣，造就成精通中西文學的學者。幾十年過去了，泉州街的那幢房子一直没有什麼改變，只是院子裏的大榕樹鬍鬚長了許多，後院的花木粗壯地交纏在一起，顯得有些零亂罷了！

他仍然常年一襲素色中山裝，過著簡單樸素的生活。以前每天安步當車，近幾年才答應報社每天派司機來接送他上下班。

●「何先生的錢」

早年，國語日報同仁流傳著一個「何先生的錢」的佳話。原來他把自己歷年來擔任社長、副董事長、董事長應有的待遇，大部份記在一項「暫收款」項目內，把這一筆錢用在各式的推行國語的工作上。那一位同事生病，臨時籌不出醫藥費，可以向他這筆款暫借，若有困難，也可以不還。遇到冷冰冰的預算與溫暖的人情發生衝突的時候，他仍然可以助人。林良曾說：「他的做法對晚輩的影響是在打算對公家有請求的時候，不得不再三檢討是否合理，免得不小心，花的竟是自己所敬愛的人自己的錢，自己竟成爲不爭氣的晚輩。」

●幽默與達觀

民國二十幾年，在爲「論語」寫稿時，就被編者及讀者冠上「幽默大師」的稱號。許多朋友也都認爲何容很有幽默感，當朋友聚會時，只要有他在座，就會聽到他妙語如珠，逗得大家笑聲不絕。但他不屑於只做一個「幽默大師」，他是從嚴肅中培養幽默的情趣，從幽默中促進嚴肅的工作，他出言「語妙」，遇事作無可奈何的幽默觀，乃是對人生透徹了解的表徵，在上位長官的臉色他看得下，屬下學生的無禮頂撞，他也一樣平和忍讓。不過他對事情仍然有正義及理智的抉擇，只是用寬柔和緩的詼諧表現出來。

何容先生曾經責備自己：「起居無時，飲食無節，衣冠不整，禮貌不周，思而不學，好求甚解而不讀書。」其實從這些詞句中，我們幾乎可以看到一位儉樸、純真、自然而謙遜的文人風貌。

三十七年前何容與他的伙伴創辦的「國語日報」，如今大樓巍然高聳，對本省的語文基礎教育不知造就了多少人才，做了多少紮根的工作。今年他已八十四高齡了，身體雖還硬朗，但耳朵聽力已衰退許多。但是不論風雨，每天他仍然準時的坐在他那間明亮、現代的大辦公室中，埋首在密密麻麻的稿紙堆裏，做他永不厭倦的工作！

（原載於74年12月「文訊」21期）

待客和陪客

〈何容作品選〉

記得有一年正月裏，那時候兒我還小呢，哥哥說了一句話，惹得姐姐哭了半天。哥哥那句話，本是說我的，我還沒哭呢，她倒哭了。我當時真不知道是怎麼回事兒。後來想了想，大概她認爲他是指著我說她呢。那一天，快晌午了，哥哥還沒回來，也許是賭牌還沒抓下那一鍋來呢，照例應該我替他燒香，可是我忘了。等他回來了，一看，大門上，宅神堂兒裏，草神垛上，都沒燒着香，神棚兒裏也沒燒，他交給我的那一封的香還在香台兒上擺着，顯然是我沒有「代拆代行」。他問我，我說：「我沒結記着燒香！」他說：「哼！你就結記着待客呢！」就是這麼句話，就把姐姐惹哭了。

原來客（讀如茄），有廣狹二義：就其廣義而言，凡是親戚朋友來到自己家裏的都是客，狹義的客却只是姑爺，尤其是新姑爺——我們那兒叫「新女婿」，也叫「嬌客」。所以，哥哥那句話的意思，在我聽來，只是「你光結記着待客吃好的呢，別的事都不管」；在姐姐聽來，却是「你光結記着待你女婿呢，没結記着燒香」。愛吃好的，我並不否認，也不以爲羞，所以不在乎；女婿，那豈可隨便說！姐姐哭；我要是個女孩子，有人說我光結記着待我女婿呢，我也得哭。

以上這一段話只算是一個「楔子」，只是說過年的時候兒待客，尤其是待新女婿，是一件大事：陪客跟着吃好的，是我小時候兒最希望的一件事。小時候兒希望的事，大了可就不一定希望了，而且還許嫌麻煩呢。這並不是說人長大了就不喜歡吃好的，或者就不喜歡客了。不是。小孩兒陪客是享「權利」，大人陪客就是盡「義務」了。而且，小時候兒只在家裏陪客，大了還有時去給別人家陪客，簡直是過年時候兒的一種「工作」了。

過年的時候兒待客，單說待狹義的客，照例要吃三頓，客剛到了，先擺上茶果碟子，隨着就煮餃子。吃完了餃子，領着新女婿到當家子們家去尋一尋回來，酒菜就端上來了。酒倒是個陪襯，講究全在菜上呢，什麼四冷四熱呀，這個那個的，現在我想不起那些菜名來了，當然，也是因爲那時候兒就没記住。總之冷菜是什麼紅白肉，灌腸，猪頭糕，醃雞蛋之類的家製品，和龍鬚菜(也叫鹿角)，洋粉之類的舶來品；熱菜，除了炒雞蛋，之外，就是肉類了。

酒喝個八搭子了，其實是菜吃個八搭子了，就要端「菜」來了。這菜可不是喝酒的菜了。早先好年頭的時候兒，講究的主兒，待新女婿，總是定碗的席，八個碗，十個碗，十二個兒碗，還有一百單八個碗兒的呢！你別以爲没那麼大方桌，這一百單八個碗是單上，隨吃隨撤。至於碗裏都是什麼，那誰能記得住呢?全憑厨子的掂配，又没有菜單子，就是拿着鉛筆和日記本去赴席，也記不下來呀。反正總離不了那句話，「莊家主兒擺席，豁着肉上！」現在這個年頭兒，没那麼講究的主兒了，恐怕連擺得起八個碗的席都不多了；待新女婿還不是跟待平平的客一樣?擺個戴帽兒的席，無非是乾粉，白菜，肉；能買得起個金針木耳的就算不錯。

這頓菜完了，喝一會兒茶，臨走也許還有一頓掛麵，也許没有；可是新女婿到家裏，就是內宅裏，去看的時候兒，那一頓大米菉豆水飯總得有，哪怕新女婿把大米菉豆都剩下而只喝一口飯湯呢，也得有，這是講究——即北京人所謂「譜兒」。炕上放個下桌子，新女婿坐在炕沿上，丈母娘就在這時候兒說那一套不必說而又照例要說的話：「閨女没才略，說給那裏親家母，得多指撥着她點兒。」這種話真叫新女婿作難，不答碴兒不好，答碴兒又没的說。說「你家閨女很好」，難以出口；在答話裏承認了人家的閨女没才略，又太不客氣；「我媽不喜歡她也不要緊，我愛她就成了」，在鄉下又没那麼說的（雖然不見得没那麼想的）；要說「我媽也没才略」，那更不像話了。總之是話難得體。而窗户外頭早有好些人站着聽呢，一句話說錯了，一輩子是個話把兒。近來開明些的丈母娘，往往打破老譜兒，套言不敍，把一層給免了。這真是新女婿幸甚，國家幸甚！

客要是這麼個待法兒，陪客還能不麻煩？雖然只是陪前一段。小孩子到了可以陪客的年齡，雖然就已經不是幼童了，可是總還是練習的性質，不是正式工作。只要能篩篩酒，倒倒茶，撩撩門帘，檢檢碟子就成了，用不着他勸酒，佈菜，照應客。就是不終席而飽，先行退席，也不算什麼很丟人的事兒。至於大人，那可真是作「陪」的工作了。老得照應新女婿，那個趕車的，和那個給他新嫂子跟車來的孩子（如果有）。吃快了吧，客還没擱筷子呢，你就擱下筷子，那不顯着客太吃多了嗎？吃慢了呢，客都不吃了，你還扒着桌子，倒好像客陪你了。不勸酒，好像是預備的酒少；勸得太緊了，要把新女婿灌醉了呢？你還得留神那個趕車的，越愛鬧酒越不一定量大，你把他灌個半醉子，回頭他趕着車打盹兒，出了岔兒怨誰？可是聽說——只是聽說——有些地方興勸酒，不把新女婿灌醉了不算會陪客。不喝？不喝就老捧着個酒杯捧着，或者下跪（這當然未免說得過一點兒）。

吃喝上的麻煩，猶其小焉者也，最難的是談話。本來没什麼事情商量，又不是說賬，又不是講買賣；所以你得找話說，可是又不能太露痕跡。有一套譏誚不會陪客者的對話如下：

「你見過老虎沒有？」

「沒有。」

「哼，我也沒見過。」

這正是找話找得太露痕跡的「典型」。而且光自己有話說還不行，必得能引得席上的人全有話說才算能手。要是一個人扯起來沒頭兒，雖然比大家夥兒都愣着强，却不算善於陪客。結果，趕車的回去了還得批評：「今兒那個陪客的真能白話，山哨兒！」真正有經驗的陪客的，是能不露痕跡的引起動機。這全在心中的運用，無法定爲典範，下面且舉一個例。

談話的材料，普通不外下列幾點：一、天氣；二、年景；三、人事變遷；四、地方新聞；五、國家大事；六、其他。譬如從第一項開始，「今天天氣還暖和」或「你瞧，今兒這天兒夠冷的」，底下就可以引出「今年春暖」或「也許要下雪」；再引到「去年冬天下的雪就不多」，就可接上第二項材料了，「麥子恐怕熟不好」。要再接上一句諺語，「麥怕胎裏旱，人怕老來貧」，就又引到人事變遷了。「當年四個牲口餵着，大黑梢門，前街通後街的宅子，車馬們也整齊，方圓百二八十里的誰不知道？現在落得一家子吃不上飯了」，這類的人事變遷有的是，而且也可以引起興趣，如果席上有個冷子興，也許又引出一部紅樓夢來。由人事變遷就很容易引到地方新聞，由縱的追溯，一變而爲橫的擴張，可不就轉到地方新聞了嗎？某家鬧狐仙，某廟出聖水，越引越多，也許沾連着一點兒，也許一點兒都不沾連，只要是新聞就能排到一起，於是國家大事也就可以談了。像在今年，就難免要談到華北「自」治與大學眼藥之類；這種談話裏人人總有自己的「民意」，認識雖不一定正確，但總不會是定價每人每天大洋四角的「民意」——寫到這兒，我不知麼心裏覺得寫不下去了。我就算說完了吧。

（選自宇宙風一卷九期）

●**謝冰瑩**，湖南新化人，民前六年九月生。長沙第一女子師範、中央軍事政治學校、北平女師國文系畢業，日本早稻田大學研究。曾主編西安「黃河月刊」、北平「文藝與生活」雜誌，漢口「和平日報」、「華中日報」副刊、重慶「新民報」副刊、「北平日報」副刊等。任教於北平師範大學、台灣省立師範、師範大學等校，目前僑居美國。著有「在日本獄中」、「聖潔的靈魂」、「冰瑩遊記」、「女兵自傳」、「給小讀者」等小說、散文、傳記、報告文學、兒童文學等作品六十餘冊。

永遠的女兵
具有無比韌性及勇氣的謝冰瑩女士

■黃章明

●從小就是反叛性極強的孩子

她出生於民前五年(一九〇六)九月五日，故鄉是位在湖南一個相當偏僻保守的村莊——謝鐸山。在五個孩子的家庭裏，她最小，父親是一位古文學者，曾中過舉人，擔任過湖南新化中學校長達三十餘年之久，由於記憶力好；博學多聞，曾被學生譽爲「康熙字典」。

謝冰瑩認爲她的父母對她有很深遠的影響，因爲她的父親是一位從事教育的人，一貫的信念就是：「人活在這世界上，一定要有信守、有節操，更要有『威武不能屈，富貴不能淫，貧賤不能移』的精神。」所以他教訓五個子女不可貪色、貪財，要安份守己，多讀書，多做學問。因此，謝冰瑩的三位兄長學問都很好。

至於她的母親則具有一副不屈不撓的精神和能幹嚴格的稟性，凡是她決定的事情，非達到目的不可，而腦中她又充滿了三從四德、男尊女卑的觀念，重視舊禮教甚至勝於自己的生命，她嚴格要求每一位子女都要絶對服從父母之命。因此誰都怕她。

她母親對於她的看法是：謝冰瑩無疑地是一位反叛性極強的孩子，例如爲了要替她纏足、穿耳洞，她却因萬分痛恨而反抗到底。

謝冰瑩在五歲時就開始識字，曾有五十多種著作的父親爲她取了一個學名叫「鳴岡」，首先教她讀詩，她那時還沒有到理解語句意義的時候，只知道像跟祖母唱「月光光」一般地，學著父親的腔調吟詩。八歲時，一本「隨園女弟子詩」和「唐詩三百首」，她已能背得一半了。另外她母親也教她讀些「教女遺規」、「烈女傳」、「女兒經」之類，然而個性活潑的她，對這些枯燥刻板的教條，毫無興趣，她開始要求母親送她進私塾。但母親從來不認爲女孩子有上學的必要，只要多認識幾個字，多了解幾個貞婦烈女的故事，會記記帳，會看契約便得了。僵持到最後，母親終究禁不住女兒一再的懇求，只得答應讓她讀私塾，而她在私塾裏也是唯一的女生，當時正好是十歲。

讀了一年私塾後，她又要求母親准她進入大同女校就讀，可以預知的，又再度爆發了一次更大戰爭！這次，她母親立場堅定，絲毫不爲所動，謝冰瑩在絕望的時候，就以絕食來抗議母親的專制，後來，終於使母親再度軟化，勉强答應了她的請求。

十二歲時，她如願進入大同女校，不久，却因一次學潮而半途停學；同年秋天，學校開學，她母親又不願送她上學了，原因是她在校期間把小脚放大。幸好，父親看到她的成績始終保持甲等，才又答應讓她繼續上學。這次，她改進縣立高等女子小學校。

當時最令她高興的是，收到二哥從山西寄來兩本嶄新書籍，一是「新演講集」，一是「短篇小說集」。後者由胡適譯，流利順暢。其中「最後一課」、「二漁夫」，讓她印象至深而終身不忘，這是使她對新文學發生無限好感與崇拜的開始。

後來因爲她大哥在益陽某校當校長，所以她母親就要她轉到益陽的縣立小學——信義女校就讀。益陽距離家鄉有六百餘里水路之遙，而她母親居然願意讓她去這麼遠的地方求學，這使得她驚喜不已。她在女校就讀這段期間，曾組織了一個反對日本帝國主義的學生社團，於五七國恥紀念日在校內遊行，結果她居然被學校開除了。

一九二二年秋季，她想考長沙的湖南第一女子師範學校，但她母親再度舉起反對的旗幟，著急的她，轉而向父親求援。她父親見她確有文學天份，另一方面也期許她能「史續蘭台期異日」，所以就對她母親說：「我希望她將來能繼承我的責任，像班昭一樣可以撰寫漢書。」後來終於由父親親自送她到長沙報考女子師範學校。

那時，她才高小二年級，還沒有畢業，於是就在長沙惡補了一個禮拜，終因她優異的稟賦考上了。在女子師範唸了五年，這期間，是她展露文學才華的第一階段。

那時她最喜歡閱讀莫泊桑、左拉、都德、托爾斯泰等人的翻譯作品；另一方面，對於中國的傳統文學，特別是三國演義、水滸傳等，她也很喜歡，尤其水滸傳，她非常羨慕書中那些英雄好漢，懲治貪官污吏，濟助貧苦的任俠行徑，這對她的思想開始撒下了革命的種子；此外，對於新文學時期的幾位中國作家，如郁達夫及成仿吾等人，她都十分欣賞。

十五歲時，她於長沙李抱一先生辦的「大公報」上，發表了生平第一篇短篇小說「剎那的印象」；接著，她又有所感地寫了千餘字的「小鴿子之死」發表。從此，她對新文學是愈來愈有信心，也愈來愈熱衷於寫作了。

一九二六年，由於她二哥曾身受婚姻不自由的痛苦，當他在報上看到中央軍校招考女生時，便跑到女師告訴她說：「如果妳不參加革命，你的婚姻痛苦就解決不了，你的文學天才也無從發展，爲了你將來的前途，從軍是你目前唯一的出路。」由是，她決意走文學創作的路線，也決定躲避家裏爲她所安排的婚姻。這年冬天，她到武漢考上了中央軍事政治學校，接受政治、軍事各種學、術科的訓練。

在此之前還發生了一些小插曲。

當她在長沙稻田師範的寢室裏，與持相反意見的同學曾展開了一場唇槍舌戰的辯論。那時，雖然大家同受新式教育，但仍有少數頑固不化的人，存著「好鐵不打釘，好男不當兵」的觀念，對於想去投考軍校的女孩子們，更是覺得不可思議，她們說：「將來看結果吧，一定會身敗名裂，給社會人士罵得狗血淋頭……」。與謝冰瑩站在同一陣線的同學則說：「哼！革命軍人連生命都要犧牲，難道還怕挨罵嗎？」因此，同一志願要去從軍的同學們就聯合在一塊兒高喊著：「好鐵才打釘，好女要當兵」的口號，一齊湧向報名的地方。當時大概有兩萬多人報名，經過考試後錄取了一千；到了武昌的招生處，誰知道又臨時宣佈不能容納這麼多人，還要經過一次覆試，必須再淘汰九百人，這是一個晴天霹靂，大家都咆哮起來：

「革命的隊伍不怕多，只嫌少，我們都是經過考試的，絕對不能淘汰，我們反對覆試。」

於是大家連夜開會，推舉代表，第二天去請願。結果，請願的十個代表都被宣佈開除了，謝冰瑩就是其中之一。這時，萬分懊惱、傷心的她，真不知道該如何是好。幸好，冷靜的二哥建議她改個名字，再去報名參加北方籍的學生重考。於是，她生平第一次做了這麼一件越軌的事，冒了個北平的籍貫，以筆名代替學名，她又被錄取了，而且是第一名，真是天無絕人之路啊！

●艱苦中完成的「從軍日記」

一九二七年，她正式加入國民革命軍，參加北伐，服役軍中，這時她開始寫「從軍日記」，用的筆名就是「冰瑩」二字。在行軍、作戰餘暇，蹲在一個角落，併起雙膝當桌子，攤開稿紙就寫，往往因寫作而佔用了休息和睡眠時間，所以這部以她在北伐時期參加國民革命軍的經驗寫成的「從軍日記」可說寫得相當艱苦。

一九二八年「從軍日記」發表於武漢中央日報副刊上，深獲主筆孫伏園先生的賞識。林語堂先生曾在同報將它譯成英文，後來又被人輾轉翻成法、德、俄、日等各國語文。難能可貴的，還吸引了當時法國文壇巨擘羅曼．羅蘭的注意，並寫信給她，對她慰勉有加。信的大意是說：

「我從汪德耀先生譯的法文『從軍日記』，認識了你——年輕而勇敢的中國朋友，你是一個努力奮鬥的新女性，你現在雖然像一隻折了翅膀的小鳥，但我相信你一定能衝出雲團，翱翔於太空之上的。朋友，記著，不要悲哀，不要消極，不要失望，人類終久是光明的，我們絕會得到自由的……」

這段熱情而有力的話，大大溫暖了謝冰瑩艱苦而孤寂的文學之旅。她將這些話深深刻在心版上，像背聖經似的經常在心底默誦著。

北伐成功後，女生隊宣告解散，她只好返回故鄉。她母親認爲她眼中的大家閨秀女兒，竟然跑去當兵，這簡直有辱門風莫此爲甚，於是一再逼她做出嫁的準備。爲此，謝冰瑩曾苦心籌畫逃婚，然而一連三次都被她母親追回，這樣一來，她母親已到了忍無可忍的程度，終於發生了一件可怕的事情，那就是她母親拿了一把菜刀說：「不結婚，你殺了我，任你去；不殺我，你就自殺給我看！」

這時候，大家十分緊張，怎麼辦呢？身爲女兒的她，趕緊把刀子拿過來說：「媽媽，女兒決不是一個不孝的人，怎麼可能殺母親呢？但女兒確實不甘心爲封建思想而犧牲，如果媽媽執意要我結婚的話，我只有答應妳。」

最後，謝冰瑩真的坐上花轎，嫁到從小父母爲她所訂下親事的蕭家。但是在嫁過去的三個晚上，謝冰瑩都連續與新郎談判，新郎終於知難而退，不敢勉强這位博學多辯才的新娘子。

民國十七年，她終於擺脱蕭家逃到了上海。無巧不巧地，在到上海的第十天早晨，她突然被法國巡捕房所逮捕，過了三天没有飯吃、没有水喝的日子，後來還是仰賴孫伏老奔走，將她搭救出來。她之所以被捕，原因是她的朋友幫助她找了間最便宜的房子，誰知道那竟是綁匪之家，於是她糊裏糊塗的做了最倒霉的房客。

出獄後，她聽從朋友的建議考上上海藝術大學。這時，她生活在困境之中，不得不靠鬻文維生，經常無飯可吃，以開水、燒餅充饑，甚至還有數日是完全以開水灌飽肚子的。還有些日子她僅靠「從軍日記」一點零星的版稅過日子。

●經歷了求學及牢獄的日子

歲月雖然艱苦，但她始終强忍飢餓，一副硬骨頭仍是挺得筆直。由此，她得到的教訓是：「飢餓只有加深我對現社會的認識，只有加强我生存的勇氣。」

一九二八年，由於她三哥對她的經濟援助，她得以進入國立北平女子師範大學就讀，從此，她開始研究中國文學。後來由於三哥離開北平前往長沙，她的經濟來源又斷了，她只好到兩所中學兼課。

一九三一年，離開北平女師大，回到上海，這時，她正從一段感情的夢魘中跳出來．心靈上受到極大的煎熬，在汗與淚中，她日夜不分地埋首創作，完成了兩部十四萬餘字的作品：「青年王國材」與「青年書信」，就靠這兩部書的一筆可觀的稿費，毅然地搭上了開往日本神户的皇后號輪船，意欲進入早稻田大學攻讀文學，然而船抵長崎時，正逢日軍侵佔瀋陽，她因與同學開會聲討日本帝國的侵略行爲，致遭日本政府的驅逐而返國。一九三二年，日軍又進攻上海，她再度獻身實際的愛國行動，推動中國婦女共同參加前線慰勞救護工作。

一九三五年，她再次東渡，終算如願的進入東京早稻田大學，專修西洋文學。可是到了一九三六年四月十二日，却因她的不去歡迎僞滿州國皇帝溥儀，被捕下獄。

在三個星期的牢獄中，日本人用飯碗大小的圓棒子敲打她的頭，用三把四方形的竹棍子夾在她的四個手指縫中用力壓迫，她的手指幾乎被壓斷；最令謝冰瑩痛心的是日本人將她寫了八年的日記，和許多珍貴的照片、原稿，全都沒收了。關於這些，在她「女兵自傳」和「在日本獄中」兩本書裏，都有很詳細的記載。同年的夏天再度返國，在山水甲天下的桂林休養，入秋後，在南寧高中教書，然因身子實在太差，教了一學期後，只得辭職。

一九三七年七月中日宣戰後她回到長沙，開始寫「一個女兵的自傳」，並組織一個「湖南婦女戰地服務團」，逕赴東戰場前線為負傷戰士服務。同年冬天，她轉入重慶，擔任新民報副刊主編。在一九三七、三八這兩年，她的著作最多，內容都是有關中日戰爭的報導。一九三八年春天，她以戰地記者的身份，抵達台兒莊前線，同年秋天，她又回到重慶擔任國民政府教育部編輯的工作。

一九四〇年，「一個女兵的自傳」由林語堂的兩個女兒如斯和太乙翻譯成英文，由紐約的 John Day Company 發行。一九四〇年到一九四三年，她在西安主編「黃河」月刊，這是當時唯一較大氣魄的反共文藝刊物，辦了三年就結束了。王藍、尹雪曼，當時都曾投過稿。抗戰的最後三年，她一直都在教書。

一九四五年八月，日本投降，她到漢口主編「和平日報」與「華中日報」副刊。一九四六年任教於北平國立師範大學，講授新文藝習作等課程，同時主編「文藝與生活」月刊。

一九四八年九月，她由北平到了臺灣，在臺北市省立師範學院(即現在國立師範大學的前身)教書。「我怎樣寫作」，就是在一九四六年發表於臺北的。

拿「文窮而後工」五個字，來印證謝冰瑩的作品是很恰當的；如果說她那段多磨難的青年生活是她倔强的個性所造成，倒不如説是她那不屈服現實的傲骨，是豐富她多姿多采的生命的原動力。

謝冰瑩對文學的態度，一如她對生命的態度，是非常嚴肅的。她認爲文學應建立在最穩固的基礎上，而落實於最自然，發乎內心深處的感情，以深刻體認的經驗和超脫的胸襟，用最精鍊的文字藝術，將它完整地表達出來。

因此，她在經濟最困難時，仍不向現實低頭，她所稟持的信仰就是：「人一離開真理是不能生存的。」遵循著這一大原則，她不理會那些失去真理依然活得毫無愧色的事實，繼續忠實地向文學及宗教奉獻她的虔誠。

她寫作的題材一向是取她最熟悉的，因此，在最初開始寫作時，她就以身邊的同學爲模特兒，注意傾聽同學們的故事；也留心報紙上那些值得人同情，或者可歌可泣的故事。在她認爲，那些以幻想來寫作的人，只適合寫傳奇小說，真正的文學工作者，應該不寫自己所不知道的事，否則，如何能寫得出有價值的作品？

在謝冰瑩的著作裏，讀者可以儘情領略到她流利的筆觸，細膩的描寫，以及動人的故事。林雙不先生曾在其「青少年書房」一書裏說：

「謝女士的文字樸實無華，但是自然流暢。從『女兵自傳』的字句看來，幾乎沒有一個字不通俗，却幾乎没有一個地方不順暢。一方面緊張有趣的故事當然會使讀者急於往下看，而稍微忽略文字的轉折，但主要的，還是要歸功於作者精純的鍊字功夫。」

因此，林先生認爲不論從內容看，或形式看，「女兵自傳」都足以做爲學生爲文的借鏡。

「女兵自傳」第一次出版是在民國廿五年，是時她三十歲；民國四十五年，在臺灣由力行書局出版；現在，則由東大圖書公司重新出版，並收入三篇附錄，資料最爲齊全。本書有多種語文譯本，影響可謂相當深遠。

●以無比的韌性及勇氣面對生活

她過人的慧黠與勇敢，可在平實叙述的書中顯示出來。如她三番兩次苦心經營的逃婚行動，雖然都被她法力無邊的母親所追回，然而我們却不得不佩服她的勇敢；又如上海藝術大學學生鼓動風潮時，她爲了要躲過巡捕的搜查，居然以繩子將一大堆書籍吊在窗口下，上面再覆以幾件衣裳，僞裝唬過那些似警犬般的巡捕。這些驚險事故，都鮮活地映現在我們眼裏，使人在緊張中仍能發出會心的微笑。

謝冰瑩卸下軍服後，除了繼續求學和編過幾種雜誌外，一生可説都是從事教育工作。從小學、中學一直教到大學。民國三十七年來臺後，執教師大，又教了好多年，造就了無數人才。也有三年的時間是在馬來西亞渡過。直到退休始依親赴美定居。

謝冰瑩不論處在國内或國外，她都是一本當年當女兵時那種苦幹實幹的精神，以及無比的韌性與勇氣，有條不紊地安排理家、教書、寫作及出席酬應等瑣碎繁冗的生活，她的能幹與辛苦是有目共睹的。已故的國劇泰斗齊如山老先生，就曾贈詩給她：

做飯洗碗掃房間，舖床疊被洗衣衫。
寫文改課教兒讀，弔賀迎送兼聚餐。
慰問訪問又探病，講演開會還上班。
諸事日有一百件，學校還將功課擔。
事事摒擋都井井，寫的文章堆如山。
這樣寫作三十載，勝我一百二十年。

既通俗有趣，又非常契合她忙碌而充實的生活。

她這一份超凡的韌性與勇氣，在退休後遭遇到幾次病災，特別發揮得淋漓盡致。她在美國期間，曾生過三次大病。第一次是腿骨碎裂，那次意外發生在六十一年八月份的某一天，她帶著朋友們的祝福，在高雄搭上了往賓夕法尼亞號的復旦輪，準備前往美國探親，那裏料到船身因爲遭到大浪的顛簸，把她滾到了門檻上，右大腿正好碰上門檻上的鋼鐵，由於船上沒有醫生，一直痛苦輾轉了二十幾天到達目的地後，才由兒子送進醫院開刀，由於時效的延宕，在做了長時間的復健運動後，仍須依靠拐杖才能艱難地走路。有時她會獨自沈思，想到自己年紀這麼大了，還受這些苦，不禁悲從中來；然而又想到，如果是摔壞了腦子，失去了記憶豈不更糟，所以又不禁暗自慶幸。

那段時間，她每天都得花上兩個小時做物理治療；先做二十分鐘水療，再做各種運動，包括：騎脚踏車、舉重、金鷄獨立、爬樓梯、學走路、站起、坐下、雙手划動。但即使如此，她仍然抽空設法替「小讀者」月刊的「海外寄小朋友」寫專欄，她雖是抱病工作，却仍是妙筆生花，把美國的風土人情都栩栩如生地介紹出來，非常受小讀者的歡迎；另外，她也寫一兩本佛教故事給小朋友看。她對宗教是很虔誠的，在臺灣的時候，她經常喜歡跑到寺廟去住幾天寫文章，她誠信在那種肅穆而寧靜的環境中，作品可以完成得快些。

她的第二次大病，是指那些壞了幾次的全鑲假牙，到現在她都還只能吃「嬰兒食品」，使她很覺得難過；還有她那雙微血管破裂又兼長倒毛的眼睛，雖然經過開刀，病況稍癒，但看書看久了，還是會流眼淚，尤其一覺醒來，上下眼睫毛常被分泌物封住，必須用熱水才能洗開。這種令人沮喪的痛苦，她還是咬著牙根忍受著，她常常安慰自己：「和當年比起來，現在的疼痛算什麼呢？忍一忍也就過去了。」

因此，她一樣精神奕奕地保持著奮戰的心情。

●盼年輕人有「救中國捨我其誰」的抱負

民國六十七年暑假期間，她居然一個人拄著拐杖從美國回到臺灣來了，真教人大吃一驚。她讓人看起來仍是那麼精神昂揚，說話聲更是爽朗有力。她專程爲了處理作品的出版而回來的，自然也想見見闊別的友人。在那次停留期間，筆者很高興在她所借住的師大宿舍中，有了一次與她較長時間的談話機會，我們大概談了兩個鐘頭。從這次談話中，可以使我充份感受到一份她對青年人的關愛，以及一些有關讀書與寫作的看法。

在那次談話中，她首先談起她對當時美國青年的觀察。她說美國的青年，大致可分爲三種類型：第一種是嬉皮型的，包括吸毒、跳摇滾樂，終日祇知道吃喝玩耍，所幸近時已有逐漸緩和的趨勢；第二種是今朝有酒今朝醉的同性戀者，爲數之衆，令人咋舌；最後一種，則爲勤勉守法的好青年。值得慶幸的是，我國留學生也大多是屬於第三種類型的。

接著，她懇切地提出她對時下國內青年的建議：她感覺現代年輕人極需建立一套完整的德育計畫，以消除個人的和國家的人格、道德以及責任感的危機。她呼籲年輕人應多看書報雜誌，多多做自省的工作，儘量發揮年輕人的衝勁與熱情，投身社會，建立高度的羣己知識。在她的眼中，能懷有「救中國捨我其誰」的抱負，就是最有希望的年輕人。

對於有志從事寫作的青年，她希望他們要有一個觀念，那就是閱讀與寫作，是有不可須臾分離的密切關係的，如果把我們的腦子，比作一家銀行，沒有收入，自然就沒有支出；因此，我們只儲蓄有很少的學問，怎麼談得上寫作？又當我們應付龐大而複雜的社會時，怎能付得出很多的知識？所謂「書到用時方恨少」，就是這個道理。

一個知識份子，應該每天讀書，以吸收新的知識，才不致思想落伍，讀書也就是替我們腦子裏收入存款，不致貧乏。自然，一個人光知道把錢存起來做守財奴，是沒有用的，還需要知道怎樣用在正當的事業上；同樣道理，光讀死書也是無用的，還需要怎樣了解它，消化它，應用它，使它變成活的學問才好。

除了不斷地吸收新知外，寫作技巧的訓練也是首先要做的。凡是藝術家，都希冀將無窮無盡的美的意象，利用各種媒介予以表現出來，但如沒有驅遣媒介的熟練技巧，如何能將那意象完整而透澈的表現出來呢？又如何能完成具體的作品呢？而我們又如何能體會到作品中的思想與感情呢？

其次，感情在作品中也是很重要的，凡是好的作品，無論古今中外，它所表現的感情，往往是打破時間和空間的限制的，所以說，藝術作品中所包括的感情，應具有永久性、普偏性、强韌性、高尚性。

同時，她認爲讀書與做人有著很密切的關係，在她少年時候，因爲看書較多，無形中就走上了寫作這條路。當時她看的書籍，可大略分爲兩種：一是關係人格道德修養方面的；一是關於寫作方面的。她剛剛接觸文學作品時，最先引起她的是關於愛情小說的居大部份，當時有四本戀愛小說，深深令她著迷，那就是法國小仲馬的「茶花女」，德國史萊姆的「茵夢湖」，英國莎士比亞的「羅密歐與茱莉葉」，還有一本也是德國作家歌德的「少年維特之煩惱」。其中最令她喜愛的是「茵夢湖」，那麼深刻而純潔的戀情，那麼雋永的對話，那麼優美的描寫，真是令她爲之感喟低迴不已。

接著，她又開始注意起一些帶有理想色彩的革命小說，和落實於實際的社會小說，因其總含有愛國、愛民族的思想。在她青年那段時間，正是共黨在上海異常活躍的時候，充斥於坊間的有魯迅諸人和俄國的高爾基、果戈里等人的愛情小說，她當時簡直把那些涉有畸戀內容的小說視爲異端。

那時候的文學作品可分爲「親共」與「反共」兩派。至於所謂共黨的理論書，謝冰瑩也看了不少，她認爲那時中國的共產主義從日本引進的是理論，從俄國引進的則是行動。她覺得年輕人不管是選擇愛情小說或社會小說，都宜出以謹慎而穩重的態度。

目前住在舊金山的她，每個月可以收到臺灣二十多種的雜誌，寫作仍不停；最令她高興的是，每晚可以看到兩個或三個鐘頭的臺灣三台電視。平時她先生寫字，她就看書、寫作，或與朋友聊天，有時也畫畫自娛。不過，最近由於腿部疼痛難忍，據說還可能再動一次手術，聞之令人怛然。不過，無論多麼痛苦，我們相信她都可以克服的。因爲她永遠是一位不老的女兵。

（原載於72年11月「文訊」5期）

〈謝冰瑩作品選〉

湖畔詩人

今早從八點十分開車，一直到下午六點才抵陌地生（Madisin）施文林先生的家，其中只在路上吃三明治時休息一刻鐘。

「開了一整天，又是在高速公路，每小時七十哩，莉兒，你累不累？」我問女兒。

「媽，我一點不累，您閉上眼睛休息吧，待會到了施家，你們就要忙著談話了，我可以提前早睡的。」

她的眼睛注視著前方說。

這位施文林先生是德國人，他的名字叫做 Wayne A. Schlepp 是陌地生威士康辛大學的中文系主任，前年秋天，曾來臺灣訪問，由一位在台大史旦佛大學讀中文的摩洛先生，帶他來找我，要我介紹幾位詩人和他認識；並且請他們錄音，以便帶回美國放給他們學生聽；于是我介紹他們去找羅門、蓉子夫婦，他拿到了錄音帶之後，非常感謝我。

「假如你有機會來美國，一定寫信告訴我，我會到機場或者車站去迎接你的。」

施先生的北平話，比我講得還要標準。

沒想到我真有機會去看他，事前通了好幾封信，莉莉說，千萬不要勞動施先生來接，我會找到他的。

果然，一點沒有繞路，很容易地找到了他的家。

聽到我們的停車聲音，美麗溫柔的施太太，連忙開門來迎接我們。

「歡迎！歡迎！請裏面坐，我的丈夫去學校了，馬上就會回來的，他知道你們今天要來，晚餐我早就準備好了。」

施太太好像是我們的老朋友，她替我們把行李箱提到樓上的臥室，指示我們那兒是臥室，那兒是施先生的房間。

我們剛洗完臉，施先生回來了，他一見面就說：「我已經把你們明天的節目安排好了，上午參觀我們學校主辦的暑期中文講習班，參觀學校，中午周策縱先生要請你們吃飯，下午還要邀你們去他的家裏喝茶，談談，你們一定要在這裏多住幾天，客港扎湖的風景太美了！」

真的，施先生說的話，一點沒有誇張，客港扎湖的風景實在太美了！他們的家，就建築在湖畔，兩層洋樓，還有地下室，施先生夫婦和他們的兒子溫弗(Vanghan Schlepp)每人有一隻遊艇，一隻放在地下室，兩隻靠在水邊，莉莉和溫弗立刻跳上船，雙手搖槳，一會兒就搖到很遠的地方去了。

「莉莉，慢點划，趕快回來，水太深了！」

我大聲嚷著，他們沒有回答我，只聽到愉快的笑聲。

這時正是晚霞滿天的時候，火紅的太陽照在水面上，泛出粼粼的金色波光，湖水是碧綠的，沿堤上種著許多垂柳，柳絲輕拂著湖面，畫出美麗整齊的圖案花紋，遠處的山巒，若隱若現，幾隻雪白的水鳥，從湖上掠過……

「施先生，這裏是人間仙境，只有詩人、畫家，才配住在這風光幽美的地方，我真羨慕你，實在太幸福了！」

「謝謝你的贊美，我在信中就告訴過你，這裏是客港扎湖（Kegonsa）風景最清幽的所在，希望你在舍下盤桓幾天，多寫幾篇好文章。」

施先生用很文雅的句子回答我。

兩個一大一小的孩子，在湖上大約划了二十多分鐘，我們一連呼喚了十幾遍，才戀戀不捨地把船繫在湖邊。

「假如今晚有月亮，我們再去划船好嗎到」莉莉說。

「好的，我們五個人全體出遊。」

溫弗回答她，用眼光徵求我的同意。

「謝謝你，我不敢划船，害怕掉進水裏。」

莉莉連忙接著我的話說：

「媽媽胆小，因爲她不會游泳。」

「她用不著划，我們載她呀！」溫弗說。

其實我是個最愛水上生涯的人，從小就有志想買一條船，週遊世界；但那時候的所謂世界，以爲只有湖南那麽大，真是可笑極了。

站在湖邊，欣賞落日，只見那圓滾滾的火球，慢慢地向湖水親近，彷彿湖水有吸引力似的，突然它迅速地往下沉，往下沉，很快地它的踪影消逝在水中，海水也由鮮紅變成暗紅，不久又變成了暗綠，深藍……

我們回到客廳，施太太已經擺好了刀叉、葡萄美酒和香噴噴的炸鷄。

「你們一定很餓了吧，趕快坐下來用餐。」

施太太說著，舉起杯來先敬我們。

這是一頓非常別緻的晚餐，光只酒就有四種，威士忌酒有德國的，美國的，英國的；但我們最喜歡瑪瑙色的葡萄酒，喝到將醉未醉的時候，心情愉快極了。

「謝教授，你們今晚能夠晚一點睡嗎？我想介紹你看一種奇異的動物。」

吃飯時，施太太忽然對我說。

「奇異的動物？到哪裏去看？」

「就在我家厨房的外面，牠常常要到十二點人們都睡了之後才敢出來。我每天晚上要放一些麵包在草地上，牠會悄悄地來吃，已經兩年多了，誰看見牠的，都覺得牠很溫柔，很好玩兒；可是就不知道牠的中文名字，英文叫做Racoons，你看了之後，一定很喜歡牠的。你們最好先去睡覺，等牠來了之後，我再叫醒你們來看。」

莉莉聽了施太太的話，連忙悄悄地對我說：「媽，那時千萬別叫我，因爲我明天一大早還要開車，最好你陪她聊聊，看完了再去睡。」

儘管施先生幾次催我上樓休息；但我爲了要等候著看那個奇異的動物，就在客廳和他們夫婦聊天，他們是這麼熱愛中國，施先生的藏書特別豐富，舉凡史記、漢書、左傳、二十五史、四庫全書、唐詩、宋詞、元曲以及歷代散文小說，應有盡有；最難得的是：關於五四以後的新文藝書籍，恐怕有些國內大學的圖書館，還沒有他收藏的多。

「施先生，您的藏書真多；而且非常珍貴，您是怎樣買到的呢？」

「有些是我在貴國的時候買的，有些託朋友在香港買，去年我在台灣，也買了很多，書是慢慢地一本一本地集起來的，家裏藏的只是一部份，還有些關於語文方面，經常要參考的，就放在我的辦公室。」

「貴國真不愧是一個歷史悠久，文化燦爛的國家，在古典文學方面，值得我們研究的，實在太多太多了！」

聽到施先生的讚美，我心裏充滿了高興；只是感到遺憾的是：我對于古典文學認識太淺，知道的太少了！我真慚愧，他和我談起李白、杜甫、白居易他們的詩來，口若懸河，滔滔不絕，究竟是詩人的修養深，我應該拜他爲師的。

談著，談著，不覺夜已深了，這時溫弗和莉莉早已入睡，只有我們三人在等著看那個有趣的動物。

「來了！來了。快來看！」

施太太引我走過厨房，開了一條大約一尺寬的門縫指給我看：

「哪，就是那個黑色的毛茸茸的動物，牠今晚只是一個出來，有時和牠的丈夫一道，有時還帶著牠的孩子。牠和我已經成了朋友，把麵包放在我的手裏，牠也會吃；可是當牠一看見生人，就會嚇跑了。」

「那麼，我還是躲著牠吧，不要讓牠跑了。」

「没有關係，跑了還會來的。」

這時候，我看到那隻奇異的動物了。牠大約有一尺五六寸長，半尺高，像一隻貓；可是頭不像；又像隻狗熊。因爲不敢出去走近看個清楚，究竟像什麼，我至今腦子裏只有個模糊的印象；牠全身的毛黑得發亮，吃東西時也很斯文，的確像施太太所說的，是一隻溫柔可愛的動物。

由于施太太每晚餵麵包給Racoons吃，可以知道她是最有愛心的人，她那麼不怕麻煩，數年如一日，我佩服她，也更敬愛她。

主人款待我們，實在太週到了，飯後喝了咖啡，吃了水菓還不算，又擺了些蘋果、葡萄、香蕉在我們的床頭茶几上，小小的花瓶裏，插著幾枝粉紅色的玫瑰，吐出淡淡的芬芳。床單、床罩、浴巾、洗臉巾，全都是新的，他們誠意地挽留我們多住幾天；可是爲了莉莉太忙，她是我的義務司機，在什麼地方停多久，預先都決定好了。

「謝教授，您明天不要走，讓莉莉先回去，我開車送你。」

施先生開始和我談判。

「謝謝您的盛意，我明天一定要走，因爲莉莉已經約好她的朋友明天在米瓦基等我們，您這裏的風景這麼好，您和夫人又這麼好客，我下次還要來，那時候，至少住一個禮拜。」

我歉意地回答他。

「最美的享受，您還没有嘗到呢！」

「什麼是最美的享受？」我不解地問。

「比方划船游湖啦，釣魚啦，在湖上野餐啦……」

「真的，湖實在太美了！怪不得你們住在這裏，會寫出那麼美的詩來。」

我帶著無限羨慕的口吻說。

這一夜，我睡得很甜，在夢裏我看見溫弗和莉莉在湖裏翻了船，醒來，再也睡不著了，就悄悄地跑去施先生的書房裏，寫了一首白話詩，已經四十多年不寫這玩藝兒了，不知怎的，突然靈感來潮，一氣呵成；第二天，拿給施先生看，他跑去學校複印了幾份，他和周策縱先生各存一份，我也保留那份原稿。在他們兩位大詩人面前，我真是班門弄斧，實在太難爲情；不過，這是寫實之作，我將來還是要把它錄在遊記裏面，以做紀念的。

躺在床上，聽到小鳥歌唱的聲音，彷彿置身於深山古廟裏那麼幽靜，清涼的湖上晨風，吹來一陣陣花香，莉莉睜開矇矓的睡眼說：

「媽，這地方真像仙境一般地美，要是能夠在這裏多住幾天多好。」

我們一面吃著豐盛的早點，一面欣賞湖上的風光。

早晨的太陽，射在湖面上，近處金光盪漾，遠處萬頃碧波，深淺不同的山巒倒影，映在渾紅的水波上，特別顯得美，顯得可愛。

「這真是一頓別緻的早餐，我永遠不會忘記。」

我們謝了主人，施先生開車帶我們去參觀威士康辛大學，他沿路要給我介紹風景，莉莉只好一個人開著車子跟在後面了。

吃完早點之後，施先生就陪我們先訪問周策縱先生。

「你們不可以再多住一天嗎？」

施太太用留戀的眼光望著我。

「我真捨不得離開你們，捨不得離開這風景幽美的湖畔；可是我的女兒和朋友約了，今晚一定得趕到米瓦基，我以後還要來的。」

說完，我注視著湖上蕩漾的漣漪，心裏真有一種描寫不出的依戀之情，莉莉也很難過，她和溫弟雖是初次見面，却像真的姐弟一般，有依依不捨之感。

再三道謝了主人，直向威士康辛大學駛去。

這是一幅最美麗的畫圖，浩淼的悶多塔湖，就在學校的北邊，到處都有青翠的樹林，五色繽紛的花卉，這那裏是學校，簡直是一個大公園。我們先上樓看周策縱先生，他早就來到學校等候我們了。

瘦瘦的個子，說著一口親切的長沙話，一見面便說：

「我們已經三十多年不見面了！」

「是嗎？我們曾經在什麼地方見過？我的記憶力太壞，請您原諒我。」

我連忙向他道歉！

「在長沙見過，那時我還是省立一中的學生，如今老了！還記得嗎？我曾經到過妙高峯你住的地方。」

「彷彿記得，時間過得太快了！」

我們隨便談談，聽到了鄉音，宛如回到了長沙一般，令我有無限感慨。

喝完了咖啡，我要求先參觀中文教學。

首先參觀的是周國屏女士教的那一班。

周教授主持一年級的中文教學，二三年級由賀上賢、劉君若兩位教授分別擔任。這是美國各大學的暑期中文講習班，規模很大，學生有一千多人，每年在不同的州立大學舉辦，今年輪到威士康辛，我能夠看到實際教學的情形，實在太高興了！

施周兩位先生替我和周女士介紹之後，我就走進教室，聽周女士唸在黑板上寫的幾個字「張、長、弓、高、緊……」她唸一遍，學生就跟著唸一遍。唸完，再用英語分析每個字的構造和意義，以及用途。夠些大學生滿臉堆著笑容，很愉快地在學習，桌上雖然擺著課本，（A Beginning Text in The Chinese Character）却沒有打開。教學方法，最初用羅馬拼音，慢慢地再教中國字，講習時間爲六星期，從六月十一開始，至八月十六結束，學生能寫一千五百字以上的作文，也能看懂國語日報的古今文選白話文部份。

爲了時間關係，我不能停留太久，下課後，在周女士的辦公室坐了幾分鐘。她選了一份學生的練習題給我，第一類是問答題，用羅馬拼音，叫學生用中文回答，再譯成英文；第二類，由中文譯英文；第三類由羅馬拼音譯中文；第四類用中文填充，例如：一——常常（Chang Chang）把——dai——來——；第五類，一段中文裏面，夾有幾個羅馬拼音，然後由學生譯成英文，例如：

「在我家Cheng裏（城），這個Cheng（城）不大也不小，有一Wan（萬）多人。有三個學Szau（校）：一個是大學，一個是中學，一個是小學……」

時間過得很快，一會兒就到了十二點，周策縱先生請我們在大學餐廳吃自助餐。走進去，只見所有的桌上都坐滿了人，特別是湖邊的野餐桌，更是連一個空位也沒有。湖上白帆點點，綠波盪漾，一面吃飯，一面欣賞風景，世間還有比這更快樂的事嗎？

我們以爲吃完飯，就可以上路了；誰知周先生一定還要我們去他的家裏看看。本來嘛，這是應有的禮貌，我老遠地從台灣來，怎麼可以不看看周夫人和他的兩位小姐就告別呢？施先生也陪我們去，真是太高興！

大約車行半小時，才到周家，我問他爲什麼要住在離學校這麼遠的地方，來回太不方便了。他說：「郊外比較清靜，宜于讀書、寫作；在美國，半小時路程，算是最近的。」

周先生是湖南才子；而且是一個最愛國的詩人。在他的客廳裏，掛滿了中國的字畫，在一首海中羣山裏，他寫著：

「故國夢魂中，雲山千里重。

不知何處是，只在海天中。」

他的「海燕」詩集，一共收集六十八首新詩，含蓄深刻，詞句優美，音調鏗鏘，爲不可多得之作。除了新詩之外，他還寫得一手好迴文詩。（請參閱周策縱先生「字字迴文詩」一文。）

周策縱先生的興趣，是多方面的，在他那本續梁啓超「苦痛中的小玩藝兒」——兼論對聯與集句裏，有很多好材料，可見他涉獵之廣，何止讀書破萬卷呢。

周夫人在醫院服務，那天下午特地請假回來陪我們，還準備了很多可口的好點心，殷勤地款待我們。他們的兩位千金，美麗活潑，天真可愛，大的叫聆蘭，小的琴霓，常常把她們父親寫的稿子拿來玩。周先生請了個美國老師來教她們的中文，使她們雖在美國學校讀書，仍然不忘記祖國的語言文字。

周先生的藏書非常豐富，凡是他遊歷過的地方，總要買些小玩藝兒來擺在客廳裏，使來訪他的朋友們，也能分享他的旅遊之樂。

他和施文林先生，都曾輪流擔任過威大的中文系主任，他們整天不遺餘力地在宣揚我國文化，實在令人欽佩！我請他回台灣來講學，他說：「我一定要去的，來到美國二十多年了，特別想念自己的國土。」

正在我們談得高興的時候，天氣突然變了，彷彿要下大雨的樣子，周先生伉儷一定留我們在他的府上住一夜；可是莉莉說什麼也不肯，她急得坐立不安，老是用眼睛向我示意，希望我趕快告辭。

「多麼難得的機會，你來一趟美國也不容易，爲什麼一定要這樣來去匆匆呢？」周先生極力挽留我。

「非常抱歉！我不能做主，因爲莉莉是司機，她說什麼時候開車，我就得聽她的。」

在大家一陣哈哈聲中，我們告別了周先生一家人，還有施先生，在細雨霏霏中離開了陌地生（Madison）。

（選自三民書局「舊金山的霧」）

●**韋瀚章**，民前六年生，廣東省中山縣人。上海滬江大學文學系畢業，曾任教於上海音專，民國二十二年發起組織「音樂藝文社」，提出「詩樂再結合」的口號，並出版、主編「音樂雜誌」季刊。從事教育文化工作近五十年，以歌詞寫作爲一生事業。曾獲七十二年國家文藝獎「特別貢獻獎」。詞作「抗敵歌」、「旗正飄飄」、「白雲故鄉」、「長恨歌」等流傳全國，著有專書「野草詞」。

■樸月

大漢天聲振國魂

以歌詞爲志業的韋瀚章先生

「旗正飄飄，馬正蕭蕭，槍在肩，刀在腰，熱血似狂潮，好男兒報國在今朝……」

那一個中華兒女不會聽過這豪壯的歌聲？那一個中華兒女不曾被那一字一句激勵得熱血沸騰。這一首在抗戰期間，唱遍了江南江北、敵前敵後的歌曲，吐露著大時代每個中華兒女的心聲。這爲所有中華兒女做代言人的，就是七十二年國家文藝獎中「特別貢獻獎」的獲獎人，一代詞宗——韋瀚章先生。

韋瀚章先生是位詞人，在直覺裏，詞人是屬於文學界的；可是，韋先生不同，他的席次在音樂界，而且，是音樂界冠冕上最寶貴的鑽石之一。因爲，他所創作的詞，不僅是案頭閱讀的純文學作品，更是供譜曲傳唱的歌詞。

實在不想用「凡有井水處，皆能歌之」來形容韋先生的歌詞傳唱之廣；因爲韋先生的高潔、儒雅、彬彬君子風，絕不是無行的輕薄浪子柳永所能比擬。但論詞作的傳唱，似乎沒有更貼切的形容。五十多年來，幾乎可以說：有中國人的地方，就有韋先生的歌詞流傳。抗戰期間，「抗敵歌」、「旗正飄飄」、「白雲故鄉」，固然家喻户曉，時至今日，那一個合唱團，不樂於演唱「長恨歌」，並把它視爲一個自我肯定的里程碑，那位演唱中國藝術歌曲的歌樂家，沒有唱過韋先生的詞作？又有那位作曲家，不以與韋先生合作爲榮、爲樂？當我們聽到不同曲譜，同一歌詞的「採蓮謠」（黃自、陳田鶴、劉雪庵分別作曲）、「白雲故鄉」（林聲翕、李中和先後作曲）、「一把剪」（應尚能、林聲翕先後作曲）時，多麼容易想到什麼是「愛不忍釋手」；雖然已有別的音樂家作曲在先了，可怎麼捨得自己捧讀時，心間流過的美麗旋律？他的一生，和藝術歌曲，結下了不解之緣，無法分割，甚至，說他本身就是一部藝術歌曲史，應該也不是過份誇大之詞。

●與黃自一見如故

自謙爲「野草詞人」的韋瀚章先生，字浩如，廣東省中山縣人，與　國父孫中山先生同鄉。民國前六年（西元一九〇六年）出生於故鄉。

幼年，入小學讀書，即顯露出超越常兒的聰明穎慧，對於文學，尤其詩詞，特別喜愛。這一傾向，被吳醒濂老師注意，極爲欣慰，特別指導他研習聲韻，開啓了他學習詩詞創作的大門。

中學，又幸遇國學知識極爲豐富的王子楨老師，在王老師的循循善誘中，擴展了他的知識領域。民國十三年，他入上海滬江大學，先讀預科，再入文學系。先後受到兩位名師吳遁生先生和林朝翰先生的教導，吳先生學識淵博，林先生才華超卓，對他都極爲賞識，鼓勵、提攜不遺餘力，在他不知不覺中。爲他未來創作歌詞的志業，紮下了穩固的根基。

民國十八年，他自滬江大學畢業，應聘進入蕭友梅先生主持的上海音專，任註册主任。同年，黃自先生在美國耶魯大學音樂院，獲得音樂學士學位，學成歸國，即被上海滬江大學延聘爲音樂系講師。音專遲了一步，只能退而求其次，聘爲兼任和聲、欣賞和音樂史的講師。

黃自到音專兼課，所接觸的教職員中，與他年齡最接近的，就是比他小兩歲的韋瀚章。這兩位年紀最輕、又同樣坦率真誠，熱愛音樂文學的青年，一見如故，一談投緣，奠下了友誼基礎。

民國十九年，在蕭友梅的誠懇邀約下，黃自接受了音專專任教務主任，兼理論作曲教授的聘約。秋季開學後，搬入音專宿舍，與韋先生分住二、三樓，一同開伙，又同室辦公，自此朝夕相處，同出同入，遂成爲知已。終於在樂壇迸現出一串璀璨的火花，至今仍在中國音樂史上傳爲佳話。

在韋先生心目中，黃自是一位待人態度謙和有禮，言談舉止懇切自然，具有古風的謙謙君子。尤其，在教學方面，諄諄善誘，誨人不倦的精神，更使韋先生感動，立意引爲楷模，見賢思齊。他舉了黃自批改學生作業的態度爲例證：

「他對學生課卷上的錯誤，不像一般老師，也許一筆就抹煞了。他用的方式，是將正確的意見，寫在上面，以極懇切、客氣的態度，表示這一意見，提供參考，請學生自己比較。這樣的態度，首先使學生了解他的善意，樂於接受，老師這樣客氣，在感情上，也不好意思不接受。再一比較，優劣立判，而且再比較下，也具體了解自已缺失的所在，就自然進步了。」黃自在到耶魯學音樂之前，先在歐柏林大學學心理，顯然，他是把心理學用在音樂教育上了，而且，獲得了很大的成效。

民國二十年，黃自介紹了與他清華學校先後同學，在美國密西根大學得到聲樂學位返國的應尚能先生，到音專執教；除聲樂外，兼教合唱、視唱練習和樂理課程。也住進了宿舍。他比黃自大兩歲，黃自比韋先生大兩歲，三人在一起，宛如三兄弟一般。韋先生回憶當日情景：

「我們三個人，在學生眼裏，簡直三位一體很少分開的，不但住一棟樓，還自己開伙燒飯；我做菜，應尚能煮飯，黃自說，不好意思吃現成的，他就洗碗。」

在那一段美好歲月中，新中國音樂的方向，是他們最關心，最愛談的話題，許多後來一一實現的構想，就在那段時日中，逐漸在他們心中萌蘗。本行是聲樂的應尚能，對作曲也產生了興趣，跟著黃自學作曲，而在後來，也成了韋先生的合作夥伴。

●「思鄉」開始以歌詞爲志業的決心

民國二十一年暮春，遠別家園的韋先生，已七年没回鄉了，加上國難重重，更不勝思鄉之苦。於是，寫了一首「思鄉」爲題的小詩，聊以抒懷寄意：

柳絲繫綠，清明纔過了，獨自箇憑欄無語。更那堪墻外鵑啼，一聲聲道：不如歸去，惹起了萬種閑情，滿懷別緒。問落花，隨渺渺微波，是否向南流。我願與他同去。

寫完，他拿給摯友黃自看，黃自微笑讚美了一番，他完全没料到，這首詩竟是他歌詞事業的開端。

「過了幾天，黃自告訴我，他在四月二十四日，爲『思鄉』譜了曲，當即帶我到一間没人的教室去，彈唱給我聽，並且，詳加解說，他是怎樣表現歌詞意境的，伴奏中，那一段表現鵑啼，那一段表現渺渺微波的流水聲……我聽著他一邊彈，一邊講，那麼美的曲子，竟是爲我的詞作的，呵！真是好興奮，好感動！」

詞的本身，已自清麗可人，配上了音樂，更是風華絶代，韋先生這一首處女作歌詞，由於黃自的慧眼賞識，精心譜曲，使他在感動之餘，下了以歌詞爲終身志業的決心。在第一次詩樂結合成功的鼓勵下，他寫出了他的第二首歌詞：「春思曲」，這是爲思念他在故鄉的未婚妻吳玉鸞女士寫的。

吳玉鸞，是他青梅竹馬的遠房表妹，貞靜嫻淑，蕙質蘭心，使韋先生傾慕鍾情。因此在雙方家長默許下，藉魚雁往還，互訴情衷，在心理上，已有互許終身的承諾。這位嶺南多情才子，明明是自己思念伊人不置，偏用對方的口氣來寫：「……憶箇郎，遠別已經年，恨祇恨，不化成杜宇，喚他快整歸鞭。」硬賴人家想念他，這原是自古以來，中國詩人常用的一種方式，因爲以女子的口氣來寫，更容易表達那種柔情似水的婉約之情。黃自看了，盛讚：「深具李清照風格。」當然，很快又譜成了曲，這一首女高音的獨唱曲，至今，仍廣受歌樂家的喜愛，是音樂會節目單上常見的曲目。

雖然，韋先生創作歌詞的風格，一開始，就走的「婉約」的路子，但並不表示他的才華，局限於婉約之面。抒情的作品，像「思鄉」、「春思曲」及陸續作的「五月裏薔薇處處開」、「春深幾許」，固然寫得柔情似水，清麗閑雅。在另一方面，慷慨豪壯、大氣磅礴的愛國歌詞創作上，顯然更獲致了空前的成功。

那是在一二八淞滬戰後，因日本蠻橫無理的侵略暴行，引起了全民的激憤，政府固然積極備戰，民間更以如火如荼之勢，展開愛國救國的各種宣傳活動，支持呼籲政府對日抗戰。溫文儒雅的韋先生，也是一位愛國的熱血青年。首先，在民國二十一年初夏，作了「弔吳淞」，由應尚能譜成獨唱曲。接著，又寫了兩首呼籲全國同胞奮起抗敵，誓死報國的愛國歌詞，那就是：

抗敵歌

中華錦繡江山誰是主人翁？　我們四萬萬同胞。　强虜入寇逞兇暴，　快一致，永久抵抗將仇報！　家可破，國須保；　身可殺，志不撓。　一心一力團結牢，努力殺敵誓不饒！

中華錦繡江山誰是主人翁？　我們四萬萬同胞。　文化疆土被焚焦，　須奮起，大衆合力將國保。　血正沸，氣正豪；　仇不報，恨不消。　羣策羣力團結牢，拼將頭顱爲國拋！

旗正飄飄

旗正飄飄，馬正蕭蕭，　槍在肩，刀在腰，熱血似狂潮。　好男兒，報國在今朝！　快奮起，莫作老病夫，快團結，莫貽散沙嘲。　國亡家破，禍在肩梢。　要爭强，須把頭顱拋。　戴天仇，怎不報？　不殺敵人恨不消！

這兩首歌詞寫成，黃自立刻放下手邊的其他工作，譜成了雄渾悲壯的混聲大合唱，並即刻訓練音專同學組團，舉行鼓舞同仇敵愾的演唱會，到杭州藝專首演。這振奮人心的歌詞，雄壯激昂的歌曲，恰似爲鬱積著無比沉痛悲憤的全國軍民，唱出了他們的心聲，引發了同仇敵愾的共鳴，立刻傳唱大江南北，幾乎可以說，在對日抗戰期間，有中國人的地方，就有這兩首歌流傳，發揮了精神作戰的無比威力。在鼓舞民心士氣方面，居功厥偉。而且，至今，仍然傳唱激盪著新生一代中華兒女的愛國心，這一種成就，至今尚無人能超越，在愛國歌曲中，這兩首歌更被奉爲經典之作。

在這一時期中，另一件音樂史上的盛事，是清唱劇「長恨歌」的創作。

清唱劇，在當時通行的譯名本是音譯的「康塔塔」，使人有不知所云之感。在黃自解釋之下，韋先生創譯了「清唱劇」取代了音譯的康塔塔，他自己，也成爲中國音樂史上第一部清唱劇的作詞者。

幾經商議，他們選了爲人熟知的故事；「長恨歌」來做主題，一方面，固然是故事本身具有濃厚的戲劇性，容易發揮，另一方面，却針對著某些在國難當頭，仍沉迷酒色，徵歌選舞，粉飾昇平的官員大老們，提出嚴正的諷刺，別學唐明皇爲了楊貴妃斷送了江山。

很快的，韋先生根據白居易的「長恨歌」，洪昇的「長生殿」，摘出了十段情節，寫成十首歌詞，送給黃自譜曲。黃自在半年之中，完成了七首：㈠「仙樂風飄處處聞」㈡「七月七日長生殿」㈢「漁陽鼙鼓動地起來」㈤「六軍不發無奈何」㈥「宛轉娥眉馬前死」㈧「山在虛無縹渺間」㈩「此恨綿綿無絕期」。預訂計劃中，重唱、合唱的六首，提前先作，因爲當時中國人自己創作的歌曲就少，合唱曲尤少，所以黃自特別先作完合唱部分，而剩下三首獨唱曲，尚未譜成。緊接著學校開學，教務工作繁忙；敵氛日熾，愛國歌曲的創作，刻不容緩，等等因素，不得不暫時將未完的「清唱劇」擱下，準備留待日後再行譜製，却不料黃自英年早逝，「長恨歌」真留下了長恨。不但韋先生自己有痛失良友的憾恨，音樂界對「長恨歌」的殘缺，尤感美中不足，希望能予以彌補。但，珠玉當前，也沒人敢於輕率從事。尤其韋先生悼念亡友，除非真正肯定有人能勝任艱鉅，掌握黃自原作的風格和精神，並能敬慎從事補遺工作，不致於破壞了原作之美，也是絕不肯讓人輕言補遺的。因此，「長恨歌」雖一直在流傳，也一直沒有完整的面貌，音樂界引爲恨事。

直到民國六十一年，黃自門下稱「五才子」之一的林聲翕先生，以其早爲黃自賞識稱許的才華，加上四十年如一日的辛勤耕耘，在中國樂壇卓然成家，深受中外音樂界矚目讚許，也終於獲得韋先生的首肯，託負以做「長恨歌」補遺工作的重任。因爲處於動亂時代，流離播遷，原稿早已遺失，太久的時間間隔，原作歌詞也不復能完整記憶，韋先生乃重新作了三章新詞：㈣「驚破霓裳羽衣曲」、㈦「夜雨聞鈴腸斷聲」、㈨「西宮南內多秋草」，林聲翕分別譜成了混聲合唱，與男聲朗誦，韋先生聽了，非常欣喜，認爲這三首的風格，完全由黃自的七首中融會而成，這一項補遺工作，補得天衣無縫，渾然一體天成，不落痕跡。「長恨歌」未完成的遺憾，終於在原作四十年後，於六十一年五月九日，黃自逝世三十四週年紀念，在臺北作了首次完整的演出，感動了無數愛樂者。林聲翕以黃自唯一未淪鐵幕，得以充分發展才華，自由創作的高徒，終能完成恩師遺志，黃自在天之靈，也應深感欣慰了。

●「音樂藝文社」與「音樂雜誌」

民國二十二年春，人才濟濟的音專師生，急於爲多難的國家貢獻心力，爲國家的音樂發展開新路、創新局。於是，發起組織了一個「音樂藝文社」，社長是蔡元培先生，副社長是葉恭綽先生。

「詩樂再結合」，是當時「音樂藝文社」提出的口號，希望能讓中國人唱自己國家的詩詞，和音樂家合作的純中國樂歌，而不是只唱外國歌，或把外國歌曲，填入中文歌詞來唱，那缺少了民族的風味，也缺少民族的感情。

中國是有詩也有樂的國家，中國的詩和樂本來是一家的，從詩經起，漢的樂府詩、唐詩、宋詞、元曲，乃至明的戲曲，無不是與音樂密切結合的，可以唱的，後來總是因爲文人把詩、詞，越寫越艱深，慢慢和音樂分了家，不易唱了，唱了別人也聽不懂了，就成了純粹案頭文學了。當一種文體走向唯美、艱深，走向案頭的時候，就產生一種新的、能唱的通俗文體來取而代之。到五四之後，新詩趨向散文化，不拘聲韻，也不容易譜曲來唱。以致使關心中國歌樂的音專師生，認爲應該創一種爲了唱來寫的新文體，把詩和樂再結合起來。不必再借外國歌曲來填詞，而由中國的音樂家，根據這爲入樂而作的新文體，創作屬於中國人的歌曲。這一種異於詩、詞、曲，也不同於新詩的文體，在韋先生創議下，訂名爲「歌詞」，而這一名詞的創議人，也就以「歌詞」爲終身志業，貢獻了半世紀的歲月。

歌詞，既是獨立於新舊詩詞之外的文體，是否有它的特色呢？韋先生說：

「有，首先，我們要了解，它的目的是唱，就不能詰屈聱牙，也不能太艱深。在平仄聲律上，也要力求諧婉順暢。我們當時曾經研訂了幾個歌詞原則，其實十分簡單：第一，用長短句。第二，要押韻。第三，所用的韻，應該配合詞的情調。」

現在，幾句話就「傾囊相授」的原則，在嘗試之初曾費了韋先生和易韋齋、龍榆生、廖輔叔等詞家多少心力。是我們無法了解的。在「詩樂結合」中，負責譜曲的，則是蕭友梅、黃自、應尚能和他們的「子弟兵」江定山、陳田鶴、賀綠汀、劉雪庵、林聲翕……這些輝耀在中國藝術歌曲史上的名字，在當時的中國新音樂運動中，是篳路藍縷，以啓山林的開路先鋒。

「音樂藝文社」，成了音專師生的精神中心，爲了普及樂教、介紹音樂新知、溝通交換意見、發表新作品，他們出版了一份季刊：「音樂雜誌」，這份刊物的主編是蕭友梅、黃自、易韋齋，韋先生則是執行編輯之一。爲了這一份無薪無酬的工作，他們投注了公餘全部的心力和時間。他們的生活極爲清苦，由於國家多難，龐大的軍費負擔列爲第一優先，以致其他經費無著，薪津積欠是常有的事，以韋先生爲例，他是常須以報章雜誌投稿的微薄稿費來維持生活的。但生活的清苦，没有影響他們對音樂藝文社的向心力，和爲音樂雜誌賣命的熱誠。「詩樂再結合」的「新音樂運動」，在音樂雜誌的大力鼓吹下，如火如荼的展開，蔚成風氣，終於爲中國音樂開創了新局。可惜的是，這一份由上海良友公司出版發行，具有劃時代意義的音樂雜誌，因虧累太大，只發行了四期，就被迫停刊了。經過烽火離亂，避秦到香港，韋先生最心痛的，並不是財物的損失，而是這些被湮没的音樂史料。在多方搜求下，音樂雜誌才找到四之三，尚未齊全。經過五十年的動盪播遷，兼以大陸上倒行逆施的文革十年浩劫，如今，恐怕這僅餘未集全的三本音樂雜誌，也是海內孤本了。

正當其時，商務印書館，邀請音專的青年才俊，編輯一套「復興初中音樂」；「復興」這個名稱，是爲了紀念一二八淞滬戰役中，燬於日軍炮火的廠房，在灰燼中復興重建。這一套爲初中學生編的音樂教科書，由四個人共同負責：韋先生負責歌詞編作、黄自負責樂曲編作、應尚能和張玉珍(潘光炯夫人)則負責音樂知識解説，和視唱練耳教材。另有三位助理，都是當時音專高才生，後來成爲著名作曲家的陳田鶴、江定仙和劉雪庵。

韋先生的一些少年歌曲，大部分在這一階段創作，如：黄自作曲的「四時漁家樂」、「睡獅」、「燕語」、「農歌」、「秋郊樂」、「秋邑近」、「採蓮謡」。應尚能作曲的「秋夜」、陳田鶴作曲的「光明的前途」，江定仙作曲的「春光好」等。尤其「採蓮謡」一曲，竟出現一詞三作的盛況：陳田鶴作了獨唱、黄自作了二重唱、劉雪庵又譜成電影插曲，一時傳爲美談。

在音樂界盛況如此，在韋先生個人，民國二十二年也是非常重要的年代：他與吳玉鸞女士，完成了花燭之喜，「吳家表妹」終於成爲他厮守一生的終身伴侶。

萬方多難。在民國二十五年，韋先生辭去了音專的工作，到南京做公務員，同時，黃自也辭卸了音專教務主任之職，專心教書、作曲。

●痛失良友，勉力創作

民國二十六年，七七年變在盧溝橋爆發，開始了全面對日抗戰。政府下令疏散公務人員家眷，韋先生不得不設法把愛妻送到上海，再乘船轉到香港，自己孑然一身留在南京。不久，八一三年變，日軍侵犯上海，對南京展開轟炸，日夜數驚，經常逃警報，躲到防空洞去。本來，妻子不在身邊，生活乏人照顧，飲食就不正常，加上空襲，整個生活秩序大亂，引發了他的痔瘡錮疾，造成嚴重貧血，且病情一天比一天惡化。到年底，不得不辭去工作，到上海，先寄居公共租界的親戚家。到民國二十七年開春後，住進醫院，本擬開刀，診斷結果，無法開刀，只能以藥物治療，經過一個多月，病狀毫無改善。

醫生是黃自的清華同學，瞞著韋先生，告訴黃自和韋先生那位親戚，病情十分不樂觀，如此下去，再三個月，復元的希望就很小了。親戚立時決定，安排韋先生返回香港，好歹，與妻子家人再見見、聚聚。臨行，黃自特別設宴送別，臨別情景韋先生記得清楚：

「黃自緊緊握着我的手，手有點兒顫抖，聲音也哽咽沙啞……我不知自己病況已被宣告無望，也不知他心情沈重而激動，只以爲他待我有如手足，感情深摯，依依不捨而已。」

那時，實際上黃自是已擔心着韋先生這次扶病南歸，等於是生離死別了，才愴神如此，這正是至情流露，那一份不能言，不忍言的苦楚，怎抑得手不顫抖，聲不哽咽?男兒有淚不輕彈，竟是對自己一種殘酷的忍情呢。

回到香港，自有一番悲喜，韋先生又住進了醫院，住了一個多月，病情還沒有轉機，竟不料，黃自訃聞先至。事隔四十餘年，韋先生仍抑不住悼念亡友的感傷，淒然追憶。

「我一見之下，整個人麻木了，只茫然向守在一旁的內人說了一句：『黃自死了……』過度的驚悼悲傷，使我刹那間跌進了冰窖，知覺整個抽空了，怎麼料得到，我病得那麼重，還活着，他好端端一個人，竟因着病因不明的大腸出血，說走就走了？他還那麼年輕呀，才三十四歲，正當英年，他那麼有才華，待人那麼好，那麼熱心教學生……」

一連串的「那麼」，串出了黃自的形象，却喚不回早逝的英魂，韋先生這位知交好友、事業夥伴，畢竟丟下了未酬的壯圖，敬愛他的朋友，待他教導的學生，就如殞星般，在中國音樂的長空，留下短暫的璀璨光華，消失在夜幕深沈中。

「如果，我没有到英專，没有遇到黃自，也許就不一定是今天的我了。」

韋先生欷歔着說。真的，人生遇合，不都是這樣嗎？所謂冥冥之中，自有天意，也許，上天就是要藉黃自與韋先生這番緣會，爲中國歌樂奠基留痕吧？無論如何，這總是中國之幸。

難纏的痼疾，意外地在一位中醫師的治療下，妙手回春。病癒後的韋先生，到香港的商務印書館任職。那時香港的合唱風氣很盛，商務印書館，也成立了合唱團。音專畢業，返港任教的林聲翕，在韋先生推介下，被聘爲合唱團指揮。

夏天，天氣很熱，合唱團同仁結伴到淺水灣游泳，不善游泳，躺在山脚邊的沙灘上看海景的韋先生，望見一幅美麗的圖畫：遠處有山，山外有雲，雲外呢？那是故鄉，淪落在敵人鐵蹄下的故鄉。在無限對故鄉的思念和低迴中，他寫下了：

白雲故鄉

海風翻起白浪，浪花濺濕衣裳，　寂寞的沙灘，只有我在凝望。　羣山浮在海上，白雲躲在山旁，　層雲的後面，就是我的故鄉。　海水茫茫，山色蒼蒼，　白雲依戀在羣山的懷裏，　我却望不見故鄉，　血沸胸膛，仇恨難忘，　把堅決的意志築成壁壘，　莫讓敵人侵佔故鄉！

這一首詞寫成，他寄給了林聲翕，很快的譜成了曲，立刻就傳唱開了。並且灌成了唱片，銷行數超過十萬張，成爲抗戰期間，另一件威力無比的精神武器。這是他和林聲翕第一次合作。

民國三十年，日本偷襲珍珠港，太平洋戰爭爆發。香港淪陷，韋先生夫婦避亂，經廣州，到廣東番禺鄉下荒村中隱居起來，教書度日，艱苦備嘗。

人，隱居了，歌，却隨着在艱苦中奮鬥的中華兒女們，不屈的意志，不撓的決心，在前線、在後方，在所有中華兒女步履所及的地方，傳唱、飛揚！他們流着淚唱「白雲故鄉」，切着齒唱「抗敵歌」，更慷慨激昂地高唱着「旗正飄飄」，充滿信心的等待勝利來到！

民國三十四年，日本無條件投降，舉國歡騰；苦難的日子，終於過去，人人充滿希望地迎接着光明的遠景，却不察，暗中已潛伏着禍根。

民國三十五年夏，韋先生應上海滬江大學之聘，重返上海，回到母校任秘書之職。除了即情即景的詩詞外，作歌詞「一把剪」，由久別重逢的應尚能譜了曲。

民國三十八年，赤禍南流，四月，南京撤守，韋先生設法先讓妻子奉母避難香港，自己不及逃出，陷入險境。直到三十九年春，以老母病重爲由，才得申請出境，重抵自由地區香港。在滯留上海期間，他作了一首七言詩「寒流」，爲苦難衆生，怨天道不仁，其中寄託，不難明瞭：

寒流怒撼朔風鳴，衰草殘枝恨有聲。
果道天心能愛物，奈何搖落迫羣生？

民國三十九年，返港後，因胡然先生介紹，在邵光先生力邀下，接受聘約，擔任中國聖樂院（今香港音專前身）歌詞寫作教授，前後共達八年之久。作育英才，本爲韋先生夙志，以黃自當年教學態度爲楷模，自謂「既盡心力，也竭愚誠」，啓迪後學。

●「野草詞」的出版

對於歌詞與樂曲的關係，及應「先有詞」抑「先有曲」的紛紜聚訟，韋先生有所闡釋：「一首歌曲，歌詞有如身材，樂曲有如衣服鞋襪，若求穿衣服合身稱體，最好的方法是量身裁衣，而不是削足適履。以詞配曲，並非不能，但相當困難，若非配詞者有甚高的音樂素養，了解曲調、節奏、及樂曲中所表達的感情，加上本身的文字修養，極難有理想成績。詩序云：『言之不足，故嗟嘆之，嗟嘆之不足，故咏歌之。』可見是先有言（歌詞），後有咏歌（樂曲）才是自然順序，也就是先有歌詞，去啓發作曲家樂想，而後譜曲。」

民國四十二年，香港名導演卜萬蒼先生，爲提高電影插曲素質，特別邀請韋先生與林聲翕先生合作撰詞譜曲。韋先生認爲音樂不能標榜清高，而致「曲高和寡」，與社會脱節。最好能深入羣衆，慢慢提高羣衆欣賞水準，所以慨然允諾。數年間，與林聲翕合作「戀春曲」、「懷舊」、「人海孤鴻」……等電影插曲，廣受好評。

民國四十六年，應華南管絃樂團之邀，與林聲翕合編初中音樂教材，作「運動會」、「春光好」、「端陽競渡」等少年歌曲，皆由林聲翕譜曲。連同與邵光合作之「靜」，與綦湘鑅合作之「泛舟」，及應卜萬蒼邀寫的電影插曲，配譯歌詞的外國名曲，共計二十餘首，爲歷年來創作最豐的一年。

民國四十八年應英屬北婆羅洲及砂勝越聯合政府之聘，往砂勝越首都古晉，任文化出版局華文編輯主任，除策劃出版書籍外，並負責訓練當地華、英、馬籍員工編譯、寫作、出版、發行人材。

韋先生任職文化出版局，先後九年。公餘之暇，除蒔花藝草外，偶亦創作歌詞，「紅梅曲」爲這一階段的代表作。半生顛沛流離，貧病交迫，直到此時，才算享安居樂業之福。自謂爲一生幸福的頂峯。

民國五十六年，香港暴動。五十八年，韋先生自文化出版局退休。接古晉檳嶺中學聘書，任最高班的翻譯及中國文學教師，接聘後，香港基督教文藝出版社社長，音樂家黃永熙先生，親自專程自香港到古晉訪韋先生，誠懇邀約返港主持基督教流傳最廣的詩歌集「普天頌讚」的修訂工作。韋先生是一位虔誠基督徒，樂於參與這一偉大事工，以聘約在身，乃與黃永熙先生約定，待聘約期滿，返港效力。

民國五十九年，離古晉，返香港，主持「普天頌讚」修訂工作，迄民國六十四年，始竟全功。

這一年，最爲韋先生欣喜的事，是與彼此慕名，神交已久的黃友棣先生初識，以「碧海夜遊」一曲訂交，結爲詩樂知己。

民國六十一年，與林聲翕合作完成「長恨歌補遺」，並在黃自逝世三十四週年紀念日，首演全部「長恨歌」於台北。韋先生與林先生連袂來臺，親自主持此一盛會，爲中國樂壇一大盛事。

民國六十二年，與黃友棣先生合作「鳴春組曲」；並與李抱忱先生合作「野草閒雲」；韋先生自稱「野草詞人」。李先生曾作「閒雲歌」自喻，韋先生特作「野草閒雲」以誌交誼，一時傳爲佳話。

十一月，中國廣播公司，爲向韋先生在樂壇的貢獻表示敬意，舉辦「韋瀚章詞作音樂會」於台北；十二月，香港市政局與樂友社，亦舉辦「韋瀚章詞作音樂會」於香港，一代宗匠，實至名歸，這也是中國音樂史上，歌詞作者獲此殊榮的第一人。僑委會讚佩韋先生歌詞成就，特頒「海光獎章」以爲表揚。

民國六十三年，作「秋夜聞笛」、與「愛物天心組曲」，黃友棣作配有樂器輔奏之歌曲，以新穎別緻，深受好評，並作「大空歌」贈王大空先生，由林聲翕譜合唱。

是年，五月六日，吳玉鸞女士因高血壓突發，不治去世，韋先生伉儷情深，結褵四十一年，爲人羨稱神仙眷屬，遭此突變，幾至痛不欲生。爲悼念愛妻，作「遺照」、「紀夢」，一字一淚，至爲感人。與次年忌辰所作「週年祭」合編爲「鼓盆歌集」，由林聲翕作曲。

民國六十四年，「普天頌讚」修訂工作完成，韋先生功成身退。

爲「香港健康學會」作「笑哈哈」，爲「思義夫合唱團」作「繼往開來」，均由黃友棣譜曲。

是年冬，韋先生七一華誕，香港音樂界策劃出版韋先生詞作歌曲專集，以爲慶賀。因歷年合作作品最多的，爲黃友棣與林聲翕先生，分別印行與黃友棣合作的「芳菲集」及與林聲翕合作的「晚晴集」，由華南管絃樂團出版部編印出版，爲香港音樂界盛事。

民國六十五年，在親朋好友鼓勵下，韋先生將幾經離亂遷徙，早已散失，而設法搜集所得，僅存三分之一的一百餘首詞稿付梓出版，題爲「野草詞」。除少數遺興之作外，大多數均經音樂家譜曲傳唱。（詳見後附歌詞作品年代表）

民國六十六年，香港當局爲收移風易俗之效，成立「倡廉運動工作委員會」，邀請音樂界人士響應。韋先生認爲音樂工作者，應具有對社會教育的使命感，協助推動社教工作的進展，特別作粵語歌曲「你我莫相忘」、「半夜敲門也不驚」，由林聲翕、黃友棣分別譜曲，流傳甚廣，深入人心。

臺北市東大圖書公司，徵得韋先生同意，將「野草詞」列入滄海叢刊，在臺出版。黃友棣先生以合作多年的知音，撰文推介，譽之爲「玉潤山林」。此一詞集，爲有志習作歌詞的後學，奉爲圭臬，更爲欲窺歌詞門徑的唯一教本，極具價值。

民國六十七年，香港市政局主辦，香港話劇團演出莫里哀名劇「醉心貴族的小市民」，請韋先生撰寫插曲，作「勸酒歌」由黃友棣作詞。

香港音專聘爲校監，兼歌詞習作教授。

與黃友棣合作大合唱組曲「佳節頌」，分別祝頌民間傳統慶節：清明、端陽、中秋、新春，深具民族風味，別有意義。

民國七十年，應香港市政局之邀，與林聲翕合作三幕四場古裝歌劇「易水送別」，發揚俠義精神及愛國情操，爲一沒有女主角而充滿陽剛之美的作品。連演四場，轟動香港，一票難求，盛況空前。

與黃友棣合作畢生第二部「清唱劇」：「重青樹」，表彰人間溫暖，與上天好生之德。

民國七十二年，國家文藝基金委員會，爲表揚韋瀚章先生與黃友棣先生、林聲翕先生五十年獻身樂教的功勳，於六月二十八日，頒贈「特別貢獻獎」於臺北，此一國家最高榮譽的頒贈，實爲韋先生五十年獻身樂教成果累積所得的最佳獎勵，實至名歸，當之無愧。

民國七十三年元旦，連續兩天，香港音樂界爲慶賀這位中國藝術歌曲做開路先鋒的樂壇長者：韋瀚章先生七十晉八華誕，假座香港大會堂舉辦「韋瀚章歌詞創作五十二年音樂會」，全部演唱歷年來韋先生與各作曲家合作的歌樂作品，寫下中國音樂史上另一空前的光榮記錄，此一記錄截至目前爲止，也唯有韋瀚章先生足以當之！

韋先生曾經這樣地稱揚與他合作最多的三位「詩樂知己」——黃自、黃友棣、林聲翕：

「這二黃一林，都不是能僅以『作曲家』目之的，那是小看了他們，他們對中國音樂最大的貢獻，是在音樂教育方面。黃自英年早逝，一方面，我們可惜他去世太早，一定有更多、更好的作品產生。最可惜的，却是他可能造就的多少人才！若不是受年壽所限，他最大的成就，該是樂教方面。現在，黃友棣、林聲翕也正在這一方面努力，他們的成就，是有目共睹的。」

韋先生自己又何嘗不是呢？在我們所能見的一面，他的歌詞創作，固然在中國樂壇上放出萬丈光芒，另一方面，他正默默地做着傳遞薪火的工作，秉持着「既盡心力，也竭愚誠」的精神，傳遞着歌詞創作的一脈馨香，因為：創作之功，只及於自身，樂教，才是開千秋業，奠萬世基的偉業！

●後記

民國七十二年六月下旬，韋瀚章先生偕黃友棣先生、林聲翕先生連袂返國，接受國家文藝獎「特別貢獻獎」之頒贈，筆者乃有幸初訪韋先生於青年會。復承黃友棣先生提供資料；劉偉佐先生慨然惠借當年上海音專師生合影珍貴照片。並承白雲鵬、劉星、黃瑩、陳欽忠、翁景芳、吳玉霞諸位先生女士多方協助，始能順利完稿。初稿完成，幸蒙林聲翕先生於百忙中，不憚勞煩，詳加審閱訂正，謹此併致謝忱。

（原載於73年1月「文訊」7、8期合刊）

〈韋瀚章作品選〉

憶黃自

今年是我國作曲家黃自誕生八十年紀念。作爲他的一個老同事、老朋友，我借一點篇幅說幾次紀念這位舉世知名的中國作曲家，我想是很應該的。

我們首次相逢是這樣的：那是一九二九年秋季開課的日子，在上海法租界畢勛路十九號，國立音樂專科學校，一座不很大、也不太小的洋樓裡，外面是花園、網球場、籃球場……我首次認識了黃自——一位如莫札特一樣短命的青年作曲家。

當時我們兩個還是單身漢，同在學校中包午飯的。當蕭友梅校長介紹我們相識時，黃自緊握住我的手，蘊藏著熱情與友愛；從他聰明的眼睛凝望著我，嘴角掛著一絲淺笑，我立即斷定他是一位溫柔敦厚而又謙恭的人。他是個剛從外國（美國）歸來的留學生，可是他沒有不少留學生所有的傲慢或矜持的態度。一頓午飯的時間，我們交談，我請教他關於在外國的問題，他沒有絲毫炫耀他的見識，也沒有半點輕視同桌吃飯的「本地貨」。

因爲他一回上海就被滬江大學聘爲音樂系專任教授，所以國立音專衹能情商他擔任每週兩個上午的功課，並預定了下年度來校任教務主任。他不但待人接物的態度好，他的學問修養也得人敬佩，所以同人同學，沒有一個人不認識他，尊敬他，和他友好的。

這一年，在國內知道他的人並不多。自從一九三〇年冬天，上海公共租界工部局音響樂隊把他在哥倫比亞大學音樂院的畢業作品「懷舊曲」(前奏曲)公演了，大家纔曉得中國並非沒有作曲家，大家纔曉得這位作曲家就是二十多歲的青年黃自。

第二年秋季，他開始擔任國立音專教務主任兼理論作曲系教授。我們同住一座宿舍，同一塊兒自開爐灶，烹調自己的飲食，一同起居，一同工作，心情愉快，不可言喻。從此我們建下了深厚的友誼，雙方的個性與思想也逐漸地互相了解，從而孕育著我們以後合作的種子。

黃自有很豐富的學問，也有極純熟的技巧，可是他絕不恃才自傲。他作曲的態度，正如杜甫作詩，不肯讓一個並不重要的音符苟且過去。他作歌的態度，對歌詞(中文歌詞)的四聲交韻，極爲審慎；對於詞的意境與詞人的思想，極求明瞭，務求每一個字配上它最適合的音符，伴奏部分，也極求脗合原詞的境界。所以他作的樂歌，一經適當地唱出來，不特詞人心坎的癢處，被他所配的音響搔著，即使別人聽了，也覺十分動情的。「思鄉」一曲，是我們結交以來的處女作，很能證明我這幾句話。詞中每個字的音韻，每句的抑揚頓挫，他已經盡到了應盡的功夫來發揮我那章沒有音響、寫在白紙上的歌詞；伴奏部分也被他烘托出言外之音。試聽那「……更那堪墻外鵑啼，一聲一聲道：不如歸去……」一句，在伴奏中，鋼琴奏出了流水啼鵑的詩情畫意來。而且他的曲寫的那麼自然，一點兒也不著牽强或故意遷就詞意的痕跡。倘非技巧高妙的天才，能寫出這樣的樂歌麼？

當我遞給他「春思曲」——我們第二首合作的樂歌——的時候，他讀了頷首微笑說：「這是倣李清照的風格吧？好！讓我試試看。」過了幾天他把譜成的「春思曲」帶到學校來了。一開頭：「蕭蕭夜雨滴階前，寒衾孤枕未成眠……」兩句用悽惋的旋律譜成，伴奏中還夾著霏微春雨，更顯出閨中春雨的鬱悶。

「長恨歌」清唱劇是在一個暑假中完成的。可惜劇中獨唱曲未能完成，他便去世了。到了四十年（一九七二）之後，我另作了三首補遺的新詞，由黃自的入室弟子林聲翕作曲，使全部劇情，有個完整的表現，總算「長恨」得到補救了。

至於「抗敵歌」、「旗正飄飄」以及初中復興音樂教科書中的愛國歌曲和教材用的歌曲，都是九一八後，激於義憤之作，抗戰期間，頗收鼓舞敵愾之效。

抗戰開始之後，我因病從南京到上海求醫，經月未癒；而上海的情勢也不安靖，祇有決定逃到香港與家人重聚，黃自特地爲我餞行，還邀請了鋼琴系主任查哈羅夫教授和皮谷華教授作陪。臨別黃自握住我的手，面容很悲哀。我以爲在戰亂中分別，可能後會無期，所以悲哀。其實不然，因爲我的醫生是黃自的朋友，他曾向黃自說，如果三個月後無轉機的話。我的病是絕望的。所以黃自自那次和我握別時的表情悲哀，是爲了那次的握別可能是永遠不再相逢的了。我到港之後在醫院裡治療，突然接到一封「訃聞」，打開一看，原來是黃自逝世的消息。我在病榻上惘然的悲哀，至今彷彿依然存在！那是一九三八年五月的事了！

（選自聯合報副刊73年10月29日）

●**郭水潭**，台南佳里人，民前五年生。民國二十年開始參加新文學運動行列，一九六一年加入「南溟藝園」爲同仁，一九三四年加盟「台灣文藝聯盟」，擔任執行委員，並與吳新榮、徐淸吉等人成立佳里支部，鼓勵鹽分地帶文學風氣，是日據時代「鹽份地帶」文學領導人之一。作品以詩爲主，另有小說、隨筆、評論。著有「台灣日人文學概觀」、「談本省知識界之動向」等書。

■林佩芬

潭深千尺詩情水

塩分地帶詩人郭水潭先生

●鹽分地帶的歷史回顧

據連橫「臺灣通史」卷二「建國紀」的記載：「永曆十五年冬十二月，招討大將軍延平郡王鄭成功克臺灣，居之。」而後與諸臣將謀，議定：「今臺灣爲新創之地，雖僻處海濱，安敢忘戰，故行屯田之法，僅留勇衞侍衞二旅以守安平、承天，餘鎮各按分地；分赴南北開墾，使野無曠土，而軍有餘糧。三年之後，乃定賦稅，農隙之時，訓以武事，俾無廢弛。有事則執戈以戰，無事則負耒而耕，而後可以圖長治也。」諸將聽命而行。於是五軍果毅各鎮赴曾文溪之北，前鋒後勁左衞各鎮赴二層行溪之南，各擇地屯兵，插竹爲社，斬茅爲屋，而養軍無患。

其部有吳將軍者，適紮營駐墾於萬年興一地(今臺南縣將軍鄉一帶，後因以其地名爲「將軍」)，吳氏一族殖焉。

吳將軍雖武將而雅好儒士，駐墾之餘，倡興文教；「行有餘力，則以學文」，以此，文風漸盛，「書房」紛立，匯成文化支流，而「詩社」雅集，亦漸興漸多；至於清，修教治文，臺南乃爲首善之區，時金馬臺澎設書院計六十四，而臺南一地佔十八所，文教之興自是明鑒。

清光緒二十一年（西元一八九五年），中日甲午戰爭，其後簽署「馬關條約」，割讓臺灣與日本；此後計五十年間，臺灣淪入「日據時代」，全臺行政區域名稱凡數更，一九二〇年制改，設全臺為五州、二廳、四十七郡、三市、二百六十三街庄；明鄭時代約稱萬年興一帶，至此遂易名為「臺南州」「北門郡」。

北門郡轄六庄，約為今之佳里、學甲、北門、將軍、七股、西港六鄉鎮。

其地土質貧脊，不利農耕；且又地處濱海、溪浦地帶，土壤中含鹽成份甚重，濱海又以產鹽為主，七股、北門便為著名鹽產地；於是時人每常以「鹽分地帶」代稱之，久而沿之襲之，「鹽分地帶」遂成為了專有名詞。

「日本人據臺灣初期，有意收攬、懷柔，乃『大興文教，禮遇賢士』，歷任總督獎勵風雅，因而詩人聯吟會盛極一時，酬唱風靡全省。所謂全省詩社聯吟大會，亦時常舉行，詩會使官民在文藝上打成一片，詩的活動一直興隆不替，至民國十五、六年，發展至最高峯，全省詩社，數以百計，而大陸文士章炳麟、梁啓超等人，亦於此詩學鼎盛之際，先後來臺，對臺灣文壇皆有所俾益。」

「當時的文士們，雖然對於擊鉢聯吟心存鄙視，但是在異族鐵蹄下想保存漢民族的文化，不得不提倡詩社聯吟，借以鼓吹青年學子學習祖國文化，其用心之良苦，真可以說是『無淚可揮惟說詩』。」

兩段話，說明了一切。

病於格律的傳統詩，詩社，却默默在貢獻著一己之力；「日人佔據臺灣五十年，實賴這些傳統詩社的詩人來維繫祖國文化於垂絕，其功勞不可抹滅。當日人據臺初期，許多文人眼見有志之士，以武力來反抗日人，終遭摧折擊敗，乃轉向詩人的結社，其作用在於保存固有文化，且具有抗日意識的傳佈作用。」

結社，聯吟，酬唱往來的文字障，在文學史上固然已經走入了死胡同；但，這些遍佈全省的傳統舊詩社，對於傳遞民族文化的香火，維繫民族精神的延續，却是功不可沒的。

●日據時代臺灣的新文學運動

日據時期臺灣的新文學運動，本來就是中國新文化運動的一部份，也是臺灣民族運動的一部份；本來，日人入據臺灣前期，自一八九五年至一九一五年間，即從曇花一現的唐景崧「臺灣民主國」至余清芳「噍吧哖事件」的二十年間，臺灣同胞不斷的以武力抵抗日本異族的統治，前仆後繼，後來由於客觀情勢的變遷，臺灣同胞的抗日鬥爭由武力轉而爲非武力的方式，於是產生了文化思想性的政治社會運動。

一九一一年，臺灣受日人統治的第十六年，辛亥革命成功，中華民國於焉誕生。祖國革命的勝利激發了留日臺灣學生的民族意識，同時增强了對祖國的向心力，使他們把解救臺灣同胞的希望寄託在祖國的將來。

同時，全世界也瀰漫著一種新起的思潮；「德莫克拉西」的名字在世界的每一個角落普遍揚起，美國威爾遜總統「民族自決」的提倡，成爲弱小民族求獨立自由的呼聲；而在亞洲，日本正風靡著自由民主的思想，中國，也正逢「五四」運動的波濤——這波濤同時衝擊了臺灣，同樣的發起了自覺自救的啓蒙運動。

在文學上，臺灣的知識青年們，當然也就響應了胡適等人所提倡的「文學革命」的主張，而衍成了臺灣的新文學運動。

民國八年，祖國發起五四學生愛國運動；那一年的秋天，在東京留學的臺灣留學生開始有了團體的組織，「聲應會」、「啓發會」「新民會」等相繼成立；民國九年又組織了「臺灣青年雜誌社」，發行「臺灣青年」月刊。

民國十年，由蔣渭水策畫領導和林獻堂的支持下，成立了「臺灣文化協會」，團結了一千三十二名會員成爲臺灣新文化運動的主幹。

民國十一年，「臺灣青年」月刊於出版了十八期之後改稱「臺灣」雜誌，又出版了十九期；這份兩種名稱的雜誌刊載了不少關於文學改革，文學理論及文學創作的文字，在當時造成了極大的震撼。

民國十二年，「臺灣民報」創刊，這份報紙全部採用白話文，並特闢文藝專欄，定期刊載文藝論文及作品；當時，因尚無其他的文藝雜誌，此後的八年之間，臺灣初期的新文學作品都發表在「臺灣民報」的文藝專欄上，「臺灣民報」真可謂是臺灣新文學的搖籃了。

民國十六年八月，「臺灣民報」遷移到臺灣發行，五年間，所發行的是週刊；至民國二十一年四月十五日起改爲日刊，並更名「臺灣新民報」。

這時的作家與作品均大增，水準也大爲提高。

自民國二十一年起，臺灣的新文學運動進入了高潮；一月，文藝雜誌南音半月刊問世了，此後文藝社團「台灣藝術研究會」、「臺灣文藝協會」、「臺灣文藝聯盟」、文藝雜誌「福爾摩沙」、「先發部隊」、「第一線」、「臺灣文藝」、「臺灣新文學」等相繼成立，一時之間，百花齊放，大家輩出；作品的質與量在衆人的耕耘下直線上升，造成了臺灣新文學史上的鼎盛時期，直至於今。

「身爲知識份子的作家，一開始就背負了沉重的民族意識的十字架，舉目望去，是被凌夷的同胞、歧視的眼光和愚蠢的習性，儘管『社會現實性』這個路線問題一直被討論著，但到民國三十年止，臺灣作家的作品裏，是充滿社會意識的，很少逃避現實，遁入虛妄的王國裏。大多數的作品，所描寫的是窮苦、樸實的農民，和他們在剝削下的生活，或者日本警察的暴惡嘴臉，御用紳士、走狗的面目等等殖民地的現象。大多數的作家都能將自我的價值歸結到社會大衆上，社會的災難就是個人的災難，周圍人民的不幸就是個人的不幸，藉著作品表達對現實社會、政治的抗議精神，或是對不可抗拒之外加災禍的剛毅的隱忍精神。」

林載爵的一段話，充份説明了日據時代臺灣文學作品的精神；同時，由於當時世界新思潮的衝擊，寫實主義的文學主張風靡一時，這種文學思潮，正好與殖民下的臺灣文學所欲表現的隱忍與抗議相輝相映，而成爲了日據時代臺灣新文學的主流。

作品大抵以描寫當時現實社會的真面貌，揭發社會的黑暗面、傳達鄉土真摯的親情，同情低收入的農民、工人，提倡社會改革、表露作者內心的悲憤爲重要主題；當時在文壇上轟動一時的作品如吳希聖的「豚」、楊華的「一個勞動者之死」、呂赫若的「牛車」、楊逵的「送報伕」等等，便完完全全的呈現了寫實主義的風貌。

當然，武力抗日屢起屢敗，而同胞屢遭殺戮，誰還會有「爲藝術而藝術」的閒情逸致呢？文學，自然而然的成爲「非武力抗日」的代用品，成爲維護民族精神，民族文化的最重要的一根支柱了。

●日據時代鹽分地帶的文學

處在這樣的時空中，「鹽分地帶文學」在臺灣的新文學史上成爲極重要的一環。

繼承了明鄭時代鼎盛的文風，這脈文學的香火在「鹽分地帶」始終不息；傳統舊文學家結社吟詩，風行一時，而以王炳南、吳萱草、洪權、王大俊等人爲代表，先後成立了登雲詩社、學甲吟社、竹橋吟社、將軍吟社及白鷗詩社等；著名的詩人有林泮、吳萱草等。

新文學運動發生之後，「鹽分地帶」也自然而然的受到了它的洗禮，而後，新文學家輩出，逐漸蔚爲一股洪流，而開展了「鹽分地帶文學」嶄新的、光輝的一面。

這，又包含了「鹽分地帶」的一個特殊的原因，如林芳年先生所言：

「據說日寇統帥北白川宮能久親王罹難蕭壠(今之佳里)，也有在彰化及嘉義縣義竹之說，諸說紛紛沒有定論。惟觀日寇新鹽分地帶住民殺戮的嚴厲：(按清光緒二十一年，日寇通境，先烈林崑崗滿腹悲憤，糾集同志數百人扼守八掌溪，給來犯的敵軍作個迎頭痛擊，日寇死傷纍纍，因此激怒了日軍，竟發揮了殘暴的本性，捕殺了無辜良民五百餘人。)可以斷定北白宮川罹難佳里之不謬；構成日寇對鹽分地帶下一代的苛酷思想控制，……」

文學似在泰平時代結蕾，逆境時代開花怒放的產物，如果站在這定點說話，鹽分地帶同仁於日據時代從事新文學運動似乎正確的構想，因這地方的人們蒙受日人凌辱狀態著實比其他地方爲甚，因此偎在文學途徑迸發怒吼火花，是一種對異族的合理合情抗議。

「鹽分地帶文學」的領導人有二，一位是已經故世的吳新榮先生，一位便是郭水潭先生。

郭水潭先生早在在學時期就已經從事日本「和歌」的寫作，民國十九年時曾加入日本的「新珠短歌社」，其作品曾被選入「皇紀二五九四歌集」；後來漸漸受到了新文學運動的影響，並感到「和歌」只是一種僞造文學而已，於是放棄了「和歌」的創作，而追求自己的新文學理想，改爲新詩寫作。

民國二十年，他與徐清吉、王登山等人開始參加新文學運動行列，參加了當時唯一不排斥臺灣人的「南溟藝園」爲同仁，並開始在這份雜誌上發表作品。

民國二十一年七月，「臺灣藝術研究會」在東京成立；十月，「臺灣文藝協會」在臺北成立，這是在臺灣成立的第一個文學社團，也爲當時的臺灣新文學掀起了新的風潮。

而就在此時，吳新榮先生由日本回到臺南佳里的家鄉；他帶回了一套新文學的理論，同時也感到本地青年思想落後，志氣消沉，實有待喚起前進；於是，他乃與郭水潭先生共商，此時，他又認識了另一位新文學的工作者徐清吉，三人即研議組織了「佳里青風會」。

「佳里青風會」的目的爲：「爲要提高青年之風氣，定每週集會一次，以鼓勵讀書並交換知識。」不久，這個組織又横遭日本政府的干涉，强令解散；但，這個組織的部份會員却因熱愛文學而締建了友誼，團結了起來：吳新榮、郭水潭、徐清吉、王登山、陳培初、鄭國津、葉向榮、黃清澤，以及後來加入的林精鏐、莊培初、黃炭、曾對、黃平堅、郭維鐘、陳挑琴共十五人。

於是，以吳新榮、郭水潭爲首的「鹽分地帶」派的初型於焉建立。

十五人中常有作品發表，同時也互相批評作品的思想，探討寫作技巧；文學的園地在辛勤的耕耘中綻出了花朵，姹紫嫣紅的點綴著被日人割據下的殖民地，更暗含了反抗日人統治的思想，因此，他們的作品中充滿了反殖民主義的思想和寫實主義的風貌。

民國二十二年，郭水潭先生在臺灣新民報發表了「斷片的私見」一文，針對民國二十一年臺灣文壇的寫作成果，做了一個批評，並且提出個人的看法，對於殖民地文學作家，必須表達堅强的意志，同時，他更舉出了楊逵的「送報伕」來解說，以林攀龍的「歐羅巴」來印證，而總結了民國二十一年的臺灣文學。

民國二十三年，由張深切、賴明弘、賴和等人在臺中市小西湖酒家召開第一屆全島文藝大會，並成立了「臺灣文藝聯盟」，吳新榮、郭水潭被邀參加。

「臺灣文藝聯盟」是臺灣第一個全島性的文藝團體；其宗旨依章程之規定爲「聯絡臺灣文藝家，互相圖謀親睦，以振興臺灣文藝」，其事業即分爲「發刊雜誌、刊行書册，開文藝講演會，開文藝座談會」，其組織分爲「會員總會、執行委員會(十五名)、常務委員會(五名)」，並規定每年開一次會員大會，必要時得設立地方支部。

章程通過後，即選出委員；南部地區由郭水潭與蔡秋洞當選。

民國二十三年十一月，「臺灣文藝聯盟」發行「臺灣文藝」雜誌，郭水潭先生在這個刊物上發表了不少作品。

民國二十四年六月一日，「臺灣文藝聯盟佳里支部」在郭水潭和吳新榮的努力奔走下成立，並在當時佳里公會堂舉行成立典禮，發表支部宣言，宣言內容大致與總部宣言相同，其重要主張有：

一、世界資本主義侵襲下的臺灣，受到莫大的波及，爲了維護臺灣文化的存亡，必須有文藝團體的組織。

二、爲了要響應臺灣新文學的運動，因此組織文藝聯盟支部。

三、聯絡有志文學的文人，互相鼓舞砥礪，以振興臺灣文藝。

此後，會員們不但在文學上互相砥礪，潛心寫作，而且對於文化運動頗多貢獻，經常在臺南推行各種文藝工作，並且出版了「佳里支部作品集」。

民國二十四年十二月，楊逵先生離開「臺灣文藝」主辦「臺灣新文學」雜誌，郭水潭先生加入「臺灣新文學」。

民國二十六年十二月二十二日，郁達夫由日本來臺，自臺北、臺中、嘉義；十二月二十九日抵達臺南，郭水潭先生遂偕吳新榮、徐清吉等人前往拜訪，在臺南鐵路飯店暢談文學，事後，郭水潭先生曾撰「憶郁達夫訪臺」一文，以記其事。

民國二十八年，郭水潭先生加入日人西川滿主編的「華麗島」詩刊（只發行一書，後改爲「文藝臺灣」），華麗島是「臺灣詩人協會」的機關雜誌，但文藝水準相當高，郭水潭先生的得意詩作「世紀之歌」便發表於「華麗島」的創刊號。

但，由於民國二十六年，中日戰爭爆發，日本政府同時也對臺灣展開了另一種新的壓迫。

先是，早在民國三年，日本政府就已遣坂垣退助伯爵來臺組織「臺灣同化會」，進行其同化手段；抗戰爆發後，爲配合戰時體制，乃於民國二十七年，由小林總督提倡皇民化，復於民國三十年成立「皇民奉公會」，大力推行皇民化運動，試想把臺灣改頭換面，變成日本帝國主義下的順民，以便利其統治；因而也設立了「皇民文學賞」，以及「決戰文學」，亦曾派遣了菊池寬、火野葦平、久米正確等人來臺與臺灣作家會面，召開「決戰文學會議」，組織「臺灣文藝家協會」，郭水潭先生雖然迫不得已的也成爲了「臺灣文藝家協會」的隨筆部員，但是做爲中國知識份子的他，有著民族意識的覺醒，所以始終沒有寫過一篇文章。

迫於這樣的局勢，郭水潭先生的文學活動自然也就大減。

●言志與詩情的融合

震撼著東洋的天地
現在　嚴厲的暴風雨襲來
由於强烈而不可預測的風速
由於時代偉大的鼓翼
悠久的歷史　没有規距的人類的無聊

禁不住　被打散了

砲隊嚴然相對峙的時候
陸海空引發烽火的時候
無疑的　那是人類相尅的
不幸的事實　惹起了

優異的天才傾注智囊
巧妙造成的精銳武器
今天給我們的生活
帶來怎樣的結果？

一九三七年七月七日，在東亞的一角
龐大的戰爭開始　在擴展
謙讓的美德　睿智的反省

逐漸擴大的戰績
現在　不正是同時
把勝利的歡欣　和慘敗的悲哀
告訴我們了嗎？

在民族嚴肅的試鍊之下
戰旗一直在進行的時候
我們已不是虛無主義者
我們已不是浪漫主義者

縱令電波不斷把悲哀的現實
傳給世界的人們
縱令在籠罩憂愁的幾千萬眸子裏
盛開的薔薇會枯萎

那些堅强的士兵們
却一心一意
而不顧一切
席捲大地　勇敢地前進

人們呀只相信著森林深處的黎明
祈禱而等待吧
休戰喇叭的美音令人雀躍
在大地　愛和親情甦醒了
當那天來臨的時候
人們呀　虔誠地
向歷史的車輪　祝福一切吧
太陽會永恒　飽和人類的善惡呢

這首「世紀之歌」堪稱郭水潭先生的代表作品之一，詩中充滿著反戰的思想，旨在痛擊日本好戰與侵略的野心；「七七事變」，中日戰爭，這些詩句中所蘊含的，正是廣大的全中國人的心聲。

郭水潭先生的詩作約共六十首，大約自民國二十年，他參加「南溟藝園」開始，即不斷的有詩作發表；民國二十四年，他以短篇小說「某男人的手記」獲得日本大阪每日新聞的新人創作獎，從此聞名於包括臺灣在內的整個日本文壇。

「某男人手記」描寫一個男人，因厭倦妻子而離家五年，當他再度回到故鄉，面對著辛勞的妻子，遂自慚形穢。郭水潭先生以手記自傳體來表達離家五年的生活歷程，裸露了當時的社會形態，作者追隨歌仔戲團到處演出，刻劃男、女演員之間的戀情，以及受到戀情的打擊，這一切種種似如南柯一夢，最後他明白往者已矣，而唯有來者可追而迫切地等待天亮。

民國二十六年，大阪每日新聞創辦「南島文藝」，他被薦爲特約作家，仍然以寫新詩爲主，而作品的主題大抵以鄉土爲主，整個家鄉的情景，透過他的描寫抒發，顯得格外的鮮美動人。

他的一首題名爲「宋江陣」的詩中，他將民間舞刀槍弄棍棒的武術陣頭描寫成一個具有陽剛美的大型舞蹈，而「村裏瑣事」、「牧歌一日」等作品又呈現著質樸之美。

他的詩作深受寫實主義的影響，作品大抵在於表達個人思想的理念，描寫鄉土的可親，抒發愛情的浪漫，揭發社會的黑暗面，反抗日本帝國主義的壓迫，深具社會性及時代意義。

他的思想是當時整個時代的抽樣，充滿正義感，富有願爲社會犧牲自己的精神。當時流露於筆端的文字，皆指向反殖民地的攻訐，因此文學作品往往是他對現實社會提出批判，而表露出來的苦悶的象徵。

然而，他的文字技巧却又是別具一格的，林芳年先生便曾論之：

……他有極高度的文學天份，因而能在日據時代以詩人身份飲譽一時。當他在「臺灣新聞」發表「三等病室」後，一些嗜好新體詩的人們竟爲他新穎的詞藻感動，他對每篇的詩作必加以千錘百鍊的推敲，導致每行裏有種甜美的韻律。我們欣賞文學作品不僅止於聲調音韻的美，是該結構的波瀾起伏之妙、描寫的細膩絢爛所致，這些，是一些文學先進對文學作品創作上常提到的老問題，亦是我們衷心同感的，郭水潭的作品優點，具有這些優越的條件。郭水潭的作品在鹽分地帶詩人中別具清新的風格，其原因與他過去從事研究日本短歌不無關係。短歌僅限三十一字的字數來敍一個情景，因此，必需以很簡潔精鍊的語句來形象……

一九三九年，他發表了「向棺木慟哭」一詩，係他輓弔愛兒去世的作品，字字血淚，父子之情自然流露於筆端，曾為龍瑛宗先生譽為一九三九年最使人感動的傑作：

可愛的吾兒，建兒喲
爸爸不眠地在喊你
喊你戴白銀盔，拿金色槍
騎白雪似的駿馬
從遥遠的孩兒國萬里迢迢
容貌活潑地回來——
不、不，你不是
不是追求虛榮的孩子
如果，真的是你
你會雙手捧著秋棗的果實
像平日那樣搖搖擺擺
微笑著回來

可愛的吾兒，建兒喲
爸爸整夜打開門　等着你

等着你穿緋色毛線上衣，戴白帽子
抱著法蘭西的洋娃娃
從嬰兒車的嘎吱聲，緩慢地
以凜凜的豐姿下來——

不，不，你不會
不會裝著那樣優雅

如果，真的是你
你會赤裸雙脚撩起屁股衣襟
像平日那樣嘟嘟地
拍著手，跳回來

可愛的吾兒，建兒喲
幼小的你還沒有朋友
因而今天的送葬
多麼寂寞的行列啊
爸爸牽著你哥哥的手
叔父嬸母提著線香和銀紙

只有，這些人
這些疼愛你的自己的人
耐不住悲哀
而哭泣著
可憐兮兮地
送葬你小小的棺木

可愛的吾兒，建兒喲
爸爸給你一個約定吧
約定在公墓的池邊

獨自寂寞的你的墳丘旁
種植一棵相思樹
當悲哀的時候就來看看你
啊！在你永遠歇息的地方
供獻的花被風玩弄著

萎謝了也好，可憐的花啊
往何處去？幼稚的靈魂
無心的兩隻蝴蝶
飛來，翩翩舞著，又飛走了

可惜的是，郭水潭先生在光復後停止了文藝創作，致力於學術調查與研究，重要的學術作品計有：「臺灣日人文學概觀」、「談本省知識界之動向」、「臺灣舞蹈運動史」，以及民間風情習俗的隨筆等。

直到民國六十一年六月，他才以中文寫了一首短詩「無聊的星期天」發表於「笠」詩刊。民國六十九年，聯合報副刊在主編瘂弦先生的策劃下，推出了光復前臺灣作家作品集——「寶刀集」；郭水潭先生終於克服了以中文寫作的困難，而完成了「病妻記」與「文學伙伴」兩首詩。

也許，此後他將不斷的有新作發表呢！

在本質上，郭水潭先生是位熱情洋溢的詩人，心性純真善良，而且帶著濃厚的詩人氣質。他極負文學的天賦，早在他高等科學校畢業不久之時，就以一首短歌而獲得了北門郡通譯的職位，其後，他又擔任臺南州技士的職務。

光復後，在吳三連先生任臺北市長期間，擔任臺北市長秘書室事務股長；後又曾任臺北市文獻委員會委員、臺南縣志編撰人，臺灣區蔬菜公會總幹事。

現在，他已是七十八歲的高齡了；這位曾經領導「鹽分地帶」文學活動的詩人，予人的印象正是一位可親的長者，現在，是該領導我們青年的文學活動了吧！

（原載於73年4月「文訊」10期）

病妻記

〈郭水潭作品選〉

聖來啊！
妳是勤儉理家的賢主婦
妳是刻苦耐勞的好妻子
我倆因緣天註定
夫婦相隨感榮幸
聖來啊！
料想不到天有不測之風雲
料想不到災星降下　纏繞在妳身上
一聲啊唷　妳突然摟抱着我　嗚嗚地哭不出聲
一時驚倒了全家人　擾動波及近鄰
聖來啊！
當妳進住台大附屬病院

醫師診斷宣告妳的病症是「腦障害」
如果復原無望　就會變成半身不遂
果然　妳出院回家那時坐著輪椅
聖來啊！
爲妳養病　經過已近六年
我不敢遠走日常陪妳在床邊
有時親戚朋友也會探訪安慰妳
甚至期待奇蹟出現來救妳
聖來啊！
妳躺在床上雙手合掌閉眼唸唸
觀世音菩薩　釋迦牟尼佛
我看着妳這一樣的可憐相
撫心有愧　感慨無量
聖來啊！
祈禱神佛庇佑是善事
我發誓　誠心爲妳來效勞
今天恩主公廟明天龍山寺
點香跪地磕頭　敬神拜佛

（原載於「寶刀集」）

●**陳紀瀅**，民國前四年三月生，河北安國人，北京民國大學、哈爾濱法政大學畢業。曾任報社記者、編輯、特派員，副刊編輯等職，創辦「大光報」、「重光文藝出版社」，著有小說「新中國幼苗的成長」、「荻村傳」、「赤地」、「華夏八年」、「華裔錦胄」；傳記「齊如老與梅蘭芳」、「三十年代作家記」、「抗戰時期的大公報」、散文「海外寄寧兒」、「論人才」；論述「文藝新里程」等數十部。

■李宗慈

永遠的長青樹

陳紀瀅先生的新聞與文學事業

●祖母啓蒙

陳紀瀅先生，生於民國前四年（清光緒三十四年，西元一九〇八年）三月二十日，是河北省安國縣（昔稱祁州）人。

安國縣自隋、唐以來，便是全中國最大藥材轉運中心之一。祖輩家道小康，高、曾祖父及祖父輩們均有功名，做過京官，也做過縣官，鄉中人更流傳有一首歌：

「齊村村、霧騰騰，陳洛孝家的房子像北京。」

用以形容陳家宅第的玄昂。可是到了祖父輩，則家道中落了。

祖父其篙公，號友峯，遊學定州；父親陳式銘，號筱峯，是前清末科秀才，一個由舊時代邁入新世紀的人。因此，紀瀅先生嘗謂平生有兩大特點：

㈠我的父親是一個由舊學（秀才）改讀新學（法律）的人。

㈡我没有上過一天私塾，一開始就讀小學。

光緒末年，其父自家鄉到關東，正逢維新，乃以一個秀才的身分考入剛成立的法政學校修讀法律，重新努力汲取新的知識。先於吉林靠山屯的警界做司法工作，又至長春、雙城等縣署服務，最後轉往哈爾濱從事律師業務，一直到民國二十年「九一八」瀋陽事變爆發時，均在哈爾濱道外南薰街掛著「律師」牌子。

其父生性淡泊，對文字學有著深厚的基礎，堪稱爲「小學家」。平日裡，無論怎麼忙，每日必讀書寫字，多半是以歷史爲主，偶讀讀筆記，而且必做札記，並且好以毛筆寫楷書，這些生活中的習慣，後來都一一映現在紀瀅先生的身上。

董太夫人是個平凡而典型的中國家庭婦女，一生勤儉持家，嚴謹教子，待人寬厚而處事率真，好美術，自小即長於女紅，生二男一女。紀瀅先生居中（大排行爲老六），上有胞姐繼瓊（蓉鏡），下有弟弟紀治。姐姐是安國縣內，第一批接受新式教育的女學生，而弟弟紀治也接受了完整的教育。究整個大家庭而言，確是以耕讀傳家，平凡中不乏溫馨。

雖說是以「耕讀傳家」，但是在長輩中，由於其父雖居長，但是却經年在哈爾濱，而二叔、三叔雖在家，美其名曰主持家務，然實際上則是賦閒在家。四叔早逝，五叔患中風，六叔、七叔也過世得早，八叔去吉東拓荒，渺無音訊，十叔也在家中遊蕩，十一叔也早逝，十二叔倚附九叔，後來雖回歸故里看守門户，但是就整個祁州陳氏家族而言，却是「食之者衆，生之者寡」。

小時候，由於多病，所以家人爲他許下了願，每年四月二十八日，藥王爺生日時必去「打磬」，以示還報。也因此，自小就對藥王廟熟悉，而每年的四月二十八日，十月一日，都是紀瀅先生所最盼望的日子，猶如過年般，可以跟著祖母去看熱鬧。

自四歲起，即在祖母特別縫製的兩隻荷包中，一隻荷包裏放著些「字塊」（即單字，現買的），另外一隻荷包則盛著「成語」（是現寫的），開始了他幼年期的啓蒙教育。先唸「字塊」，再唸「成語」。約是六歲左右，他已從祖母的荷包中認識了近千字，外加一、二百條成語。他的啓蒙老師，正是這位持家嚴格對於子孫教育相當注重的祖母。她的教育方針，是教子孫不求富貴，但求不出毛病，人人能自立。她堅持送他進入新式學堂就讀，更於小學畢業後，送他入城內的高小繼續讀書。

民國初年，正逢民國與帝國主義交相衝合之際，各路人士紛起，而安國縣正位於平漢鐵路的北段，是兵家必經之地，鎮日裡擾攘紛雜。祖母不但就近督導他上學，更額外每月給他一元三角錢，一元是訂閱一份平津報紙，三角錢則是郵費。

每天，祖母叫他向村人講述時事及報上所刊載之戰爭，與爲什麼而打仗，及打什麼仗等事。他由九歲起閱報，並且無形中成爲村中的「發言人」，也因而奠定了他從事新聞工作與文藝創作的基礎。

祖母，非但是家中的支柱，也是影響紀瀅先生一生最大也最多的人。

「我常想：我對祖母之恩，永遠無法報答，也報答不清。我常追憶四、五歲時，跟她老人家唸字塊與學成語時的情景。我也常想起，因爲摔了腿，躺在她的炕上，祖孫二人看小唱本及我給她讀章回小說的那個年代。冬天爲我在煤火爐子上烤紅薯，半夜裡爲我煮掛麵、拌疙瘩的情景。誰無祖母？我何獨幸？那時節，正好我已有能力讀李密的陳情表。李密所說的祖母恩情，遠不及我所受之深。可惜我那時還是個孩子！」

也因此，在「親屬篇」書中的「我的祖母」一文裡，紀瀅先生寫著：「生我者父母，教我者祖母。」

民國九年，華北大鬧旱災，土地龜裂，赤地千里，無數難民，嗷嗷待哺。他以一個未成年的十三歲孩子（高小二年級，相當於今天的小學六年級學生），遵奉祖母之命，去到鄰近的博野縣借糧，不但解救了全家的困厄，也接濟了許多鄰人。

民國十年，他自高小畢業。十一年，並以第三名的成績考入省立保定第六中學，其中國文分數第一名，英文優等，數學則只有二十五分。

由於自小讀報，對時勢、史實及地理有著相當深厚的概念，而保定中學裡，多的是由北京師範大學，接受新式教育畢業的老師。其中影響他最深，也啓發他最大的，莫過於宋屏舟及郝步瞻兩位老師。

民國十一年，西元一九二二年，紀瀅先生十五歲。國際上正召開「華盛頓會議」，爲取消對中國的不平等條約。在課堂上，教歷史的郝步瞻老師除了教導書本上的學問外，更常引用時事作爲教學的材料有二次考試出了一題：「何謂華盛頓會議？」全班只有愛上圖書室看報紙的紀瀅先生獲得高分，郝老師當衆公佈這項成績，並傳閱全班這份優異而充實的答題，這對原本就喜歡史地功課的他，不啻是一針强心劑，更加深了他對報紙新聞的重視，也更促成他走向新聞工作之路。

十四年，保定中學學生鬧學潮，他也被開除於保定校門之外。但他旋即轉往通州的潞德中學就讀。潞德中學爲一美國人所主持的教會學校，校風殊異。除開班級測驗外，並於每個月全校舉辦「通考」。一次，作文題目爲：「竊鉤者誅，竊國者侯論」，他居然獲得全校第一名，並且文傳全校。

如此不斷在文、史上的優越表現，鼓舞了青少年的他。而國文老師宋屏舟先生，在教授古典文學之外，更不斷推介翻譯的外來文學，如周作人所介紹的日本文學作家武者小路實篤所領導的「新村」運動，及歐美各國的譯著，在在增廣了他在文學領域上的視野。

民國十二年，他十六歲，以一首小詩試投北京「晨報」，被刊登以後，一個嶄新的生活形態，一個文藝新生命，已然在他的血脈中躍動。

十四年年底，他正式進入民國大學。

●立志從事新聞工作

民國十五年，對中國是個動蕩的年代，對紀瀅先生言，却也是他人生轉捩點的開始。

是年秋天，他輟學跟隨父親到了東北的哈爾濱市，住在道外南薰街際升堂大院律師事務所內，並且在很短的時間內，考取哈爾濱吉黑郵政管理局任職員；夜間，則進入法政大學夜間部就讀。當年入法政大學只爲文憑，而他的第一志願，却已明顯地指向成爲一位新聞記者。

他先後曾在哈爾濱的「晨光報」、「國際協報」及「哈爾濱公報」投稿，那時用的筆名很多，最常用的則是「羈瀛」。

國際協報是哈爾濱一份馳名於國內外的日報，非但名字起得大氣，上邊的文章更具有與國內報紙同樣好的水準，而且社論中常有談論國際問題的，使讀者看後，不但充滿了國際知識，並且更能隨著評論洞悉其癥結。當時國際協報的社長是張復生先生，總編輯是王星岷先生，他倆都是山東人。副刊則是由趙惜夢先生負責。

民國十六年六月十七日，祖母因中風而逝世，享壽七十七歲。

「當祖母的噩耗傳到哈埠之時，父親已先期歸里，我立刻向局方申請准了喪假，趕回家。等我回抵家門時，祖母已盛殮了。我扶棺痛哭一場。開弔之日，除父親、六姑外，在孫輩中，我是單獨讀祭文之一人。祖母埋葬後，我經北平返東北。在北平西車站看見北伐軍開抵故都時的情景，驀然間，憬悟到時代變了！」

同年夏天，他由南崗吉黑郵政管理局調到哈爾濱道外五道街郵局不久，認識了也在國際協報投稿的孔羅蓀（本名孔繁衍，江蘇淮陰人，乳名魯生），而道外「五道街郵局」則成了他與孔羅蓀從事文學工作的策源地。而「羅蓀」與「羈瀛」所寫的文章，自此散見於哈爾濱的三大報紙副刊：「國際協報」的「國際公園」，晨光報的「江邊」以及哈爾濱公報的「公報副刊」。（按：孔羅蓀自大陸淪陷以來，是大陸文藝界領導之一。）

他用「影影」為筆名，在「國際公園」發表的第一個長篇「紅氍毹的迷惑」，即是描寫與孔羅蓀上了戲癮，「捧」坤伶張艷芬的經過。

自民國十六年起，他與孔羅蓀一同入郵政管理局，無論是在南崗，在五道街，他們總是形影不離，直到「九一八」事變後，先後撤退到上海、後又遷往湖北。抗戰爆發時，又同時到了東川，將近二十年，他倆工作在一起，生活在一起，寫作在一起，娛樂在一起，彼此的兒女也都長大在一起。

那年秋天，認識了趙惜夢先生。

「我們尊之為大哥。他既是我們從事寫作的『開門人』，又是我們的知己，他的一切都無愧「大哥」二字。那時他還兼任中東鐵路的秘書職務，算是高級社會忙人之一。他為人豪爽，能吃酒，愛請客，每次我們要小吃，他必說他作東。他除了不寫小說、戲劇之外，詩、散文都寫得好，而且言之有物，絕不空洞。舊書底子好，新詩則寫得別有格調，他的詩重韻脚，不堆砌。他也從不用典和一些冷僻的字眼兒。惜夢兄後來轉向政治。從道裏馬街起到美關街，我與羅蓀是他府上的常客。」

一直到趙惜夢去世，他算是紀瀅先生朋友間，關係從未中斷，意氣最相投，相知最深厚，志趣最接近，而始終保持著情逾骨肉的一份赤忱友誼；他也是影響紀先生除家人外最深的摯友。

●「蓓蕾文藝社」創東北文風

民國十七年，爲了擴大文藝寫作的影響，並團結東北各大城市的作家，在紀瀅先生與孔羅蓀共同發起下，成立「蓓蕾文藝社」。先後加入蓓蕾社的有馮文蔚（劢瑾）、崔污青（墨林）、張金欣（秋子、鐵弦）、尤致平、王粟穎、沈玉賢、任白鷗、于浣非、袁弱水、關吉罡、范星火、金劍碩、張末元、白濤、芮道一等人。後來又加入由南方來的徐蘇靈、許躋青、陳凝秋與左明等。瀋陽則邀了新民晚報的林霽融參加。並辦「蓓蕾周刊」，爲國際協報附刊之一。

哈爾濱是歐亞交通的樞紐，所有歐洲新的出版物，包括電影、唱片等到亞洲來，必須經過哈爾濱，才能散佈到平津、滬漢及香港、菲律賓與日本。所有亞洲到歐洲的文化宣傳品，也須經過西伯利亞鐵路輸往歐洲，哈市因而得歐洲文化風氣之先，取得文化輸出輸入的有利地位，故西洋與東洋事物接觸最早也最速；而哈市也是俄國人在外國最多的地方，因此，「蓓蕾」又曾有系統地介紹了舊俄作家的著作。

若說「東北作家」在「九一八」事變後馳名於全國，則未嘗不是因爲「蓓蕾社」的成立與推廣文藝運動，培養文藝種子時獲得的成功。其中最爲人熟知的如：蕭軍（最初他在哈爾濱，署名劉郎、田軍）、蕭紅、羅烽、白朗、孫陵、舒羣、楊朔、王語今、高蘭、金人、端木蕻良等等，都是「九一八」以後，才開始寫文章的。

最有趣的是，「國際協報」要辦一個「兒童週刊」，趙惜夢推舉他任編輯，紀瀅先生乃以「丑大哥」爲署名，每週寫一篇短文，竟吸引了不少家長與兒童的閱讀。

十九年，日本鼓動高麗人在中東鐵路的哈長線萬寶山地方强佔民田，結果演成了中國農民死傷很多的「萬寶山慘案」。而紀瀅先生也在此時調往滿州里郵局服務，並且集中寫中俄戰後的慘狀，及邊疆人民生活的艱困。

民國二十年的春天，他再度由滿州里郵局奉調回哈爾濱的吉黑郵政管理局服務，並展開一項積極的工作，即「國際協報」擬發行畫報，每週出刊一次，由趙惜夢主編，他與孔羅蓀任助理。五月一日，「國際協報畫報」第一期創刊，有新聞、有圖片，一張八開大的畫報，轟動全市，銷售達兩萬多份。這在當時印刷條件既缺，紙張又貴的情況下，確是一項大膽的嘗試。

這時候，是「蓓蕾社」最活躍的時期，也是對文藝運動最有貢獻的時期，不但社會中充滿了文學、音樂、美術、戲劇的活動，連帶著也把哈爾濱工業大學及法政大學等校內文藝工作蓬勃起來。

可是好景不常，「九一八」瀋陽事變的發生，不僅僅是東北歷史的轉捩點，也是所有中國人民生活嬗變的樞紐。

哈爾濱市於民國二十一年二月五日失陷，他先於日軍侵入哈市時，由李毓鄰牧師施洗，以基督的聖名祈助國家的平安。而此時，他在南崗吉黑郵政管理局任郵袋組組長，並且利用職務上的關係，將平津報紙避開日軍的檢查，而照舊投送給收件人。這是「九一八」初期，郵局內一項冒險的服務。

不久他接到一位署名「胡霖」的信，內稱：

「由於惜夢兄的介紹，請你把日軍的動態及佔領東北大城市後的一切設施，隨時變成通信寄來。信寄天津法租界三十號路一八一號新記公司李大爲收。」

於是，他開始成爲大公報的秘密通訊員，這也真正促使他邁向「名記者」的輝煌道路。

自二十一年三月至八月，每月收到由天津新記公司李大爲寄來的保險信，內裝十元四張紅色交通銀行發行的鈔票。這是一筆爲數不小的錢財。

八月，攜眷由哈埠撤退到上海，這是中國近代史上一次有計劃的撤退。幾千個郵政員工自關外遷移至關內，繼續爲郵政服務。

到了上海郵區報到後，因爲兼管了吉東丁(超)、李(杜)自衞軍佔領下的十八個地區的郵局局務，而能不斷接觸東北方面的消息，所以，仍不時在上海爲「大公報」寫東北資料，算是別有一格的消息來源。而「大公報」的姊妹事業「國聞通信社」，由李子寬負責，紀瀅先生遂也在「國聞社」寫些有關東北及上海文藝界的消息。

二十二年八月，在天津法租界三十號路大公報編輯部中，認識張季鸞先生，並於稍後認識「胡霖」——胡政之先生。

季鸞先生儒雅風流，有學者及政治家的風采，除了政論家外，還是文學家。政之先生則生得胖胖的，就是一個老板模樣，是位政論家兼名報人，愛好對仗句子，尤其在社評裏用的最多。他不輕易有笑聲，與季鸞先生永遠是一副笑迷迷的臉，都給予紀瀅先生深刻的印象，也受著他們最多的鼓勵。

那年夏天，在張季鸞先生的動議下，及胡政之先生的鼎力贊成中，他再度潛回東北，秘密採訪僞滿建國週年的大事。並且先行於六月初，攜眷離開上海到北平。

而自二十二年夏天起，迄二十三年春天，他向郵局請了長達六個月的例假，除開再度返回東北外，並且代替何心冷正式在大公報主編「小公園」及編「本市副刊」。

二十二年的「九一八」當天，也是僞滿建國一週年，大公報出特刊，對開一大張五萬多字的版面，四分之三由「生人」的「東北踏勘記」和照片包了，非但轟動全國，並引起日本當局向政府提出抗議，這是秘密採訪的成果。

由於留津編副刊，一度與老舍靠魚雁往返而聯絡。這時期，除了孔羅蓀外，更認識了張恣公、李大章；寫雜文的唐弢、茅盾、洪琛、田漢及戲劇界的應雲衛、陽翰笙、金山、王瑩、袁牧之、陳波兒等。另外如劇評家石凌鶴與唐納也都是在這個時期認識的。

那段時間，大家共同的興趣便是看話劇、看電影與郊遊。並且他還跟王慶勛學口琴。

十二月，「東北勘察記」出版。這是他的第一本書。

●與趙惜夢辦「大光報」

民國二十三年元月，他自天津回到上海，再在上海郵務管理局上班，這時候所結交的三十年代文人更多。

七月，其胞弟紀治以二十三歲的生命而早夭，是他年輕時代，爲處理遺骸，遠赴數千里之外，極不尋常的一樁悲痛的經驗。

同年秋天，趙惜夢先生去信邀他相會於漢口，擬在武漢創辦一份報。那年趙惜夢三十六歲，而紀瀅先生也才二十七歲，都正是勇猛前進，創辦事業的年紀。

翌年二月，攜眷由滬抵漢，即刻參加籌備「大光報」的工作，並主編綜合性副刊「別墅」，孔羅蓀編文藝性副刊「紫線」，趙惜夢任社長，于浣非任經理，王星岷任總編輯。

經過大家的戮力而爲，「大光報」終於在二十四年三月一日發刊問世，並請于佑任先生題楣。「大光報」發刊之初，氣勢之盛，震爍一時。在一年內，銷路由一萬份提高到四萬份。以發行言，是全國第七大報紙。

那時，他正是漢口湖北郵政管理局漢景街郵政支局局長。郵局是在舊德租界五福路入口。一樓是郵政窗口辦公室，二樓是紀瀅先生的宿舍，三間大寢室與會客室間，另有比寢室更大的厨房。三十年代許多著名作家，如蕭軍、蕭紅、羅烽、白朗、舒羣、楊朔，李輝英、張周、黑丁、曾克等，都曾在他宿舍住過。因而曾創下每頓飯煮一斗米的記錄。

年底，他的九叔式銅(際青)因骨癌在哈爾濱與世長辭。而這是在哈埠期間，除了父親外，照顧他最多的親人。許是親人、友人，不斷相繼去世的關係，他開始感到「人生最後是悲劇」。

二十五年十二月十二日，西安雙十二事變後，在武漢當地的新聞、文藝與管理宣傳部門的人，共同發起了出版同仁刊物——「小意見」，並請上海黃炎培先生爲「小意見」寫報楣。

當時在武漢大學教書的蘇雪林女士，還曾在「小意見」上打過一場爲了唐．吉珂德的筆戰呢。

「大光報」於二十六年年初，因節省開支，縮小範圍，編輯部僅賸三、五人。王星岷被武漢日報爭聘過去，不到幾個月却病逝，其夫人亦隨之殉節，這是「大光報」同仁最黯淡的一個時期。

夏天，趙惜夢去首都南京，紀瀅先生則在報館獨撐危局，從寫社論到編副刊，連踢帶打，無所不做。但業務艱難，經濟陷入困境。

九月，「大公報」天津館關閉，上海館也因滬戰，瀕於危急，張季鸞與曹谷冰兩位先生自滬來漢，有意在漢口恢復「大公報」，他乃建議惜夢先生將「大光報」讓渡給大公報。

張季鸞先生在解決了「大光報」的厄運後，再度邀請紀瀅先生主編「戰線」副刊，並指導他如何以文藝報國，並連繫作家以影響讀者的閱讀。

民國二十七年三月二十七日，「中華全國文藝界抗敵協會」(簡稱「文協」)成立，並且在漢口市民生路的普海春大飯店舉行開幕大會。選邵力子、葉楚傖、馮玉祥、張道藩、王平陵、華林、陳紀瀅、何容、老向、姚蓬子、陳西瀅、胡秋原、胡紹軒、朱自清、許地山、郁達夫、朱光潛、盛成、徐蔚南、沙雁、郭沫若、茅盾、丁玲、巴金、鄭振鐸、田漢、謝六逸、穆木天、馮乃超、吳組湘、陽翰笙、曹靖華、洪琛、樓適夷、胡風、老舍等共四十五人爲理事。

十月，國軍從武漢撤退，軍政中心也遷移到重慶。並且由於新疆督辦盛世才召開全疆第三次代表大會，紀瀅先生先期離開武漢，再度去新疆，到首府迪化採訪新聞。

而自二十七年年底起，至三十年春天爲止，他則擔任東川郵政管理局要密組組長。被稱爲「要命組」組長。

而在五年內，他三去新疆，一去蘇俄。二十七年(一九三八)、二十九年(一九四〇)、三十一年(一九四二)，奉大公報之命，除全疆第三次代表大會新聞外，又被借調參加中蘇第三次航空會議及採訪盛世才與蘇聯交惡後的新聞。

並著「新疆鳥瞰」一書由香港商務印書館出版。

民國二十九年，調往郵政儲金滙業局，在儲金處當課長，如現在郵局所通行的「劃撥」，再如掛號、撕條就走，均屬於郵政史上的「革命」業績，而全出於他手。

自三十一年(一九四二年)春，迄對日抗戰勝利(一九四五年八月)，是紀瀅先生泰半生生活中最閒適的時期。後來雖也與姚雪垠、田仲濟二人合辦「微波」，但僅出兩期便夭折了。

三十二年十二月起，至三十三年二月止，重慶建中出版社，出版「建中文藝叢書」，均由紀瀅先生主編。共出三冊，依序分別是高蘭「高蘭朗誦詩集」(二輯)；田仲濟「發微集」、王余杞「海河淚淚流」。

三十五年五月十五日，美國米蘇里大學新聞學院贈送「大公報」榮譽獎章，這是該院贈送中國新聞界的第一次。而季鸞先生却於九月三日病逝。

而他自己的小說「新中國幼苗的成長」，也於三十四年初，在重慶建中出版社出版。並且本書榮獲教育部三十三年度(第四屆)學術獎勵獎「文學類」獎金。

當時同獲頒獎的尚有羅根澤的「周秦兩漢文學批評史」、李嘉言的「賈島年譜」、馮沅君的「古優鮮」、李辰冬的「紅樓夢研究」、方重的「英國詩文研究」、祝文白的「文選六位註訂譌」、陳延傑的「晞陽詩」、酈承詮的「願堂詩錄」及繆鉞的「杜牧之年譜」。

●票友記者十五年

民國三十四年八月，打了八年的對日抗戰，終於在日軍的投降下結束，勝利的號角吹遍了全世界。紀瀅先生並當選了第一居國民參政委員。

十月，懷著十四年的美夢，他將前往東北接收。一片幻想，想爲大公報辦東北版，想爲哈爾濱市政府辦地方報。但他真正的身份及執務，則是以「郵政儲金滙業局」東北籌局五委員之一，到達長春。可是接收受阻，美夢幻滅。

爾後，奉哈爾濱市長楊綽庵先生之任命，成爲哈埠市府的「文化指導委員會」主任委員。

自從民國二十年「九一八」事變後，紀瀅先生開始與大公報發生工作上的關係，却於民國三十五年五月一日，勝利復員到天津後，正式辭謝名義與報酬，結束與大公報十五年的關係。

如果說，人生有所謂的「黃金期」，那麼紀瀅先生在大公報以客卿地位，不但享受一個正式職員的待遇，並且還參加高階層會議，自寫社評起，到國內外要聞部都編過，而副刊自「小公園」至「戰線」、「文藝」，自天津至漢口，再到重慶，前後歷經十五年，可說是他的「黃金期」。

三十五年三月，東北局勢漸漸逆轉。五月底，他攜眷抵返北平，並到北平郵政儲金滙業局報到任副理，過足了北平生活之癮。

於三十六年春天，到達南京出席參政會大會。這時，他雖已辭掉報館的兼職，但仍然無法忘情於寫作，並且有一段時間，與沈從文共同支持吳少若爲北平華北日報編「文學週刊」。「春芽」就是那段時間在「文學週刊」上發表的。

三十七年二月，他升任鄭州郵滙局經理。四月，第一屆立法委員選舉揭曉，紀瀅先生膺選爲立法委員。

同年七月，他由南京去瀋陽，接任瀋陽郵滙局經理。

九月十日，其父陳公式銘因血管硬化，病逝北平，享年七十七歲。

三十八年一月八日，在共軍圍城聲中逃離故都。元月二十五日，又由上海搭機去桂林，爲郵滙局開創桂林分局。四年之內他換了四個地方，一次任副理，三次任經理。

同年八月，由桂林來臺北。十二月底，離開郵滙局的工作，正式專任立法委員。

●旅遊、創作及生活

自從三十八年來臺後，除出席立法院外，其餘時間，均從事寫作與文藝活動。先後參加「文獎會」、「中國文藝協會」、「中央日報」、「教育部學術委員會」、「中山基金會」、「國軍新文藝輔導委員會」及「中華民國筆會」等文化組織。

民國四十八年(一九五九年)七月，與羅家倫、陳源、曾恩波、洪珊等五人代表中華民國筆會，參加在西德法蘭克福所舉行的國際筆會第三十居年會，歸著「歐遊剪影」。

一九六〇年民國四十九年，出席瑞士柯峯世界道德重整會議，歸著「在柯峯」。又於民國五十年至五十一年，奉邀接受美國國務院的邀請，訪問美國七個月，歸後出版「美國訪問」(上、中、下三册)、「常春藤盟校及其他」、「美國的圖書館」、「美國的新聞事業」、「美國的博物館與陳列館」、「時代雜誌四十年」、「讀者文摘是怎樣辦起來的」、「普林斯頓大學蓋斯特東方收藏」等十本有關美國的專書。

同年年底，出席菲律賓馬尼剌所召開的第一居亞洲作家會議。五十三年(一九六四年)出席泰國曼谷的第二居亞洲作家會議。一九六五年訪問琉球。歸著「瞭解琉球」。

民國五十六年，出席西非象牙海岸首都阿比尚舉行的國際筆會第三十五居會員大會，會後並遊覽西班牙及歐洲大陸，並應比、德之邀作友好訪問，歸著「歐洲眺望」與「西德小駐」及「西班牙一瞥」三書。

一九七〇年，民國五十九年，出席在臺北所舉行的第三居亞洲作家會議及在漢城所舉行的國際筆會第三十七居大會。民國六十年，出席在愛爾蘭首府都柏林所舉行的第三十八居大會，並再遊英倫及美國。

民國六十三年，先去日本，出席東京「新國民出版社」所譯著「荻村傳」日文版的出版紀念會，會後去大阪演講，又去北海道旭川訪問「冰點」作者三浦綾子女士。十二月初，率領「中華民國文藝界東南亞訪問團」去菲、越、新、泰、香港等地，然後去以色列參加在耶路撒冷召開的第三十九居國際筆會會員大會。

民國六十四年，元月，由以色列去義大利、荷蘭、瑞典等國遊覽，並於十四日由歐轉美，在東西兩岸各停留兩週，經舊金山、檀香山等地返國，歸後著「寂寞的旅程」。

●自比為「文協」的檢場

人生如旅，旅如人生。自三十年代，中國文藝運動就埋伏下危機，當三十八年八月十二日，他從廣州乘飛機來到台北，滿懷憤懣與不平，更多的是「不服氣」。為了丟失的朋友、親人，還有國土。

三十八年底，政府決定成立「中華文藝獎金委員會」，以獎勵辦法鼓舞作家從事「反共抗俄」的文藝寫作，共選出十一個委員，張道藩、張其昀、陳雪屏、狄膺、程天放、羅家倫、胡健中、李曼瑰及紀瀅先生。並且公推道藩先生任主任委員。

「文獎會」成立，不但老作家都改換筆觸致力於思想戰，更激起無數愛好文藝的青年從事反共文藝的創作。

三十九年，海南島撤退，「中國文藝協會」乃於五月四日，假臺北市中山堂光復廳召開「文協」成立大會，當時核准入會的共是一百五十二人，到會的則有一百四十七人。

紀瀅先生因為「不服氣」一念之故，在「文獎會」成立之後，發起「文協」，為中國文藝界繼起的一次最大的結合。並提出以下的理念：

「繼往開來，日新又新，將崇高純潔的愛國熱情，深深注入民衆的血液，使古老的中國新生，顯示年輕壯健，豪邁果敢的雄姿，競存於新世紀的新舞臺。」

當日，還選出：張道藩、王平陵、謝冰瑩、許君武、耿修業、馮放民、傅紅蓼、孫陵、梁中絡、徐蔚忱、趙友培、王藍、王紹青、顏正秋及紀瀅先生等十五人為理事，常務理事則為：張道藩、王平陵、陳紀瀅。

前期的「文協」，截至四十一年七月一日遷入寧波西街二十二巷四號以前，文協是克難的，是借用中廣公司兩坪大的車棚，在冬天如「冰箱」，夏天如「烤箱」的情況下，一步步拓展「文協」，大家爲團結文藝朋友、開創社會文藝風氣而努力。同時展開一系列多采多姿的活動，如廣播節目、音樂教唱、各項美術活動、懷念大陸影展、倡導軍中文藝工作、對匪文藝作戰、聯絡海外文藝界人士並辦活動、聯絡國際文化界友人等等，並先後舉辦各種文藝研習班多次，致力於出版工作。民國四十三年五月，由「文協」編輯，正中書局出版的「自由中國文藝創作集」即是。在那本集內被文協所發掘培育的數十位新作家，如今都是文壇上的巨擘。

此外，又出版「海天集」、「自由中國文藝論評集」、「井與燈」、「海與天」、「十年」、「耕耘四年」、「文協十年」、「會務通訊」、「自由生活」及「國父百年紀念文藝創作集」──「播種」、「耕耘」、「收獲」、「豐年」及英文版「自由中國的作家姓名錄」及「作家作品及工作」等書籍多種。

四十三年七月二十六日，「文協」同仁經過多次理監事聯席會議討論，文協「文化」清潔運動小組透過常務理事紀瀅先生，以「某文化人士」身份對社會發表談話，提出「除文化三害運動」。並經文協與各單位發起簽名與舉行聯合座談多次，不良刊物均銷聲匿跡，「文化清潔運動」遂告結束。

「文協」更又有「反黃色作品運動」，遏阻盜印的惡風，並又推行「戰鬥文藝」。如此，文學才由厚植基礎，發展成爲健康寫實的文藝創作。

自三十九年五月四日至四十一年，文協置身於中國廣播公司的汽車棚，四十一年七月後搬到寧波西街二十二巷四號，四十七年七月上旬再遷到水源路十五路，五十七年，文協終於有了屬於自己的家，即現在文協會址羅斯福路二段二七七號九樓。

民國六十四年，紀先生正式自「文協」宣佈退休。歷經文協由草創到退休，共計二十五年，他曾自比是文藝協會的檢場。他說：

「舞臺上的檢場，是爲演員正衣冠，送刀槍，撿失落，那僅是服務，不算角色。如今我檢場二十五年後，決定告別舞臺，告別運動，利用餘年集中寫作。運動應有時空限制，寫作則無涯。」

●「重光文藝出版社」的創立

「耶穌基督！或許有一天我會親自寫一本有關我所認識的人的書，他們一直想寫一本書，却從未達成。」

——魏利斯(Thecdore Willis)

民國三十九年，一些寫文章的朋友，忽然如瘋狂似的，要發起一個出版社，並且刻劃了一個理想：「自寫」、「自印」、「自銷」，以達到作家也能作出版事業的目的。這與民國十五年九月一日，胡政之、吳達詮、張季鸞三位先生在大公報天津版創刊的四項約定：「不黨」、「不賣」、「不私」、「不盲」，有著異曲同工的妙趣。

並且又樹立了一個出版「標竿」：

「凡自己懷疑其價值的文稿，即令賺錢也絕對不出；凡自己相信的作品，即令賠錢，也要印行。」

這是多麽高尚的標的呀！並且以相信「國土必可重光」、「文化必可復興」爲「重光文藝出版社」的社名，以象徵這份堅決的信念。

發起人的成員，包括耿修業、徐鍾珮、趙友培、陸寒波及紀瀅先生自己。於民國三十九年十一月二十九日，在當年任新聞局主管朱撫松先生松江路的公館裏，重光文藝出版社正式成立。

當時每人拿出象徵性的現金，印刷費、版費均由紀瀅先生負責。首先出版的即是徐鍾珮女士的「我在臺北」，又如林海音的「冬青樹」、鍾梅音的「冷泉心影」、張秀亞的「三色菫」等許多當年代的好書，都是「重光」在「精印」、「精選」、「廉價」爲營業宗旨，所建立出版的天下。

「一個從事寫作的人，千萬莫辦出版社，除非像商務印書館的王雲老，他以企業精神來管理出版，他自己仍能寫作。而出版事業，不是現買現賣的營業，永遠如滾雪球似地滾下去，才能壯大；不能結算，結算總是負債。」

截至民國六十五年，「重光」已虧損一百五十餘萬，而也於六十五年起報請有關單位停止營業。當年重光所登記的「臺北市郵箱二十四號」却依然存在。

至於紀瀅先生現有自己的書，共計五十三種，九十二版本。如「華夏八年」曾出九版，共有四種版本；「荻村傳」有中、英、日、法四種版本，再如「赤地」也有三種版本。

「荻村傳」是紀瀅先生來台灣後所寫的第一本長篇小說，於民國三十八年，在雷震(儆寰)先生創辦的「自由中國」連載半年之久。原載十萬字，擴充爲十二萬字。以北方的一個小村落，來描寫六十年來中國農村的演變，充滿鄉土風味，並曾經香港美國新聞處支持譯爲英文，發行逾七版，「美國之音」改編爲話劇，曾連播四個月。故事中的「傻常順兒」，也在自由世界人們的心靈裏烙著他那——上額極圓，下頦極尖的一副臉，兩條掃帚眉，既黑且粗，兩隻牛眼，圓而突出。塌陷的鼻樑，像一道溝渠。兩隻牛鼻孔又大又圓。兩隻貓耳朵，不但小而且捲成一團。胳膊，手掌，脚片，肌肉都是粗壯的。鼻孔裏永遠淌著鼻涕，嘴唇邊不住流著吐沫，眼裏包藏著眼屎，說話時，結巴、擠眼、向上抽搐的鼻子。走路時，兩隻脚一齊向外撇，一個怪模樣，極傻極骯髒的莊稼漢。

「赤地」，藉北平一家范姓家族，將中國人的悲劇——大陸淪陷的歷史刻劃出來。全書三十多萬字，耗時三年。自四十一年春起着手開始寫，至四十二年二月，在吳裕民先生的「暢流」半月刊第七卷第三期，開始連載。並曾改編爲話劇，以「離亂世家」與「赤地」爲名演出多次。其中尤以東北戰役所述，皆屬真實史事。

民國四十四年六月，「赤地」出版，得到無數讀者的鼓勵。同年年底，香港時報社長許孝炎和總編輯李秋生兩位先生聯袂來臺，鄭重提出，希望紀瀅先生爲該社寫一篇以抗戰八年爲背景的小說，將抗戰時期，全國上下，堅苦卓絶的事實，藉故事烘托出來。民國四十五年六月八日，他開始撰寫，四十六年三月三日起，「華夏八年」在「香港時報」刊登。直到四十七年九月二十日，寫完最後一節，共得六十萬字，二十四章，而於同年十月七日在香港時報刊完。「華夏八年」並使紀瀅先生榮獲教育部頒發五十年度的文藝獎。

而「研究美國文化叢書」十本，「逆流時期雜寫」十種，均是紀瀅先生於旅行訪問後，將所見所思，一篇一篇寫成的。

在他諸多的著作中，可惜的是，他自己並沒能完全保存住一套。更於民國七十二年，開始他的「贈書」活動。分別贈送國防部共一百二十一種，三千二百九十七册；九月初贈送教育部二十七種，共三千六百一十五册；最後一項贈書，則是贈送他僅有現存書各一本，用大型郵局紙箱分裝，轉寄給在大陸圖書館工作的外甥女。

而在近二十年內，美國國會圖書館、哈佛、耶魯、哥倫比亞、史丹福、胡佛、普林斯頓、柏克萊加州大學、芝加哥大學、伊利諾大學等，皆藏有他的著作。而荷蘭萊頓(Leiden)漢學研究院，則藏有紀瀅先生全部著作。而普林斯頓的葛斯德東方收藏圖書館內，更有他近三十厚本的「原稿」。

民國十六年十二月二十六日，他與大營的李蕙蘭結婚，那時候，他整二十歲。已經開始了文學的創作，並且在哈埠任職。

雖經動盪與奔波，而他與蕙蘭女士的情感彌篤。雖然，他曾經因為接受了「五四」新文化的影響，對於舊式婚姻持相當强烈的反抗態度，但是在他夫人優美個性、雍容儀態及舉止大方和沉着的言語裏，摧毀了他的傲謾。而夫人豐富的戲劇知識，通俗文學的講述技能，更折服了這位「洋秀才」。

五十一年三月四日，其夫人因病去世，長埋於美國南部佛州根司威爾市，享年五十五歲。三十五年至愛的夫妻生活，方此結束，俱見「遙望佛州」一文中。

他們一共育有二子二女，長子楙兒因肺病，於抗戰時期中離開人世。長女陳雅寧學護理，曾任護士長，是位資深護理教師，一九八〇年獲教育學博士，現旅居佛羅岱堡。他的「寄海外寧兒」一書，就是於三十九年雅寧出國求學時，陸續寫下的二十封家書，字裏行間中，充滿著父親對子女的愛。

次女陳慕寧，密蘇里州大學畢業，專攻服裝設計，現任紐約最高天主教教會秘書，兒子陳庭標在美，均未婚。

民國五十三年，紀瀅先生再與北京大學畢業的汪綏英女士結婚。

平日裏，除了上午例行的立法院會議，多半不在家，下午則非有必要事情，否則不出門。也因此，下午的時光是紀瀅先生「練功」的時間。

他必定於午後休息至二時許，便開始答覆信件，並且一定保持來信必答的習慣。如他集有「高陽齊如山先生書札」共四本，一百二十封信，即是他集札的成果。

下午六時，必聽中央廣播電臺的廣播節目，並且極力推崇中央電臺「高度的心戰」節目。七點半到九點，是他休閒看電視的時間，十點寫日記後，上床睡覺。

清晨約五點起床，剪理前日的報紙，再閱讀新一天的報紙，早餐一杯牛奶。

他不抽煙，不暴食暴飲，除眼睛不好，每禮拜均要到醫生處通淚，血壓略高外，身體健康。

他有收藏癖，但不是收藏家，除開收集信札外，他也收集錢幣，並且集名片，還將於何時何地獲得名片，一一記載下來。

●文學、政治兩長青

民國七十二年，九月十三日，紀瀅先生以「李石曾傳」一書，作爲博士主要論文，又以「華夏八年」及「華裔錦胄」兩部長篇小說爲論文之輔，榮獲美國加州橘郡「世界開明大學」頒授文學博士學位。時年七十五歲。

並於民國七十年起，發起召開亞洲華文作家會議，對團結海外作家有很多貢獻。

今年，五月七日，國家文藝基金會以「文藝特別貢獻獎」頒給了他，對他近六十年來對文藝的奉獻，不懈的耕耘，實在是最好的註脚。

紀瀅先生嘗謂：「永遠不會忘記我是記者出身。」因爲由記者生活中，養成他冒險、勤快、有恒的精神；也提高他的洞察、判斷與領悟的能力。最要緊的是，使他的生活領域擴大，求知慾增强；並且因爲曾經的記者生涯，給了他無窮的啓示，與莫大的人生鼓舞。

他篤信宗教，但不迷信宗教，常恨中國人的「說了不做」，而不是英國人的「說了就做」和德國人的「做了不說」。

對人對事，他服膺張季鸞先生的「報恩主義」，始終服膺「家人有恩，我們須報；朋友有恩，我們須報；社會有恩，我們須報；國家有恩，我們尤須報。」

他喜歡旅行，並且每到一處，除非停留時間甚短，總愛將附近環境，察看究竟。他常說：「我在旅行中，常常懷著强烈的好奇心，願替讀者採訪，願替一般人尋根摸底，以求澈頭澈尾的瞭解。」直到現在爲止，他共去美國八次，歐洲五次，亞洲各國無計。

雖然行程頻仍，雖然旅途勞頓，但紀瀅先生必帶預計要讀的書，除一本「唐詩」是不可缺少必帶的書籍外，「孫子兵法」也爲他所必帶的書籍，日記更是不可或缺的。他往往藉由冗長的車旅中，閱讀許多書籍，並且隨時以記者的觀察力，做深度的探尋，並一一記在日記本中。也因此，日記中所寫，正是他著書爲文之主要。

並且受羅家倫先生的啓示，每出外必帶毛筆及印色，一則可以親筆書寫給人留念，一則能解居旅中的無聊。

他嘗向知己朋友講述在抗戰時期，能有三份好差事；郵政儲金滙業局、大公報與參政員。使他能夠享受過最好的待遇。

而對於政治與文學創作兩種極端的生活範疇，他說：

「人是政治的動物。我對政治不能不承認有相當興趣，可是我從事寫作在先，而且我也不能不承認我是政治的低能兒。政治使我餬口，却不能培養我的精神生活。同時，我感覺政治生命極短促，文學生命，如果有好成就，則可能比較長些。」

在此，我們祝福這位偏愛三國演義、水滸傳、西遊記、紅樓夢的紀瀅先生，文學、政治兩長青。

（原載於73年6月「文訊」12期）

〈陳紀瀅作品選〉

海倫·凱勒獵奇

美國盲啞教師及作家海倫凱勒（Helen Adams Keller,1880—）於一九二九年在一篇「我去獵奇」（I Go adventuring）對紐約作以下這樣描寫：

拋開我是個什麼人不說，無可避免地，有時我總覺得好像是在朦朧的世界中，作黑暗的旅行。逛紐約城我不免有此種感覺，往往我回到家來疲乏不堪，可是我對若干事物感到愉快，那就是人類的確是活生生的，我自己也並非在夢中。

●渡過昆士保路大橋

從我的家到紐約去，必須要渡過一座連結曼哈坦（Manhatan）和長島（Long Island）的大橋。最老而最有趣的，當然是那座叫布魯克林橋（Broklyn Bridge）了。它是我的朋友羅布林上校（Colonel Roebling）建造的。但是我經常走過的，卻是銜接五十九街的昆士保路大橋（Queensborough Bridge）。從這些座橋，我所瞭解的曼哈坦區如何之多啊！它們告訴我，當一個人看見那些摩天大樓，像美麗的宮殿一般，矗立在天際，那萬千隻窗子閃爍在濃淡的大氣之中，無論是清晨或黃昏，這種景象都是無比的可愛。

我喜歡這樣想：詩並不是寫在出版品封面上的；它是在一種技巧的飛揚的進取精神中寫成的；它是把一個人已經灌注或正在灌注的夢想、情感、和哲學，使它成為最有力的利用。一個人的天才具體化後，有時顯示出來不是有待發展就是畸形，甚至於一種高尚而壯麗的光芒，顯耀在過度與鼓舞之中。我們能否認昆士保路大橋不是一座由具有建設意義藝術家的偉大傑作嗎？

●它酷似一個盲人

紐約對我有一種特別興趣，當它隱蔽在霧中。當它酷似一個盲人。有一次，在濃霧中，我從澤西城（Jersey City）到曼哈坦去。渡輪在河內極度謹慎地摸索前進。比瞎子還不如，它不停止地像驢似的拉着叫笛哀鳴。濃霧包圍，四週充滿了恐懼，面對船隻與環境都看不見，頗似一個盲人通過一條擁擠不堪的大道，須要時時敲觸他的手杖，那樣緊張與不安。

從氣味分辨，我常常知道我是在城裏哪那一部份。氣味的種類也如哲學那麼多。我從來還沒時間把不同城市，用我的嗅覺印象加以綜合和區分；但那是一個極有興趣的題目。按照每個城市具有個性的氣味，我很自然地想起那些地方來。

●第五街氣味芬芳

舉例來說，第五街就有不同於紐約其他地區和任何地區的一股味道。實在，它是香味四溢的。你也許認為是笑談，那兒有一貴族化的氣味，但是確是有。當走在人行道上，我辨認出高價的香水、脂粉、面霜、上等的鮮花和從房屋裏散發出來令人喜愛的芬芳馥郁氣味。在住宅區域，我嗅到滋美的食品、綢緞呢絨和濃重的繡錦味道。有時候，當我走過一幢房屋，門啓處，我知道這個房子的主人是用哪類化粧品的。我知道裏面在升火，他們燒的是木柴或是煉煤；他們在煮咖啡，他們在點着蠟燭；這座房屋已久未使用，或者剛剛油漆過與新加裝飾；裏邊吸塵器正在工作中，我都能一一辨清。

當我路過一所教堂時，我知道它是基督教或天主教。當我聞見臘腸、大蒜和麵條的味道時，我知道已置身於義大利裔民住宅區了。

●港灣內的吉普賽人

我永遠無法忘記的一次經驗，是乘船環游紐約。這次旅行經歷全天。有四個會用手指示字母的人同我在一起——我的老師、我的姐姐、我的姪女跟賀姆斯先生(Mr. Holmes)。如果一個人從來没在這條路上看過紐約，一定對於這些生活在水的人羣感到驚訝。有人已經稱呼他們是「港灣內的吉普賽人」。他們的家就在船上——如同艦隊一樣，用花箱和光亮彩色的布篷裝飾着。他們每一家都起着一個美麗的名字。你可以在船上，看見每一户內的動作，如煮飯、洗衣、縫紉，主婦們互相閒談。那兒也有一股氣味的狂流刺激我感覺的眼睛。小孩子們和狗征逐在極小的甲板上，有時他們掉在水裏，那兒完全是他們的家。這些水生孩子們對於駛行在港內的輪船都極爲熟習，他們知道哪樣船是從何處而來，船上載的是什麼貨物。那兒有從荷蘭來的運磚駁船，從哈瓦那來的水果船，有的船裝載著肉類、圓石子、沙土在駛向港口和內河。有些老船斑剝失彩，命中注定要用拖船往港口把它拖上拖下。這些船使我想到年老的盲人行在鬧市被攙扶的景況。

●艨艟相接

這裏也有豪華的船隻來自奧爾班尼（Albany）、愛斯克（Nyack）、紐堡（Newburg）也有從新倫敦（New London）和波士頓（Boston），從波托邁克（Potomac）、巴的摩爾（Baltimore）、維吉尼亞（Vigi-nia）、波特蘭（Portland）、緬因（Maine）載運著許多陶器駛向曼哈坦。自格洛斯特（Gloucester）來的漁船，急駛過那些以船結成的房子，和那些滿載煤炭徐行的拖船。渡輪從每一方向駛來，在水內咆哮着，叫別的船讓道。

●靜噪不同

那是顯著不同的航行——如果通過分隔曼哈坦與陸地的狹窄海峽，在綠山之間，上駛哈德遜河（Hudson River），經過河邊大道（Riverside）那無數的堂皇大厦，轉入哈林河（Harlem River）經過福祉島（Welfare Island）到東江（East River）。那裏一個現代化的大城正庇護著被遺棄的人羣，海水洶湧地沖激著商業區的兩岸，碼頭工人用力地起卸貨物上岸，運輸車輛抨擊聲，令人震耳欲聾。假使你這時在月光下，回到另一岸上，那兒港灣內的吉普賽人正在呼呼酣睡，那種安靜的感覺也許會使你疲憊的神經，爲之鬆弛。

●百老匯路上人流不息

當我在百老匯（Broadway）行走的時候，所有在我身旁掠過的人，總像急於要到一個從來没有去過的地方似的。他們的動作焦急，好像在說：「我們正在行走，不久就要到了。」他們保持着速度——他們幾乎是在跑着。假使探詢這個無休止行列的意向，其中喜怒哀樂的成份都俱在，他們也如同雨點打在落葉上一樣。我奇怪他們都是到哪裏去。我的腦筋常常被迷惑；但是是這個謎從來沒解開。莫非最後他們要到一定的地方嗎？是不是有什麼人在等候他們？因爲這個行列永遠没停止過，他們的雙足已踐踏得人行道坎坷不平。我喜歡知道他們往哪兒去。有些人是淡漠的，有人雙眼盯著地走路；也有些人很輕快地踱著步，就好像他們的翅膀如果不是被羣衆綑綁着，早已飛起來了。一個蒼白微弱的小婦人正在引導一個盲目的男人行走。他的大手正拖曳着那女人的膀臂。他的碎步使小婦人的步態變得難看。他顛躓一下，當路邊的石頭不平時。他抓緊婦人的臂膀。他們是到哪兒去呢？

●少男少女的世界

有些人也彷彿在作着無意識的化裝游行，他們在街兩旁遊來蕩去。年輕的女孩子們一面遊蕩着，一面大說大笑。她們有漂亮的青年愛人。她們注視著商店的橱窗；她們凝視著閃爍的招牌；她們在人簇中衝撞；她們的兩隻脚與心中的音樂保持着和諧。毫無疑問，她們必是到一個快樂的去處。我想她們去的地方，我一定也樂意去。

●地下火車的奇觀

我顫抖着站立在地下火車的站臺上，立刻被一種可怕的巨響吞蝕。我畏懼地摸住林立的鋼柱，火車發着雷鳴般的響聲，如同拋射物，在我身邊疾駛而來，我無力地固守着我站的地方。當火車如閃電般的駿馬，要突然停止一剎那間時，我的四肢已經癱瘓，不能隨心所欲地在匆忙中搭上車去。在我的思想閃爍在超凡的景象之前，所有這樣的速度預兆什麼——生命閃雷般的毀滅，意外災害，火車的撞毀，汽鍋的爆炸，成千成萬的馬達機械的競賽，飛在天空的英雄們墜入海中，爲了超速而喪生——所有這些都是由於一種好奇的，不滿足的慾望而產生。另一列車如同一座火山那樣突然入車站，人羣把我擠進車廂，我就站在人縫中間，如同墜入黑暗的深淵。幾分鐘之後，我又被擠在街上。

（選自黎明文化公司「海倫・凱勒獵奇」）

●**陳火泉**，台灣鹿港人，民前四年八月生。台北工專畢業，曾任公營機關公職四十餘年。筆名有耿沛、安岵林、耿湄等，民國三十二年在「文藝台灣」發表首篇日本小說創作「道」，獲得七十一年國家文藝特殊貢獻獎。著有小說集「憤怒的淡江」，散文集「悠悠人生路」、「青春之泉」、「人生天地間」等。

人生路上的健行者

不斷潛心苦修的作家陳火泉先生

■黃章明

「路」，這個字眼，在古往今來的文學作品中，是經常被拿來當作象徵或比喻的。這不僅是因爲生命的歷程和狀況，頗類於旅客走在各種不同的征途上；而事實上，路是日常生活中每個人所必經的，也是許多悲歡離合的人生情節開展的地方。因此，不少中外作家都喜歡以「路」來作爲表現的對象或舞台的空間。目前，以哲理散文飲譽文壇的前輩作家陳火泉先生，就是一個例子。他不但以「道」作爲他處女作的題目，即其最近廣受讀者歡迎的「人生三書」，也是以「悠悠人生路」爲總書名。可見他對「路」這個意象的偏愛。如果我們嘗試著去了解這位老作家，將會發現，用「路」這樣充滿現實、入世意味的字眼，的確充分反映了他那困知勉行、堅持到底的人生奮鬥精神。

●從私塾到日本教育

陳火泉，用過的筆名有耿沛、安岵林、耿湄等。民國前四年（西元一九〇八年）八月二十八日，生於文風昌盛的臺灣古城——彰化鹿港。家中兄弟姊妹衆多，上有三個哥哥、兩個姊姊，下有五個妹妹，他排行第六。

父親單名水，字濟修，少年時在一家藥房當店員，後經考試合格，成爲一名漢醫，平日研習醫術之餘，雅好中國古典文學，常講一些中國歷史、掌故、詩詞給他的孩子們聽，並以「切勿數典忘祖」一語相誡；母親鄭氏，單名市，爲一商家之女，唸過一點書，火泉先生五歲開始認字，就是由她啓蒙的，首先教以三字經，並特別强調「勤有功，戲無益」。這對他日後的愛好文學寫作，確有莫大影響。

七歲時，他正式入家鄉的文開私塾，拜蔡德宣先生爲師，學名崑源。在這裏，他足足唸了三年，讀畢四書、詩經、唐詩三百首、左傳、古文精言也選讀了一部份。這使得他對於中國文化的認識，有相當的助益。

十一歲，入鹿港第二公學（六年制，相當今之國小），開始接受日文教育，由於程度不錯，旋由一年級跳級到三年級，一九二三年三月畢業，這時他十六歲。接著入鹿港第一公學高等科（二年制，相當今之國中），一九二五年三月畢業。隨即考進臺北州立臺北工業學校應用化學科（五年制，即今臺北工專的前身），畢業時他已是一個二十三歲的青年了。

一九三〇年五月，他進入臺灣製腦株式會社工作，一九三四年七月轉入臺灣總督府專賣局任傭員，到了一九四四年二月才升任技手。

光復後，接任臺灣省專賣局技佐，民國三十五年八月升任技士，三十七年三月轉任建設廳樟腦局視察，三十九年七月改任副工程師，四十一年二月升任工程師。是年十二月，轉任農林廳林產管理局技正，四十九年二月改任農林廳林務局技正，至六十二年七月退休。他一生服務了四十年以上的公職，可說是一個標準的公務員。

也許是由於生性拘謹，不擅言辭，再加上處身於日本殖民地的關係吧？他幾乎從未參加過外界的任何活動，只是一味地把全副精神寄託在讀書上，於是逐漸養成了以文字來發抒感情的習慣。一筆在手，滿紙煙雲，半真半幻，陶然欲醉，這確實能夠排遣他不少苦悶。但他只是把寫作當成一種訓練，一種學習，並沒有很快想爲自己的塗鴉之作求取發表。的確，在日據時代，想以日本文傾吐心中的一些感觸，是需相當的信心和勇氣的。

自從日本侵華，繼又掀起太平洋戰爭以後，日帝當局就大呼「八紘爲宇」、「世界新秩序」、「大東亞共榮圈」起來；在臺灣，更把「皇民化運動」推行得如火如荼，一意地想要把在臺灣的中國人改造成日本人。當時，老百姓莫不戰戰兢兢地畏縮在日本警察和特務的監視之下，被施以絕對服從的愚民教育，要大家都信仰日本神話和膜拜天皇，甚或歌頌所謂「聖戰」的豐功偉蹟，最後還免不了被强征去當砲灰的命運。

這時候，任何政治結社，悉被解散，任何社會運動家，悉被檢舉，終至或逃或囚。於是，所有社會政治運動也就消聲匿跡了。雖然，在知識份子的意識型態裏，還保存著濃厚的自由主義傾向，但絕大多數作家都是敢怒而不敢言，即使要發言，也没有地方讓你唱「反調」，這真是臺灣當時文壇的一大悲哀。

●處女作品轟動一時

在公營機關從事了十多年技術工作的陳火泉，當時正值壯盛之年，他胸中燃燒著一團熊熊的火，這團火愈燒愈烈，終於激使他握起一支百樂牌鋼筆，以初生之犢不畏虎的精神，將他所見、所聞、所體驗到的臺灣同胞内心的苦悶和矛盾，以及大漢民族與大和民族的衝突，虛虛實實的用日文寫成了中篇小說「道」，投寄給日人作家西川滿所主持的「文藝臺灣」，不料竟被採用，刊登於一九四三年七月一日出版的第六卷第三號。而且還被該雜誌社推薦，列爲當年日本著名的純文學獎——「芥川賞」進入最後決選的五篇候選作品之一，轟動一時。

「道」這篇作品，是敘述一個叫「青楠」的臺灣青年，在日本統治下所經歷的悲慘遭遇。青楠是專賣局製樟腦機構的技術人員，由於工作勤奮，並且發明火旋竈，改良了製樟腦的土法，使得單位的收獲量大大提高，因而受上司賞識，總督府方面還頒給他獎狀和獎章。但是輪到陞遷之時，却因他是「本島人」的緣故而未陞。同時，在物質生活上，由於待遇菲薄，只能租住於小巷中一間簡陋的民房裏，狹隘、髒亂、空氣污濁，加上孩子一個個出生，境況十分淒慘，此外，精神上更因不斷受到日人同事的欺侮與不平等待遇，而陷入長期的痛苦之中，後來，太平洋戰爭爆發了，日本人瘋狂地在臺灣推動「皇民化運動」，並實施所謂的「志願兵制度」。此時，青楠已是接近中年的人了，頹唐而瘦弱，當兵是不夠資格的，然而在萬般無奈之下，他還是去志願試著做一名「皇民」了……。

當它發表後，引起了許多議論，甚至光復後三十多年的今天，還一直爭論不休。有人認爲是「皇民文學」，也有人認爲是「爲臺人請命」的抗議文學。原因是作者將臺灣同胞的悲苦與苦澀隱藏在字裏行間，而未能將抗日意識表達得淋漓盡致，再加上「皇民奉公會」的推捧，遂有仁智之見的爭辯。而事實上，做爲一個作家最重要的使命之一，應是忠於良知，忠於感受，只要能做到以文學來反映人生，反映現實，也就無負作者的任務了。尤其是處在「無地可容人痛苦，有時須忍淚歡呼」（此乃其鄉友亦爲先進作家葉榮鐘之詩句）的日帝長期苛刻箝制下，要一個小說家在作品上表現露骨的批評或强烈的反諷，無乃求全責備之舉。綜觀本篇用力之處，確是反應當時臺灣同胞的痛苦煎熬，特別是白領階級血漬斑斑被迫害的生活事實。所以，誠如鍾肇政在「問題小說『道』及其作者陳火泉」（刊載於六十八年七月七日民衆日報副刊）一文中所說的：「皇民文學實爲時代之產物——易言之，是在日閥的高壓統治下必然產生而產生的，因此，我們認爲即令是皇民文學，也是被虐待被迫害的臺灣同胞椎心泣血之作。」確是持平之言。何況，他還親自將它譯成中文公諸於世（見六十八年七月七日至八月十六日民衆副刊）。作者這種藉自身的感受爲處於同一悲慘命運中的同胞代言的態度，應該是可以肯定的。

●渴望寫出民族心聲

民國三十四年十月廿五日，臺灣重歸祖國懷抱。這對每個受過日人統治吃盡苦頭的臺胞們來說，真是一個值得歡欣鼓舞的大日子，人人莫不想有一番作爲，爲重建家園貢獻一份力量。剛滿三十八歲的陳火泉感觸尤多。他覺得心裏有一股罕有的創作慾在激盪著，彷彿熾熱的岩漿般地想向外迸流出來。入夜，他不由自己的握起那支用慣的百樂牌鋼筆，他想寫作，想去捕捉一些已經失落的東西，想去捕捉一些渴望得到的東西，他喃喃自語著：「我要掘入民族的心臟，刻出民族的隱痛！一定要表現民族的傳統、生存的情境，更要表現傳統中不合理部份加諸每一民族成員，尤其是臺灣同胞的內心重壓，與夫形成民族悲劇的主要因素——人類的內心不自覺的保守和愚昧。」這是一個從異族魔掌中解脱出來的盛年的夢，一個非常大的夢，大得把人的胸口都要炸裂似的。

然而，跟祖國大陸違隔達半世紀的長久歲月，而從小就接受强迫性日文教育長大的他，這時就和大多數的臺灣同胞一樣，面對著的是陌生的中文，頓有英雄無從著力之感。要消除文字的隔閡，他必須從頭學起，尤其日化教育的毒素，日本語法的桎梏，更須首先加以擺脱淨盡。於是，他像個小學生一樣，開始從「廣播教學」學ㄅㄆㄇㄈ，從「國語日報」學作文，學習的過程是緩慢的、艱難的；一篇稿子，從素材擷取到醞釀、孕育、執筆到脱稿，不知要扔掉多少稿紙。尤其是文字的呆滯、日文氣息的羈絆，有如沈重的脚鐐，拖住了他的雙足。爲了避免日文的糾葛，他把日文書籍統統束之高閣，在日常生活也絶對不説日語，公餘之暇，每夜挑燈，或伏案苦讀，或塗塗抹抹，如此披荆斬棘地走向前摸索，默默地渡過了九個年頭。

在這九年裏，他也曾向各報刊投稿，但沒有一篇被採用過，於是那些草稿終於成爲妻子煮飯生火的引燃物。雖然屢遭挫折，但他始終沒有把寫作這個志趣放棄，他相信只要一步步地向前邁進，總會有撥雲霧而見青天的一天。

民國四十三年初，他在報紙上看到「中華文藝函授學校」的招生啓事，立刻報名參加，經過半年的學習之後，居然有一篇習作「溫柔的反抗」在校刊「中華文藝」(一卷三期，民國四十三年七月一日出版)上登刊了。這是他光復十年後用本國文字發表的第一篇作品，究竟是怎麼樣的一種滋味呢?他說：「這是一種莊嚴的感受，只有拿『混沌初開，乾坤始定』這八個字，才能形容這份欣喜與安慰。」修完函授小說班和研究班半年課程，李辰冬校長又推介他參加了「中國文藝協會」的小說研究班繼續深造。從這些文學師長們的講解和作業批改中，他多少又懂得一點語言的藝術，也摸索到一些寫小說的途徑。

民國四十六年五月，他和鍾理和、廖清秀、施翠峯、文心(許炳成)、李榮春等幾個從日文轉爲中文寫作的朋友，在鍾肇政的發起下，每月交換一次「文友通訊」，彼此輪閱作品，互相評析切磋，大家雖分處南北各地，但以祖國文字來練習寫作的狂熱却有志一同，有時那個人消沉下來了，大家便寫信給他打氣，他們這種無畏情勢困難，相濡以沫重起爐灶的努力表現，無非源自內心對祖國及中國文化的一股熱愛。這項活動繼續了一年又四個月，到了四十七年九月始告停辦，以後，各文友間仍不時有連繫。這對他而言，也是一個很大的鼓勵。

爲了磨練「對話」的技巧，他也曾試寫過兩個話劇劇本和一個電影劇本，但沒有發表，原因是他認爲這些作品不夠成熟，且又不合時宜。他也寫過兩篇廣播劇本，由正聲廣播電臺播出：一篇是「乘龍快婿」，演播了六個夜場；一篇是「空谷芳草」，演播了三個夜場。最使他欣慰的是，另有一篇「一片丹心」，竟獲得教育部五十二年度廣播劇本佳作獎。此外，他還寫了兩篇電視劇本「國姓井」和「忠義圖」，由臺灣電視公司演播過。

●取材跨越兩個時代

民國五十七年七月，他把歷年來所發表的短篇小說，精選了二十篇，名爲「憤怒的淡江」，交由商務印書館印行。其中取材跨越日據時期和光復後兩個時代。作爲書名的「憤怒的淡江」這一篇，係描述一位私塾老師抗日的事實；「溫柔的反抗」，則描寫一個本省青年在宴會中趁著酒意，編造艷遇來諷刺驕傲的日本軍官；「脚的故事」，描述日據時代的民怨，刻劃被壓迫者反抗之努力；「掃墓記」，寫一對孿生兄妹掃墓認祖，暗示日帝所留下的餘孽。這些，主要以臺胞與日人的相處、衝突爲描寫對象。取材於臺灣光復後社會的作品，有以家庭生活爲主者，如「我的老伴兒」、「點點滴滴」、「金磚」、「人情」等；亦有以工作環境爲故事背景者，如「夕陽山外山」、「莫管谷」、「火炎山鑿井記」、「路」、「征塵」等。文字樸實，人物生動，頗引人入勝。

但他在重讀自己的作品時，却幾乎否定了這項成績。他認爲自己的思想既未成熟，文字更欠純正，沒有道道地地的中文化，還帶些日本腔調。這個「發現」，使他覺得汗顏之至。他決心再自修十年，不再貿然寫東西，寧可再度回到潛心苦修的日子，以尋求更大的自我超越。從這一點，也可看出他自我鞭策與期許之一斑。

於是，他又開始大量地讀書，特別是有關哲學、人文科學，以及一些中外文學名著方面的書籍。在閱讀的過程中，他逐漸體會到，無形的哲學信念，實是一個人藉以生存的最重要的東西；也可以說哲學是提供給世界和人類善良生活的智慧結晶。他覺得每一個人都應該有一套哲學信念，有一套維持心身均衡的人生觀才好。尤其晚近臺灣在快速發展的現代化過程中，我們的社會也遭遇了工業化和現代化所導致的種種問題。一般人往往熱衷於物質生活的追求，而罔顧精神生活的充實，以致逐漸形成了酒肉爭逐競相奢華的社會風氣，甚至道德水準亦日漸低落，因此，如何使人人了解做人的道理，認清所應負的社會責任，也是有心人所當積極面對的課題之一。於是，在涉獵與鑽研之餘，他便把有助於建立正確人生觀的史實、軼事、格言、諺語，也大量地札記下來。這些，日後都成了他寫作的重要依據。

就這樣，他一面研習，一面思考，積之既久，思想自然更加圓融深邃，文筆也趨於暢達凝練了。果真十年之後的民國六十七年秋間，他再次執筆爲文。這次，改寫散文，他將他所了解的一些道理和讀書心得，有計畫、有系統地寫了下來，陸續投寄各報章雜誌發表，然後收集成書。民國六十九年元月十日，出版「悠悠人生路」；七十年三月十日，出版「青春之泉」；七十一年二月十日，出版「個性的發揮」；以上合稱「人生三書」。七十二年七月十日，又出版「人生長短調」。各書均由九歌出版社印行，共計有一百六、七十篇之多。這些篇章，不論是談論求學、工作、友誼、戀愛、婚姻、家庭，或是立志、奮鬥、活力、時間、成功、意志，抑是生命、道德、資質、人生、修養、自我，作者都能以他豐富的學養，成熟的經驗，對讀者提供了殷勤肯切的評言，教人如何來充實自己，發揮自己，提昇自己，以善盡人生的責任。

●人生三書廣受歡迎

可貴的是，這幾本書不像有一些探討人生哲學的書，不是寫得玄之又玄，就是流於陳腔濫調，而是通情達理，內容豐實，並且筆調輕鬆有趣，自然親切，特別是，作者不但擷談史實掌故，更引用了無數古今中外的詩詞、格言、諺語，巧妙地融合於文中，清新可喜，增加了不小的說服力。

這幾本談人生的書陸續出版後，廣受讀者喜愛，每一本都連連再版，並時常有讀者寫信或打電話給他，說是由他一言一語而點醒了迷茫的夢中人，使得即時修正奮鬥的方法和目標；也有些年輕的讀者一再詢及人生與感情的種種問題，而和他形成了忘年之交。其中「悠悠人生路」一書，經臺北市政府新聞處，選爲「七十年度優良文藝著作」，「青春之泉」，亦經臺北市立圖書館舉辦的「七十年好書推介比賽」入選。許多學校將他的書，列爲學生必讀的課外讀物，也有許多機關團體購爲贈送同仁的讀物。七十一年六月二十九日，他更榮獲國家文藝基金委員會所頒發的「文藝創作特殊貢獻獎」。由於這幾本書的流行，使得這位沉寂已久的老作家，重新成爲人們歡迎的作家之一。

然而，在欣喜之餘，他亦不無一點遺憾，那就是與他五十年相守，時時給他安慰的賢內助陳吳三阿女士，不幸於得獎年(七十)前的一月三日去世，而未能和他共享這份光榮。爲了悼念她，他曾寫了「五十年相守」、「五十年水流花謝」二文，字字出自肺腑，凄婉纏綿，感人至極。

所幸他們都親眼看見自己的七子一女長大成人，各自成家立業。目前他和最小的女兒、女婿住在一起，生活算是相當清靜的，只有星期天，兒孫們輪流回來看他時，家中才顯得熱鬧些。

在光復的次年，他因騎脚踏車上班時發生車禍，左脚脱臼，雖然並無大礙，但却使得身材高大的他顯得不良於行，最近復有糖尿、高血壓、膀胱結石、攝護腺肥大等毛病，以致牙齒全部掉光，小便頻頻，有些東西也不能吃，所以身體狀況似乎大不如前，但精神仍然矍爍昂揚，每天過著充實而勁力十足的生活。

通常，早上五點半左右他即起床，散步、看書報、用餐，至八點半後，便開始寫作，至中午十二點午飯，然後午睡到二點，又再寫作閱讀，六點半左右進晚飯，再來便看看電視、晚報，偶而也看看電影消遣。九點鐘準時就寢。

為了保健身體，每當讀書、寫稿至個把小時，他即起身做甩手運動百次，和頸部運動——用頭轉圓圈，或前後左右轉動，然後再做深呼吸運動若干次。同時，為了伏案時不使頸項太過勞累，他自己還特別設計製作了一張有傾斜度的桌子。這桌子是由兩片木板釘成，一邊相連，一邊可以開合，中間則裝有兩根可以站立調整高度的小支柱，桌子沒有脚，用時就架在坐著的沙發椅兩側靠手上。他說，這樣可以使他不必低頭看書、寫字，對他長時間的寫作幫助很大。

自從老伴走了以後，他即以寫作為消遣；雖然現年已有七十有六，今後，這仍是他唯一樂意要走的路。在他的「人生三書」完成付梓時，他已經又擬定了另一個十年計劃，準備好好地寫些回憶，包括自己和雙親的往事，也有意思回頭從事小說創作，並重溫與註釋自己最愛讀的幾本書——論語、孟子、老子、莊子、紅樓夢、金瓶梅詞話等。

「發憤忘食，樂以忘憂，不知老之將至」；「天行健，君子以自強不息」，可說是火泉先生的精神寫照，而這種精神相信是值得青年人學習的。我們也祝福他第二個「十年計劃」順利完成，好為這個時代的天空添抹上更燦爛的霞彩。

（原載於72年9月「文訊」3期）

爲歷史作證

〈陳火泉作品選〉

是誰説過?要滅他的國,先滅他的文。一點也不假。幾乎所有的人都知道:有文字始有文化,文字是一個文化的根基,也是一個民族的最後據點。

日本佔據台灣,當然也採用這個原理,嚴厲禁止臺灣人讀漢文,以消滅其民族意識。到頭來,他們竟用刺刀、馬鞭,强迫我們臺灣人去向大陸同胞作戰,逼迫我們大和民族自相殘殺。大漢民族永遠治癒不了的血痕,大和民族永遠洗刷不盡的罪證!一片黑!在那魔掌一手遮天的黑暗裏,我忍辱含垢地挨過了三十八個年頭!

我還没有活過!

在那個時候,我雖然寫了一篇中篇小説「道」抗議過,我明知不可爲而爲之了。畢竟,我曾經反抗過,較之擲筆興嘆痛快多了!但我從來找不到一個烈焰騰騰的祭壇把自己獻上——我實在還没有真真正正活過,我的生命是一場惡夢!

炎黃子孫是不能久辱的。從九一八到七七前夕，中國人嚥下了太多太多的隱忍，經過八年抗戰之後，那些曾經趾高氣揚橫行霸道的侵略者，一個個垂頭喪氣丟盔曳甲無條件的投降了，我們贏了！

我們贏了，那不是最重要的，重要的是沈淪五十年的臺灣，重歸祖國了。

我非常高興，了不得的高興！

我非常興奮，了不得的興奮！

我下定決心：我要活得更快樂，我要先讓自己愉快！

日本統治臺灣最大的成功，是使臺灣人對中國不了解，也使中國人不大了解臺灣。

日本民族內在的親和力與向心力極爲強大，所以他們異常和羣和恪守紀律是衆所週知的。他們忠於自己的工作，更忠於自己的國家，所以他們的敬業精神、團隊精神與互助合作的習性，舉世聞名，罕有其匹。

日本民族的個人聰明才智，並不比中國人高强，但他們能在第二次世界大戰以前，由於其在軍事上的擴張征服慾，被人目爲「軍事動物」；現在則因其在經濟上的擴張欲望，又被人視爲「經濟動物」，連富甲天下的美國也自嘆弗如，甘拜下風，喊出「日本第一」，高舉警鐘「日本能，我們爲什麼不能？」以自惕厲，這真值得我們深思！

所謂民族性就是一個民族的意志及恒久的行爲。談到民族性，一則難免覺得習性難移，令人悲觀；一則未免回憶起外人罵我們的一些話，似乎有損民族的自尊心。我知道有些年輕朋友們不十分喜歡聽。

記憶猶新而印象最深的是，日本人常罵中國人的髒亂，並且舉例說：英、美、法各國的公園門口，經常竪立著一塊告示牌「支那人和狗莫入」！還不止一次地指出：「中國人是一盤散沙，大而無當！」

不必諱言，捫心自問：我們中國人缺乏團隊精神是事實——儘管我們固有美德那麼多。放眼四周，不難發現處處勾心鬥角，各自爲政，大小圈圈阻礙等等，互相扯後腿，使人人的精力才智相互抵銷的現象，俯拾即是。

常聽外來的觀光客批評，我們國民具有「雙重性格」：自己家門口掃得乾乾淨淨的，却把垃圾丟到排水溝裏；在飯店裏謙謙恭恭地讓別人坐上位，搭公車的時候却蜂擁爭先，像炸彈開花似的搶佔座位。這種雙重性格，正和美國人類學家班迺德所描述「一面高雅如菊花，一面殘暴如刀」的日本人兩面性格，恰好成一對比。

的的確確，髒與亂讓我們丟人。

這或許與中國人逃難——逃避最近一百年來中國社會龐大動亂——所養成的只能顧自己無暇顧及別人的，爭先恐後的習性有密切的關係。我們怎麼去解釋：對於生長其間的每一位中國人所遭遇的無以補救的深刻傷害呢？

但是，漸漸的我們也能了解什麼是椎心，什麼是泣血。而今，我們終於知道：假如不是日本侵略我國，阻撓我們中國的統一大業，則共產主義絕不能在我國生根，我們何致大陸沈淪，只剩下臺、澎、金、馬這一小塊乾淨的土。

偪促在這一小塊乾淨土上，我們只能謹慎的去盡一點做人應盡的本分，謹慎的去盡一點做人應盡的義務，沒有浪漫，沒有英雄，談不上悲劇，只是淡淡的，却又深不見底的沈痛與悲涼！

我仍然沒有活過，我的生命仍然是一場惡夢。

三十年來，我們的國家建設與時俱進，經濟生產不斷發展，工商繁榮，國民所得普遍提高，享有了中國歷史上前所未有的高生活水準。

更令人興奮的是，近年來，由於社會科學家的不斷鼓吹，政府首長也不斷在强調精神與文化生活的重要，我們的社會逐漸了解光是生活水準的提高已不夠，而生活素質的持續改善才是我們應該共同追求的目標。

所謂生活水準是求生活的富足豐裕，生活素質則是求生活的和諧快樂，以及自然環境的潔淨，而提高生活素質，也就是使人人共享物質文明與精神文明平衡發展的成果。

千古風流蘇東坡爲這個題目，留下兩句極富象征意義的詩：「可使食無肉，不可使居無竹。」今天，我們所追求的目標乃是：「既使食有肉，更求居有竹。」我們不願成爲「富而無教」的暴發户。我們更希望能培養現代世界中的現代人，不僅有科學上的巨人，同時也不願有道德上的侏儒。這也就是所謂道德重整運動所根據的一個前提。

可喜的是，最近新聞報導，爲强化國人守法、守紀、重公德、愛家國等觀念，政府有意將發動「第二次新生活運動」，來倡導國民都能實踐「禮、義、廉、恥」四維。

依稀記得當年——九一八事變之後，日本人説這新生活運動是「排日運動的結晶」，深恐這個運動的推行，將予日本侵略政策以最大的打擊。

史實證明：這新生活運動後來果然成爲發動對日抗戰的基本力量。根據記載，抗戰發生以後，日本政治家阿部信行演説中國問題時，曾經説過：「中國有三件不可忽視的大事，那就是整理財政、整頓軍備與新生活運動。」顯然可見：侵略者已經體會了這個新生活運動的力量。

歸根結柢，日本人常譏笑中國人是一盤散沙，他們却不知道散沙是最難摧毁的：「你一拳打下去，散沙還是散沙。」他們更不懂得，這盤散沙竟能保有民族的自我和文化的自我，那才是真正不可忽視的大事。

再回首，四十年前，那些中國人也有智慧，也有愛情，而他們却死了，他們以自己的死亡來換取我們的生存，而我們渾然不知。

他們活過了，他們愛過了——你呢？

坐在搖椅上，從頭皮到脚趾不著一絲煙燻火燎的我，優哉游哉地在欣賞「國劇大展」的我——

我，還沒有活過！

雖然，在這期間——臺灣光復後三十六個年頭裏，不會寫，學著寫，隨興所至，信筆塗鴉，我倒也寫了一本短篇小說集「憤怒的淡江」，兩本散文集「悠悠人生路」和「青春之泉」，所寫的量既少而質又不精，沒有寫出一本驚人的作品，只有些「竹頭木屑」跟文壇朋友們的輝煌巨構相提，實在汗顏得很！我，畢竟還沒有活過，我的生命仍然是一場空白。

這是「實現民國七十年代成爲三民主義勝利的年代」，「唯有三民主義，才能掌握『歷史之舵』」，現在，既然以三民主義統一中國，已經是全中國人的「公意」，難道我們這代的中國人還不能作出最佳的歷史見證嗎？

歷史是一個不大容易挑起的擔子，我們既然注定要挑起這個擔子，我們就必須一路挑到底。真希望由於「第二次新生活運動」的再倡導，能將我們社會的面目修飾的更完美，能將我們民族的自信心增强，重整錦繡河山，完成「統一中國」的神聖使命！

在未來的民族苦難歲月之中，假使你我都不能有意識的朝這個目標努力，去做我們原來能做而應當做的，並且努力將它做得更好，那麼，你我就沒有真正活過！

（選自九歌出版社「個性的發揮」）

●**楊熾昌**，民前四年生，台南市人。日本東京文化學院畢，以水蔭萍爲筆名。曾任台南「新報」編輯、「台灣日日新報」記者、台南市文獻委員會委員等職，民國二十六年與張良典等人組織「風車詩社」並發行同人雜誌。著有詩集「熱帶魚」、「樹蘭」、「燃燒的面頰」，小說集「貿易風」、「薔薇色的皮膚」等多部。

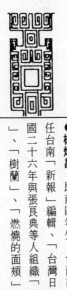

永不停息的風車

日據下提倡超現實主義的楊熾昌先生

■林佩芬

「江山代有能人出，一個時代自有其特色，儘管西風東漸，中華文化的藩籬顯得搖搖欲墜，然而燦爛悠久的中華文化，自黃河流域『鄂爾多斯』黃土層間開花的青銅器文化，代代相傳，卓然可觀。回顧日據時期作家的苦悶掙扎與光復後的開放，不勝唏噓，四十餘年筆者在文化界奔波的心路歷程，如影歷歷，逼取便逝。」

這是民國六十九年時，楊熾昌先生爲聯合報副刊推出「寶刀集」，所撰寫的「回溯」一文中的片段；真摯的心聲道出了深刻的感受，在過去的四十多年的歲月的磨洗，和高瞻遠矚的未來展望中，文學家的使命感沛然充塞；最近，他在給筆者的信中更是暢論了一切：

……自十七、十八歲時，開始對文字作業興趣高，到現在，還是志向寫東西，來完成我的終身。

作家是什麼？我想是走自己人生之路的人，所以，探求人生的路中，產生的東西就是作品，作品屬於什麼派系，這是另一回事，只有正確地把握得住他的寫作理論的人，作品必定發揚光大；寫實主義也好，抽象主義也好，只是他們主張的思想所表現出來的表象，能夠在作品中具有啟發一個時代背景、社會環境、人性的奧秘，掘出人的喜歡、哀愁、悲傷，其「熱與光」綴織成爲精華的作品，就是表現一個作家的優異文化工作的成就。

如果以「作家」作業的人，建立自己的風格，走的路必定很穩定的，戲劇也好，詩、小說、評論、散文、隨筆也好，任何作品所表現的思想、文學種類，能得構成文學史的一頁。作家必須超越派系，認真追求文字的美，就是對文學的作業，將來才能達到期望，例如一條大河一樣，曲折，波動，流速等等，各作家的處境風土，時代背景等的關連，創作的作品顯示豐富的文字事象者，永留在時代的東西……

●書香世家

楊熾昌先生祖籍漳州，他的祖父楊伯淇先生在清咸同年間由漳州渡海來臺，在赤嵌（即今臺南）定居，從事華南貿易，置產頗多，在臺南縣埤子頭擁有魚塭、耕地壹百三十餘甲，衣食既有餘，詩書絃歌自然不綴。

清光緒三年（西元一八七七年）九月九日，楊伯淇先生長子出生於臺灣府臺灣縣，俗稱鎮臺衙前的頂總爺街，（即現在的崇安街，日據時代名臺南市老松町二丁目六十五番地）；名宜綠，長而號天健，痴玉，又稱蓬萊客。

楊宜綠先生自幼少即入私塾就學，好學精進，博覽羣書，慨然有天下志；却不料他十九歲那年，中日簽訂了「馬關條約」，將臺灣割讓給日本；「宰相有權能割地，孤臣無力可迴天」，痛苦憤慨之餘，楊宜綠先生遂轉圖於文學，謀寄大義於文字，期以詩文團結民心及延續我民族精神。

光緒二十三年（一八九七），楊宜綠先生年方二十一歲，却聯合了連雅堂、陳瘦雲、李少青等十餘人重振「浪吟詩社」，以詩言志，相互切磋，藉以喚起全臺同胞的民族魂。

直到民前二年，楊宜綠先生因爲日本政府强制徵收埤子頭一帶的土地業產，做爲日軍演習地，又對日本警察的横行極爲憤懣，遂渡海赴大陸，在福州、厦門、廣東等地旅居，並任職於全閩日報、粵東報。

民國四年，楊宜綠先生赴日本，寄寓東京，廣交由大陸流寓日本的名人及留學生，尤其是和黨國元老胡漢民先生交往至密；胡先生曾書贈行書一幅，落款爲「宜綠仁兄屬漢民」，也因此之故，楊宜綠先生返臺後的言論行動受到了日警的注意。

自從大陸發起五四新文學運動起，楊宜綠先生對胡適的思想便十分傾心；返臺後，他任職全臺日報記者及編務，所撰寫的詩文多諷刺日政，及探討社會問題，提倡新文學，這些，都爲日人所忌，後轉入臺南新報擔任編務。

楊宜綠先生爲人耿直爽朗，嫉惡如仇；自從家產被日人强制徵收之後，家中不似前之富裕，個性却絲毫不改，即爲日人所忌，亦大有威武不能屈之慨；閒暇常賦詩作文，通宵不疲。

民國十七年，臺南州知事片山擬廢除大南門外公共墓地十九甲，興建綜合運動場計劃，引起了民衆的不滿，輿論界起而代言，遂在報紙上大加筆誅，同時在文化協會與會友抗議日人廢除墓地的暴擧；日本政府要員受到了民衆的抗議，糾亂之時，臺籍州協議會員劉揚名等接到了匿名信，信中含有脅迫的語意，州特高警察認爲這封信係出楊宜綠先生之手而予以逮捕，並以煽動市民抗議的罪嫌，下文字獄達十個月之久，直到因患心臟病，才得保釋出獄。

民前二十三年，這位一生在報界服務的抗日詩人因患肝病去逝，僅有一獨子，那就是楊熾昌先生。

民國四年(一九〇八年)十一月二十九日，楊熾昌先生出生於臺南市小北仔(現立人街尾)。

書香世家的子弟不獨秉承著先天的遺傳，在後天上也自然而然的受到了優秀的文化薰陶，熾昌先生年方六歲的時候，就由楊宜綠先生在家親授「詩經」，其後又從住在東門「固園」的陳筱竹先生繼續學習漢學。

「思樂泮水，薄采其芹」，「緜蠻黃鳥，止于丘隅」，「如切如磋，如琢如磨」……詩經，這部中國最早的詩集成了熾昌先生的「啟蒙書」，同時也爲熾昌先生紮下了深厚的國學根底。

八歲那年，他隨著楊宜綠先生遠赴日本，那更又是耳濡目染著鴻儒與學者的流風，浸習在文士的生活裏，不消說，小小的心靈裏已經展開了游向大世界的志向了。

九歲，他進入臺南第二公學校（即現立人國小前身）就讀，開始接受新式的教育；到了他十三歲那年（民國九年），當時的文人總督田健次郎實施了日臺共學制度，臺籍學童開始有了與日籍學童競爭的機會，於是，他奉父命參加日本小學考試，經錄取爲六名之一，而進入竹園尋常高等小學就讀；當時的臺籍學童並不多，他在校中爲了與日籍學童競爭，便加倍的用功讀書，「爭一口氣」，却贏得了優異的成績。

另一方面，他的家庭教育更是豐富了，不獨是楊宜綠先生的身教言教，甚而楊宜綠先生所結交往來的朋友，對他也不無影響的；例如他在臺南新報編輯局所會晤的日本名作家佐藤春夫，當時佐藤春以報社客員的身份常在報社走動，在臺南的兩個多月中便常帶他去赤嵌樓、媽祖宮玩，非常的疼愛他，當然，也給他留下了深刻的印象。

也許，這些影響都只是間接的，或者，只能都算成是紮根的工作；但，這一切的一切，在他十五歲以後便綻發出新芽來了。

十五歲那年，他考入臺南州立第二中學（五年制），在校四年，校方創刊了「竹園」校友雜誌，他遂寫了一首新詩「古城嘯」投稿，入選了，這，給了少年的他很大的鼓勵，嗣後便更加的提高了寫作、投稿的興趣，在校刊上發表了不少詩文，備受國副老師五島陽空的特別指導，寫作更勤，便經常投稿臺南新報的學藝欄。

中學畢業後，他赴日本投考九州佐賀高等學校文科丙組(法語)，可惜没有考取，於是返往東京，在銀座茶房「コロンバン」(古倫邦)，與當時日本文壇新感覺派作家岩藤雪夫、龍膽寺雄等相識，暢談之下，遂成知交，乃由他們介紹到文化學院與西村伊作院長面談，考試插班入學，攻讀日本文學。

這一年，他二十一歲；同時，他的第一本詩集「熱帶魚」由畫家福井敬一作畫出版，深受日本詩壇的注目，而且，這時詩集的出版，對當時的臺灣文壇而言，又多了一層特殊的意義。

「在歷史的洪流裏，臺灣文化一直是中國文化的支流，雖然甲午戰敗，使臺灣淪爲殖民地，遭受異族的統治，然而臺灣文化終究在無形中，接受中國文化主流的影響與滋潤。因此，當民國六年，中國產生新文化運動之後不久，臺灣即受到激盪而興起『臺灣新文學運動』」。自是，臺灣的新文學開始蓬勃興盛了起來，同時也受到了各種新進的文藝思潮的衝擊，各種主義的爭相滙流，而形成了多面性的文學面貌。

以寫實主義而言，在當時所發表的作品大約以吳希聖的「豚」、楊華的「一個勞動者之死」、呂赫若的「牛車」、楊逵的「送報伕」等等爲代表作品，大都以描寫當時現實社會的真面貌，揭發社會的黑暗面、傳達鄉土真摯的親情，同情低收入的農民、工人、提倡社會改革，表露作者內心的悲憤爲重要代表；而楊熾昌先生的作品却與寫實主義大異其趣，寫出了「超現實主義」的風格。

「超現實主義是純粹的無意識活動，依無意識的活動而通過言語、通過文章、或其他的方法，表現內心的真實動向。同時不受理性的督促，完全遠離審美的、邏輯的煩惱所做的敍述」。而這約於一九二四年間在法國巴黎誕生的超現實主義的「東來」，魅力也襲捲了半壁的江山，當時的日本文壇便首先拜倒在它的石榴裙下，春山行夫、百田宗治、西脇順三郎等多位作家都無不傾心；正在日本讀書的楊熾昌先生原本就曾自修法文，對法國前衛詩人高克多等人的作品十分喜愛，此刻正逢流風，自是更加的熱中，乃大力提倡「超現實主義」，促成了臺灣文壇展現了另一種形式的風貌，這時「熱帶魚」，乃至熾昌先生此後的詩作，都是深具代表性的。然而，熾昌先生在提倡「超現實主義」的表現形式的背面，又隱藏了什麼樣的意義呢?熾昌先生在回溯逝去的滄桑時，真有不盡的感慨：

……猶記當年臺北帝大(即臺灣大學)教授矢野峯人、島田謹二、工藤好美、西田正一等人對文學活動的提倡不遺餘力，引進西歐文學的趨向，並介紹傑出作品的內容，對新文學的鼓舞頗具功勞，可是他們却隨時隨地流露出殖民意識的優越感，對臺籍作家的貶斥也格外的强烈，所以當時的臺灣作家心中都有著共同的認識——日本是「看上不看下的」……

詩壇是新詩的天下，此時的新詩已由秧苗而走向茁壯的階段，可是日警不肯放過任何帶有反帝思想的作品，每當發現有所不妥，均被查禁。當時的筆者氣憤填膺，爲了民族文學的一線生機，於是在南報(臺南新報)學藝欄發表過一篇文章，旨在喚醒臺籍作家對政治意識的警覺，不要輕易墜入日人的圈套，表面上，日人對臺灣文學的提倡非常熱心，骨子裏却在觀察臺籍作家的民族意識，相信每個人都是熱愛鄉土的，難免在不知不覺之中，把情感訴諸作品中，遂予日警以口實，連根拔除，民族命脈豈可經得起一拔再拔?在臺灣文學百花盛開的當時，筆者不客氣地向每一位文學工作人士提出質疑；發揚殖民地文學與政治意識的可行性，「新文學」的定義，目標，特色，表現技巧等等。當時，筆者認爲，唯有爲文學而文學，才能逃過日警的魔掌。最使筆者感慨的是，臺省同胞每每缺乏團結意識，雖然對於暴政具有同仇敵愾之心，可是流於相互排斥，臺灣俗諺說得好「臺灣人放尿混沙不溶合」，筆者以爲地域觀念也是因素之一。自延平郡王開臺以來，經過清廷短期間「自生自滅」的統治，馬關條約後，忽然淪爲日本帝國主義的殖民地，臺省同胞可說沒有受過政治訓練，兼之心胸狹窄，眼睛裏容不得一粒沙子，每每相互猜忌，嫉忌排擠，只見短期間利害的結合，從無長遠的合作，遂予日警有機可乘。

「臺灣文學」的分裂，其主因也是出於此，文人相輕，自古而然，要想取得意見一致，似乎是奢想，是故一個道地的文學工作者，必須有容納他人批評的雅量，純粹爲文學而文學，團結力量，把箭頭指向日人才是。豈料窩裏反之後，一些意氣用事之徒便憤然離開「臺灣文學」另起爐灶，真是親者痛仇者快的憾事，殊不知真理愈辯愈旺，惟有不斷的切磋討論，才能破除成見，一致對外，其實當時的臺灣文學已經微露曙光，理應善加培養，不使民族文學的幼苗遭到傷害才是，然而——

在舉目皆非的環境下，要想有所作爲實非易事，處境之艱難實非局外人所能瞭解，其中尤以寫實文學爲甚，以文字來正面表達抗日情緒，雖是民族意識的發揚，可是在日帝「治安維持法」，新聞紙法，言論、出版、集會，結社等臨時取締法，不穩文書臨時取締法等等十餘法令之拘束下，又有誰能逃過日帝的掌力?筆者以爲文學技巧的表現方法很多，與日人硬碰硬的正面對抗，只有更引發日人殘酷的摧殘而已，唯有以隱蔽意識的側面烘托，推敲文學的表現技巧，以其他角度的描繪方法，來透視現實社會，剖析其病態，分析人生，進而使讀者認識生活問題，應該可以稍避日人凶燄將殖民文學以一種「隱喻」的方式寫出，相信必能開花結果，在中國文學史上據一席之地……有鑒於寫實主義備受日帝的摧殘，筆者只有轉移陣地，引進超現實主義。超現實主義爲一九二〇年出現於法國的藝術流派，主旨恰與寫實主義背道而馳，將佛洛伊德發現的人類潛意識提昇到藝術上，以人類豐富的想像力，在潛意識的世界裏，以夢幻的感應與自由聯想，掙脱現實的桎梏……

這一番話，和這一番苦心，可也真是點破了「滿紙荒唐言，一把辛酸淚，都云作者痴，誰解其中味?」的憂心啊!

●「風車詩社」的誕生

民國二十二年，織昌先生與林蒼瑛女士結婚；同時也繼續創作新詩，在「詩學」、「神户詩人」等刊物上發表，並將詩稿送到臺南，託友人以石版印刷出版詩集「樹蘭」，這是他的第二本詩集。

不幸在第二年的七月，楊宜綠先生因患肝病去逝，織昌先生於是輟學返臺奔喪，此後，他便長留家居照料母親，因此作品多改在「臺南新報」、「臺灣日日新報」、「臺灣新聞」文藝欄發表，而當時臺南新報文藝欄的主編爲日人紺谷淑藻郎，他對織昌先生的作品十分激賞，不久，紺谷淑藻郎因事離職，乃推介熾昌先生爲文藝欄編輯；熾昌先生主持這項編務之後，更是大力提倡新詩寫作，倡導超現實主義，當時，常常在臺南新報文藝欄發表作品的詩人如莊培初(青陽哲)、林永修(林修二、南山修)、林精鏐(林芳年)、何建田、李張瑞(利野蒼)、張良典(丘英二)、户田房子、岸麗子、高比呂美等等，蔚爲一時風氣；而熾昌先生此一時期的作品也多，大約以水蔭萍、南潤、島亞夫等筆名發表，他的詩作意象紛繁，風格近似唯美，而以象徵爲主要的表現方式，大約也略受日本詩人西脇順三郎、北園克衞等人的影響；同時，他也創作小説和評論，這一年，他出版了第一部短篇小説集「貿易風」(南報入選作品)，内收「屍婚」、「白夜」、「貿易風」、「月琴與貓」、「潮騷的花」等五部作品；這年，他二十六歲，創作力的豐富令人咋舌。

不久，他因投考臺灣日日新報，經錄用後派駐臺南支社擔任採訪工作，而使得作品的產量減少了。幸好，「峯迴路轉」的事又發生了。

第二年——民國二十四年，在臺灣新文學史上留下了一頁光輝的記事：「風車詩社」誕生了。「風車」命名的由來，據熾昌先生的説明，是因素來嚮往荷蘭的風光；同時，他又在臺南的七股、北門一帶走動，看到了鹽田上一架架的風車，内心十分神往，因而，在他聯合了幾位詩友組成詩社時，便很自然而然的取名爲「風車詩社」，想對臺灣詩壇鼓吹新風。

當時，參加風車詩社的詩人共有七位，除熾昌先生外，尚有林永修、李張瑞、張良典，以及日籍詩人户田房子、岸麗子、尚梶鐵平(島元鐵平)；同時發行了「風車」詩刊，由熾昌先生主持詩刊的編務工作。

「風車」詩刊每期只發行七十五份的限定本，是一本不定期刊物，前二期只發表詩與詩論，到了第三期，作品除詩、詩論外還兼及散文和小說；這是一本十二開大的巨型雜誌，它利用冥紙材料印刷，編排精美，別具一格；而發行的宗旨除了標明「主張主知的『現代詩』的敍情，以及詩必須超越時間、空間，思想是大地的飛躍。」外，並以法國超現實主義的宣言奉爲創作的圭臬。

這該是臺灣文壇首先接受西洋文學思潮影響的詩人了，在整個臺灣新文學運動及其發展史上說來，有着十分重要的意義，誠如詩人羊子喬所言：

蓋自臺灣新文學運動以後，新詩出現較遲，直到民國十五年方有大量的新詩人出現，民國廿三年「臺灣文藝聯盟」成立可說全省作家的大集結，但是作品所表現的內容大都指向現實的描寫，缺乏繁富變化的寫作技巧，直到「風車詩社」的成立，始給臺灣詩壇注入了新血液，使描寫的角度拓廣了，技巧繁富了，視野擴大了；這不能不說是一大貢獻，但是在當時他們卻不容於臺灣文壇，一直處於衆人的指責和譏評之中，今日來檢視他們的作品和文學活動，對於他們在文學史上的價值，不能不給予新的評估。……

風車詩刊雖然前後出版四期，同仁只有七位，但是它的影響力是不容漠視的，尤其後來矯正了當時臺灣詩壇的一些弊病，開創了新詩創作另一途徑，功不可沒。

●再出發

民國二十五年，在臺北的日人西川滿，創辦了「媽祖」雜誌，熾昌先生又成爲該刊物執筆的健將之一，作品甚多，二十六年，他的第一部評論集「洋燈的思惟」出版了，內收「檳榔子的音樂」（南報）、「炎燃的頭髮——詩的祭禮」（風車第三輯）、「土人的口唇」（南報）、「洋燈的思惟」（南報）、「蕃鴨的騷哭」（神戶詩人）、「南方的部屋」（ネスパ）、「熱帶魚的噴泡」（詩學）、「妖美的神」（詩學）、「

西脇順三郎之世界」（風車第三輯）、「ショイネアチ」（Joyceana）（南報）、「關于詩的造型與技巧手記」（風車第一輯）諸文。

幾年之間，熾昌先生的作品正如春天的花蕊般的開展了起來；二十七年，他的小說「薔薇的皮膚」入選了臺灣日日新報小說徵文的第一名，同年，他出版了短篇小說集「薔薇的皮膚」，除了這篇第一名得獎作品外，又收入了「花粉與口唇」（風車第三輯）、「亞片娼女」（聲）、「彩燈的胡同」（聲）、「腐魚之愛」（南報）、「叫做『美里』的女人」（聲）、「彩雨」（風車第二輯）諸篇。

這段時期，可謂是熾昌先生創作的高峯了。

此後，他參加了「臺灣詩人協會」，仍然不斷的有詩作發表；但他所從事的新聞記者的工作却也使得他兼顧了報導文學的發展，他所服務的臺灣日日新報派他前往「達邦」、「啦啦禹耶」、「沙美奇」等六個蕃社，採訪山區的生活狀態，所撰的文稿也就在臺灣日日新報上連載。

然而，當日本軍部徵用他爲軍報導班員時，他却表現了中華兒女的志節與文人的風骨；他被派駐海軍航空隊，隨後飛往西里伯島、菲島、宮古島採訪，但是，「頌戰」的報導文字他却一字不寫。

光復後，他仍舊擔任記者的工作；當時的臺灣新報由政府接收，改爲「臺灣新生報」，社長由李萬居先生擔任，他任職其中；第二年五月，臺南市新聞記者公會成立，出任監事，十二月，出任記者公會理事。

民國三十六年，他受聘爲「公論報」臺南分社主任，三十八年，出任記者公會常務理事，外勤記者聯誼會常務幹事，三十九年臺南記者公會理事長蘇輔德出國，遂代理公會理事職務；由於公務的繁忙，及夫人林蒼瑛女士於三十五年五月二日去逝，兩棟房屋和八千餘册的藏書又毀於戰火，使得這一時期的作品由銳減而中止，乃竟於四十一年辭去「公論報」的職務，並宣佈封筆，絕口不談文學。

次年，他籌備創立臺南扶輪社，並創辦了社刊「赤嵌」，自行擔任編輯，這才又提筆寫些散文、雜感、隨筆，間或以「山羊」的筆名發表。

此後，他兼以中、日文字撰寫文章，中文作品大都發表於「赤嵌」月刊；民國五十七年，他擔任臺南扶輪社社長，又擔任臺南市文獻委員會委員。

民國六十八年，他更以七十二歲的高齡出版了第三本詩集「燃燒的臉頰」。

至今，七十七歲高齡的他仍然非常的「用功讀書」，也不斷的有新作發表；儘管改用中文寫作之後，寫作的進度十分緩慢，寫下每一個字都要比用日文吃力，但是，他卻有着無比的毅力，認真的完成每一字，每一句，每一文；而從他的文章中又可以看出他在創作以外的紮實的學術根底，當然，他所下的工夫不是一朝一夕的。

這一切，都是令人敬佩和學習的。

（原載於73年3月「文訊」9期）

〈楊熾昌作品選〉

回溯

即使回溯就像是一條曲折多變的小溪，筆者仍願不厭其煩地唱下去。

或許是尋「根」時代潮流的激盪，近來，日據時期的臺灣文學史逐漸引起注視，這些陰暗文化層面的揭露，實有助於年輕一代對這些苦悶作品的認識。本人忝爲過來人，感受尤爲深重，畢竟一般人對當時以日文從事寫作者幾乎忘懷，而他們作品的下場更是可想而知。猶記當年臺北帝大（即臺灣大學）教授矢野峯人、島田謹二、工藤好美、西田正一等人對文學活動的提倡不遺餘力，引進西歐文學的趨向，並介紹傑出作品的內容，對新文學的鼓舞頗具功勞，可是他們卻隨時隨地流露出殖民意識的優越感，對臺籍作家的貶斥也格外的强烈，所以當時的臺灣作家心中都有著共同的認識——日本是「看上不看下的」，只要大家提昇作品的可讀性，管教日人不服也得服，在互切互磋的勉勵下，下筆自然慎重，成就也是極其可觀。

當時也可說是詩歌文學的鼎盛時期，各種派別的和歌、俳句之類的雜誌、同仁誌猶如雨後春筍，形成文壇的主流。其實和歌和俳句在日本也是衆說紛紛，有人詆之爲「交際文學」，或者「第二藝術」之稱。記憶最深刻的是，一九四五年東北大學助教授桑原武夫在「世界」雜誌發表「第二藝術——有關現代俳句」一文，他指出俳句只是一種藝術的表現方式，經過三百年來，仍然墨守成規不變的封建精神，與現實的人生不能深入情緒的表現，尤其是採用詩的Paraphrasis(同一文意之另一種文)之最非藝術樣式的手段來表現，可以說一種「餘技」，消遣的文字工具，冠以「藝術」完全是言詞的濫用，只好稱之爲「第二藝術」，以與其他區別。他對俳句的論調很激烈，擴大到文學，精神構造，教育的措施，否定短詩的論旨。

如同晴天霹靂此文果然引起了俳壇與歌壇的激烈反論，尤其是俳壇的健將山口誓子的反擊更具震撼力，其時以小田切秀雄的「歌的條件」臼井吉見的「告別短歌」表現反省的批判等多彩的論爭，可說已經有所突破，至若本省籍作家中，以澎湖籍的陳奇雲最爲出色，他的「熱流」短歌集，在被日人獨佔的和歌壇大放異彩。

詩壇是新詩的天下，此時的新詩已由苗而走向茁壯的階段，可是日警不肯放過任何帶有反帝思想的作品，每當發現有所不妥，均被查禁。當時的筆者氣憤填膺，爲了民族文學的一線生樣，於是在南根(台南新根)學藝欄發表過一篇文章，旨在喚醒臺籍作家對政治意識的警覺，不要輕易墜入日人的圈套，表面上，日人對臺灣文學的提倡非常熱心，骨子裏卻在觀察臺籍作家的民族意識，相信每個人都是熱愛鄉土的，難免在不知不覺之中，把情感訴諸作品中，遂與日警以口實，連根拔除，民族命脈豈可經得起一拔再拔?在臺灣文學百花盛開的當時，筆者不客氣地向每一位文學的工作人士提出質疑；發揚殖民地文學與政治意識的可行性，「新文學」的定義，目標，特色，表現技巧等等。當時的筆者認爲，唯有爲文學而文學，才能逃過日警的魔掌。最使筆者感慨的是，臺省同胞每每缺乏團結意識，雖然對於暴政具有同仇敵愾之心，可是流於相互排斥，臺灣俗諺說得好「臺灣人放尿混沙不溶合」，筆者以爲地域觀念也是因素之一。自延平郡王開臺以來，經過清廷短期間「自生自滅」的統治，馬關條約後，忽然淪爲日本帝國主義的殖民地，臺省同胞可說沒有受過政治訓練，兼之心胸狹窄，眼睛裏容不得一粒沙子，每每相互猜忌，嫉忌排擠，只見短期間利害的結合，從無長遠的合作，遂予日警有機可乘。

「臺灣文學」的分裂，其主因也是出於此，文人相輕，自古而然，要想取得意見一，似乎是奢想，是故一個道地的文學工作者，必須有容納他人批評的雅量，純粹爲文學而文學，團結力量，把箭頭指向日人才是。豈料窩裏反之後，一些意氣用事之徒便憤然離開「臺灣文學」另起爐灶，真是親者痛仇者快的撼事，殊不知真理愈辯愈旺，惟有不斷的切磋討論，才能破除成見，一致對外，其時當時的臺灣文學已經微露曙光，理應善加培養，不使民族文學的幼苗遭到傷害才是，然而——

在舉目皆非的環境下，要想有所作爲實非易事，處境之艱難實非局外人所能瞭解，其中尤以寫實文學爲甚，以文字來正面表達抗日情緒，雖是民族意識的發揚，可是在日帝「治安維持法」，新聞紙法，言論、出版、集會、結社等臨時取締法，不穩文書臨時取締法等等十餘法令之拘束下，又有誰能逃過日帝的掌力。筆者以爲文學技巧的表現方法很多，與日人硬碰硬的正面對抗，只有更引發日人殘酷的犧牲而已，唯有以穩蔽意識的側面烘托，推敲文學的表現技巧，以其他角度的描繪方法，來透視現實社會，剖析其病態，分析人生，進而使讀者認識生活問題，應該可以稍避日人凶燄，將殖民文學以一種「隱喻」的方式寫出，相信必能開花結果，在中國文學史上據一席之地。由於當時環境的限制，非日文不足以爲功（當然舊文學不在討論之列），也許有人大不以爲然，其實文字只是一種表達思想的工具而已。

我們大可不必計較其使用的語言，著名的幽默大師林語堂博士英文著作等身，連正牌的英文作家也自嘆弗如；而旅日臺籍作家陳舜臣，韓籍作家李恢成、張赫宙等均以日文寫作享譽東瀛。最近在黃武忠兄所著「日據時代臺灣新文學作家小傳」一書中，知道龍瑛宗兄已完成二十二萬言的鉅作「紅塵」，即將在日發表，甚感興奮，這位七十高齡的日文作家，自有其一貫的寫作風格，假使讓他改寫中文，無異煮鶴焚琴，扼殺生靈。

有鑒於寫現實主義備受日帝的摧殘，筆者只有轉移陣地，引進超現實主義。Surr´ealisme 爲一九二〇年出現於法國的藝術流派，主旨恰與寫實主義背道而馳，將佛洛伊德發現的人類潛意識提昇到藝術上，以人類豐富的想像力，在潛意識的世界裏，以夢幻的感應與自由聯想，掙脱現實的桎梏，當時是一種新興藝術，尤其在繪畫界更有突出的發展。

超現實主義亦有前衛派之稱，其中畫家如 Giorgio de Chirico, Salvador Dali, pablo de Ruiz，無一不是古往今來的天柱，再如詩人 Louis Aragon, Gillaume Apollianire 等，亦是佼佼者，他們作品最大的特色是，全篇充滿神秘的抒情氣氛，將人們的潛在意識，異常的幻覺與色彩，藉著飛躍的情緒，表現出人類的思想態度與人生的看法。

筆者於一九三三年在臺南新報文藝欄發表「檳榔樹的音樂」，同時亦在「風車」特刊上發表「詩的形態與詩格的手記」，「燃燒的頭髮」等一連串詩論，以上述諸篇做爲現代詩的祭禮，旨在敍述世界詩壇的最新動向以及現代詩的革新之道，這是突破傳統的驚人之舉，猶如定時炸彈地給予臺灣文壇甚大的震撼力，當時也逃不過在臺日本作家的惡意攻訐，一時之間，似乎成爲衆矢之的，可是箭在弦上，豈能不發，時代潮流的趨向又豈是泛泛之輩所能阻遏的，於是筆者再接再厲又在臺灣新聞的專欄「三行通信」發表「詩人的感覺」，對一些抱殘守缺之輩展開反擊，猶記當時對方砲火的焦點就是刊載於「風車」詩刊第三期（一九三四年三月）的詩小説「花粉與口唇」（Conte），該篇完全是對「酒與女人」心理潛在意識的一種試探，着重於心理的變化與唯美印象的結合，筆者深知此行艱難良多，然而就此罷手，豈能甘心，不幸的是，由於多方的限制，「風車」詩刊不能打轉出任何新氣象，出刊三期便告夭折，實可痛心。

筆者時常牢記一句文學界的名言「情懷」，所謂情懷，應該就是以知、情、意去觸摸世界的一種感覺，筆者認爲無論是賦詩或寫小說都要對「情懷」的協調下苦功，然後溶入作品之中，寫來必是落落入高，不同凡響，假使一個文學工作者不能突破「情懷」的瓶頸，他的作品必是浮泛雜陳，不耐久看。同時對一篇作品的認識也自有不同的層次，「感覺的瞭解」，「形式上的瞭解」，再深入就是理解，由瞭解進入理解，就是「知」，設若只是停留於「瞭解」階段的話，萬物之靈的人類與猿猴又有何異呢？

記得當時對寫實主義頗多桎梏，尤其新聞紙法每成濫用的利器，充份暴露了殖民地文學的無助與悲哀，這種嚴酷的界限，硬生生地把思想和理論的觸鬚全然斬絶，殊爲可恨，猶記二次大戰期間，日本内閣情報部派遣了爲數可觀的作家到各戰地鼓吹戰爭，結果使這些作家對戰爭感到深惡痛絶。他們採取消極抵抗的方式，返國後只在各地演講或提出現地報告，敷衍了事一番而已，並没有戰爭文學出現，大概只有火野葦平的「麥與士兵」，「士與士兵」，「花與士兵」這三數册而已，戰後火野葦平由於對戰爭的憎恨，因而自殺以謝天下。

令人感慨的是：由於文學與社會的變質，任何一位作家想要表現對現實的反抗與不滿幾乎是不可能的，但是假使要在不抵觸法令下從事寫實主義的作品，便成爲一種不着邊際的產品，與現實生活的意識相去甚遠，這種扼殺心靈的樣板作品，使得理論與實際全然脱節，這種苦悶，這種掙扎，實非今天生活在自由天地的人們所能想像得到的。

日本軍閥在戰爭中爲了加緊控制臺灣同胞的思想，加速設定而推出「皇民文學」，起初，大家還以爲只是說說而已，豈料後來連雜誌報紙等也逃不過皇民文學的魔掌，適與戰爭文學相互表裏，一意把文學作品當做戰爭的幫凶，記得日本作家石川達三（第一位芥川賞）曾經發表了一篇「生存的士兵」，雖然儘量侷促在法令允許範圍內的寫實主義作品，卻以違反新聞紙法被查禁，甚至起訴，判刑四個月，緩刑三年，以如此名作家在戰爭文學號召下出現的作品，竟然被冠上罪名，可見雖是描寫戰爭的作品，仍然不可逾越應有的限度，這種礙手礙脚的作法，實非文學界之福，試想日人已是如此，臺籍作家更不用講了。

根據「日本文藝年鑑二六〇三年版」記載，太平洋戰爭期間，派遣在戰地活動的日本作家達到五十三名，可是，治安維持法，言論出版法等等法令掣肘，使得這些戰地作家，噤若寒蟬，甚至昧著良心，儘出一些逢迎當局的官樣文章，由日本政府這些專門對付批評時政文章的嚴苛法令，我們不難想像「亂世文章不值錢」的道理，這是軍國政體下的可悲現象，身爲殖民地的臺籍作家的慘狀該是可想而知。

臺灣光復迄今，中國文學的成就一日千里，其中，現代文學的成績已經駕凌過去，誠屬難得，尤其一些後起之秀的傑出表現，更足以讓人察覺到現代文學的光明遠景。想想今天的筆者已成文學界的一個逃兵，除了默默祝福外，幾乎幫不上任何忙，說來慚愧，對於現代文學的動向可說一無所知。至於筆者的中文乃是半路出家，完全缺乏一貫化的學習歷程，是光復後才惡性補習的，光復後當時的臺灣新報由新生報接收後，才正式學習中文，並不能抽空寫作。再者戰爭末期臺灣文壇在皇民奉公會的授意下，竟然搞什麼振興「皇民文學」，筆者一忍再忍，終於憤而封筆，當時大部份的臺籍作家亦持同樣的態度，「文藝臺灣」終於無疾而終，日本戰敗投降後，由於時代與寫作環境的轉變，本省籍作家大都放棄寫作，成爲一頁沈默的文學史，殊屬遺憾。

詩人都是多愁善感的，江山代有能人出，一個時代自有其特色，儘管西風東漸，中華文化的藩籬顯得搖搖欲墜，然些燦爛悠久的中華文化，自黃河流域「鄂爾多斯」黃土層間開花的青銅器時代，代代相傳，卓然可觀。回顧日據時期作家的苦悶掙扎與光復後的開放，不勝唏噓，四十餘年筆者在文化界奔波的心路歷程，如影歷歷，逼取便逝。

中國是個詩的民族，熱愛文學的偉大民族，筆者以爲中國就像像是一條源遠流長的大河，無數的支流滙成這條浩瀚無際的大河，想必其中自有日據時期本省籍作家的苦悶掙扎文學在焉，甚願全體文學工作者，在這個自由開放的寫作環境裏，擺脫一切心靈上的桎梏，珍視傳統，吸收歐美文學的精華，盛開燦爛的現代文學花朵。

六十九年十一日七日

（選自聯經出版公司「寶刀集」）

●**何凡**，本名夏承楹，民國前一年十二月生，江蘇省江寧縣人。北平師大外語系畢業，曾任北平世界日報、華北日報編輯，聯合報主筆、國語日報社長，現任國語日報發行人。以何凡筆名撰寫專欄以迄於今。著有散文集「不按牌理出牌」、「如此集」、「夜讀雜記」等十餘冊，翻譯「包可華專欄」、「小亨利」等作品多部。

玻璃墊上三十年

資深專欄作家何凡先生

■劉慧葵

自從今年元旦報禁解除以後，報紙增張，副刊篇幅隨之擴大，有不少讀者不由得想起那位輟筆已久的專欄作家何凡先生來。

何凡在聯合報副刊連續撰寫「玻璃墊上」專欄超過三十年，可說是國內最「資深」的專欄作家。同時代的其他專欄作家，沒有一位像他這樣守在崗位上這麼長久的。何凡專欄評議時事，月旦人物，觀察深入，持論公平，受到許多讀者的歡迎。尤其是文中常有的建設性的建議，使讀者看完不致一無所得，更是他的專欄的特色。他以專欄對在逆境中圖强的臺灣投注更多的關懷；因爲他的後半輩子消磨在臺灣，臺灣已是他的第二故鄉。他的專欄文筆流暢，間以輕鬆幽默，更爲讀者的繁忙緊張生活增添一帖清涼劑。

1

何凡本名夏承楹，民國前二年生於北京，在昆仲八子一女中行六。原籍江蘇江寧。從小生長在中國舊式讀書人的大家庭裏。父親夏仁虎(蔚如)先生清末中過舉，在北方政界、國學界頗具聲望。夏家在北平的大家庭生活，何凡在專欄裏很少提到。因爲他覺得公事還談不完，自然顧不到私事了。倒是身爲夏家六媳的作家林海音女士，常將夏府的動靜帶入筆下。

何凡於民國二十三年畢業於國立北平師範大學外文系，即進入成舍我先生辦的「世界日報」做編輯，主編「學生生活」版。抗戰勝利後，進「華北日報」和「北平日報」編輯副刊，並開始寫專欄。「何凡」筆名就是這時使用的，因爲原名三十多筆，寫起來太麻煩了。

何凡喜愛運動，排球、花樣滑冰，在學校時都是高手。進報館以後一直做內勤工作，但是遇到舉行華北或全國的大運動會的時候，也臨時客串一下體記。因爲他喜歡參與運動比賽，因此不管是上場或是下筆，都不是弱者。來臺以後，歷任滑冰、滑雪、桌球等體育會的理監事，爲發揚體育盡力。看比賽是他的日常生活，包括現場和電視與廣播放的體育節目。現在每週還打四次桌球，以保持健康。他反對坐著不動，全心吃補。他寫文章勸人四體宜勤，要天天活動。他的「運動最補」一文，已被選入國中國文第五册。他認爲一個人從小就養成運動的習慣，會健康長壽，一輩子受用不盡。

2

民國三十七年十一月，何凡舉家來臺，年底應當時國語日報社長洪炎秋之邀，入社工作。歷任編輯、總編輯、副社長、社長之職，現任發行人。

國語日報是全國、也是全世界唯一的帶注音符號的華文報紙，負有推行國語，教授國文的使命。報上不登任何誨淫誨盜的社會新聞，成爲唯一「乾淨」的報紙，家長可以放心讓孩子閱讀。何凡在民國五十三年為國語日報創辦出版部，到現在已經出版注音讀物數百種，開報社附設出版部的先聲，以後才有若干報紙跟進。民國六十二年國語日報設立「語文中心」，教授華僑及外籍學生研習中國語文。兩年後，在原有的語文班之外，加設作文班、書法班、繪畫班等，擴大學習的範圍到中小學生。

七十四年五月，國語日報在福州街五層的舊社址右面，新建了一棟十一層的大樓。在新大樓裏又創立了「文化中心」，分設各種兒童及成人的音樂、舞蹈、美術、電腦、桌球等各種才藝體育班，讓長幼市民運用餘暇及休假時間於有益的學習方面。據估計，每年暑假期間出入於語文及文化中心的中外、老幼學生，超過一萬人，為福州街帶來一個熱鬧的夏天。

3

除了報社工作之外，何凡說他的「終身職」是寫作，由於興趣所在，職責所在，永遠不會放棄寫作生活。從民國四十二年十二月一日，林海音主編聯合報副刊開始，何凡的「玻璃墊上」就在「聯副」上出現。「玻璃墊上」是何凡在北平「北平日報」寫專欄時的篇名，當時只是因為報館和家裏的書桌上，都有一個玻璃桌墊，寫文章時少不了它，因以為名。

何凡對於他寫專欄的說明是「國家大事有社論加以評析，報紙副刊專欄八九百字的篇幅，不宜於談太大太嚴肅的題目」，所以以「社會動態、身邊瑣事、讀書雜感、新知趣事」為題材較為適宜。他把專欄寫作比做下棋，說專欄作家像棋士，能比別人多看兩步才是好手。因為「社會上每有一個問題發生時，人們有的有自己的看法，有的無意見，但是都想聽聽別人的意見，專欄作家的看法自然是他們所注意到的。這時專欄作家應當依據資料，加以分析，寫出文章給讀者看。除了批評以外，還應有建設性的建議，才不失為一篇完整的專欄。」

從何凡專欄文章可以看出臺灣三十年來變遷與進步的痕跡。民國四十二年政府遷臺不久，社會建設多未上軌道，何凡將他所關懷的人與事呈現筆端，或直言舉諫，或幽默反諷，說出讀者想說的話，成爲他們的沒有選票的代言人。

「玻璃墊上」專欄寫到民國七十三年七月十二日，刊出「樂見清純奧運」一文後，即行停止，因爲何凡看會癮發，到美國洛杉磯看奧運去了。會後回國，專欄未恢復，原因是報社一負責人在四月間曾請他將每週三篇減爲兩篇，並說下一步是一篇。何凡連續寫了三十多年，逢交稿日晚飯失常，對健康頗爲不利，晚間應酬聚會亦多不便。但是沒有充足理由，不好主動叫停。現在正好「就坡下驢」，逕自畫個休止符了。

三十多年來，「玻璃墊上」文章共計五千五百多篇，字數超過五百萬，目前正由「純文學出版社」著手編印，成爲「何凡全集」的主要部分。

4

何凡與林海音的文學合作除了「聯副」的寫與編之外，還有合編「文星」月刊。「文星」由文星書店主辦，請他們與陳立峯三人負責編務，於民國四十六年十一月五日創刊。何凡以「不按牌理出牌」爲題寫了一篇發刊詞，說明在出版業艱難的當時辦期刊，是「知其不可爲而爲之」，但是世界「不按牌理出牌」而贏錢的人並不是沒有，何況耶穌降生在馬槽裏，可知生不逢辰無礙後來的偉大。這篇文章娓娓而談，合情合理，不亢不卑，被視爲當代發刊詞中的一篇佳作。何凡與林海音編「文星」到四十九年，因爲其他工作太多而辭去編務。由陳立峯單獨負責。

5

何凡除了撰寫專欄以外，另一個長期的工作是翻譯美國專欄作家阿特・包可華的專欄。他譯的「包可華專欄」最早發表於民國五十六年十月號的「純文學」月刊上。五十七年四月，何凡應美方邀請訪問美國時，在華府曾拜會包可華，寫了一篇「包可華會見記」，收入「包可華專欄」第一集。何凡認為包文譯成各國文字，同時在世界上幾百家報紙刊出，是世界上第一位讀者最多的專欄作家，我國讀者不應沒有讀到的機會。而且包文放言無忌，隨意揮灑，經常大開當朝政要玩笑，是其他筆下多禁忌的專欄作家所不勝欣羨之事。何凡愛譯包文的另一個原因是，「這個年頭兒人人心裏有煩惱，包可華的文章開心順氣，讀了使人心情愉快，因此每週選譯一篇，公諸同好，是我的消遣，也是我的工作。」這也是包文廣受世人歡迎的主要原因。再說包文百分之九十是對話，經何凡譯成通暢的口語，讀之如聞其聲，極能得其神髓。

「包可華專欄」由「純文學出版社」出版，從民國五十九年九月出版第一集起，到七十五年九月，已出版十三集，總計刊出包文七百一十五篇。何凡在「我譯包可華專欄」一文中說：「美國人以有包可華這麼一位突出的專欄作家為榮，他們很愛和外國人談論他。」我國的環境培植不出像包可華這樣「大規模」的專欄作家，像何凡這樣一下筆就三十年的文人已經不多見了。

6

何凡準備在明年出版他的全集，作為這一輩子寫作的交代。以後有生之年，仍將不廢著譯。只是那將是就力之所及，即興下筆，不作定時定稿的約定。他以一名馬拉松跑將作比，一定要「配速」適當，才能創立自己最好的成績，不致前驅有功，後援難繼。

（原載於77年4月「文訊」35期）

一根白髮

〈何凡作品選〉

早晨洗臉的時候，妻忽然注視著我說：『你有一根白頭髮！』攬鏡自照，果然在右鬢的黑髮叢中，潛藏著雪白的一根。我請她再檢查一下，她把我的頭搬過來，搬過去，仔細看過，宣佈說：『祇有一根。』她要給我拔掉，我不同意。照一般傳說，初生的白髮，不拔掉要「傳染」。但是我沒聽說過這種理論的科學根據，不願輕信。再說，一根頭髮連根拔起，像是斬草還要除根，似乎有點兒不忍心，女人拔眉毛，我常常代爲肉痛，但是爲了美，犧牲大概是值得的。男人刮鬍子也是爲了美，不過那並不痛。中年人「偶有幾莖白髮」，也是本分，不足以言不美，又何必與之誓不兩立？

白髮會增加老態，這是毫無疑問的。有許多「少白頭」的朋友，在戀愛上很是吃虧，對方總懷疑他們在瞞歲數。故此在「美容」這個行業裏，染髮也是很重要的一個項目。尤其在臺灣這個地方，似乎人們的頭髮比在大陸時要早白幾年，不曉得是憂國？是思家？還是流亡的日子難過？或者像一般人所說是氣候的影響？總之，華髮早生，令人有老之將至的恐怖。西醫承認白髮沒有辦法醫治，中醫說是由於血熱，但是白髮人如何把自己的熱血變冷，問題却不簡單。

染髮雖然僅能治標，但究竟還算是沒有辦法中之一法，可以救救急。有個朋友出國考察，在去國期間，他的太太忽然發現自己的頭髮在加速變白，心裏十分憂慮。她怕將來以「雜毛老太太」的姿態去接飛機，實在不像話。於是拿準了時候，到理髮店去把頭髮染得比未白前更黑。經一些「家庭參謀」鑑定，認爲有助於縮短年齡。但是大家發現她臉上又起了癬，於是又打聽出一種祖傳的偏方兒搽上去。結果癬雖沒有擴大，皮膚却燒黑了一塊，時間上已不容許它變白過來。分別半年的先生下了飛機，看見老伴兒頭髮黑了臉可花了，當著旁人不便問，祇露出會心的微笑。

染髮也有毛病，因爲頭髮隨時生長，上面黑漆漆的，下面白花花的，成了一種反草上霜的形態。如果染髮藥能夠隱藏在髮根，像木匠的墨規一樣，使鑽出來的白髮從裏面抽過時變黑，這問題就解決了。這種藥也可以像原子筆的筆芯，每隔幾個月加一次染料，亦不費事。我從前以爲頭髮是從梢處長起，後來才知道是從根處往外頂。如果是從梢處生，一露出白尖兒就剪掉，豈不省事？

和白髮同爲人們所戒懼的是脫髮。人類脫髮再生的能力不强，不像動物那樣，按季節大規模的脫換。故此脫髮厲害的時候，問題就很嚴重。脫髮之爲人憎恨，也是因爲它會使人顯得老。我的七弟比我小一歲，但是朋友常常認爲他是我的哥哥。因爲在學校時，他比我略高，在發育期中，以高低定長幼是慣例，但是結果錯了。到我們兩人都做事時，人們又有一種錯誤的估計方法，就是計算頭髮的多少。老七謝頂早，遂被人認爲是早到世界上來的一位。

脫髮和白髮也許是人類特有的難題。黑狗老死時並不會變爲白狗或灰狗，但是人老了鬚髮不白的却很少。國劇家齊如山先生頭髮不白不脫，去年過八十生日時，曾作歌說他蒙「不白之冤」，因爲許多人說他「虛報」年齡。現在世界上有許多偉人，他們救得了國家與世界，却挽救不了背棄自己的頭髮。艾森豪就是最出色的一位。「西點軍魂」裏的教官馬田，在艾森豪念書時就送給他生髮藥，直到他當總統後，還是帶了生髮藥去謁見。後來艾森豪嘲笑自己的頭髮稀疏，說是為受一根頭髮起一個美麗的名字都不發愁。去年我國有位「發明家」針對這種人類迫切的需要，自稱發明了一種生髮藥水，結果中國的禿頂先生們並未得救，而發明家却衣食無虞了。

據說某博士研究了二十年，今年八月在美國醫學協會發表說，男子禿頂是因為腦子繼續增大，頭蓋擴張，頭皮下的脂肪層受到壓縮的緣故。他還提出一個防止或減少脫髮的方法，是用手從頭蓋四面向頭頂摩擦，把血輸送到血液最缺乏的頭頂。他說，女人不脫髮是由於女人腦子增大的速度較慢。西洋人說，禿頂是一種「智慧的表現」，與上說不謀而合，也可以說男人自豪的一件事。中國俗傳禿頂的男人「多男子」，理由是精力旺盛的顯示。總之，頂上稀疏是某些地方不含糊的表記，那麼，禿頂的人正應自豪，又何必悲傷呢！

謝頂通常有兩種形式，一為自眉梢上方向後兩路進攻；一為自頭頂正中向四圍發展。有一次，幾個朋友在樓上談天，忽然樓下門鈴響起，一位朋友探頭從樓窗向樓下一望，回頭對主人說：「有個老頭兒找你。」等到那位客人上樓，他才三十多歲，因為頂心禿光，俯視時就容易誤斷了。

無論白髮或禿頂，都被視為衰老的象征，而不容人分說。其實頭髮的興衰，與體力心情不一定息息相關。西洋有位文學家和某女伶相交已久，一天微露相愛之意，女伶婉諷他說：『算了吧，瞧瞧你這一頭白頭髮！』文學家指著對面頂上有雪，煙囱冒煙的房子說：『你能說頂上有雪的房子，裏面就沒有火嗎？』女伶會不會欣賞他的才華而以身相許雖不知，但是這位心裏有火的白髮老人的妙喻，總可以傳誦的了。

四十五年十月二十日

（選自純文學出版社「不按牌理出牌」）

●**龍瑛宗**，本名劉榮宗，民國前一年生，臺灣新竹人，民國十九年畢業於臺灣商工學校，曾任中華日報日文版主任、合作金庫稽核室主任等職，民國二十六年發表第一篇小說「植有木瓜樹的小鎮」，早期以日文創作。作品被選入遠景版「光復前台灣文學全集」，著有「午前的懸崖」、「杜甫在長安」等。

黃昏的荒原

七十歲以後再出發的龍瑛宗先生

■丘秀芷

「封滿塵埃的雜貨店裏，商人的臉，如長滿了青苔，毫無表情，終日沈坐着。滿臉縱橫皺紋的老人，在亭仔脚地上，伸出枯枝似的脚，銜着長長的竹烟管，懶懶地打盹着。」

「陳有三不再寄錢回家，一味地把理性與感情沉溺於酒中。在那種生活裏，湧上未曾有過的陰暗的喜樂，拋棄所有的矜持、知識、向上與內省，抓住露骨的本能，徐徐下沉的頹廢之身，晃見一片黃昏的荒野。」

抄錄龍瑛宗先生的「植有木瓜樹的小鎮」兩段文字，請讀者朋友細細品味，前一段描景，後一段寫心。這篇民國二十六年產生於臺灣的作品，寫作技巧，不亞於近代年輕的作家。

日據時代，臺籍的小說作家不超過十位。賴和先生被認爲是「新文學之父」，無疑的，他的作品具有偉大的時代意義，但就語文技巧而言，仍然在起步階段。

但是龍瑛宗先生的小說創作技巧則已達到另一種程度，雖然，他們寫作年代十分相近。

●幸運的小學童

龍瑛宗較賴和小十七歲。

龍瑛宗，本名劉榮宗，生於民前一年。是竹東郡北埔庄人，來臺第四代。曾祖萬祝公從潮州府饒平縣石井鄉，和六位親人一同渡海到竹塹拓墾，親人一一被出草的山地人馘首。祖父世覺公耕作茶園。父親源興公，十七歲時入贅於彭蘭妹，未幾彭蘭妹去世，於是又娶其妹彭足妹。

源興公除了經營雜貨店，同時又設腦寮，製造樟腦，共育四子。長子夭折；次太榮殿，是巡查；三子榮瑞，爲公學校教員，四子榮宗，也就是寫文章的龍瑛宗。

龍瑛宗出生時（一九一一），日人已統治臺灣十六年，他八歲進彭家祠學塾念漢文，可是才讀沒有幾天，田舍皇帝（日警）來學塾，對坐館的老師說了幾句話，從此學塾關門不復存在。也可以說：他自小就沒機會學漢文了。

第二年上北埔公學校，校長是安部手作先生。學校裏只教日文，不過，課文中有很多取材自中國文學。

到五年級，老師是成松先生，九州人，喜愛文學。他把日本古代短歌「萬葉集」油印給學生。由於成松先生的引發，龍瑛宗的文學生命開始萌芽了。

他很喜歡作文，五年級時有篇「暴風雨」被收入「全島學童作文集」，此外，還向東京少年雜誌投稿。

他是一個幸運兒，碰到一位「有教無類」又有文學素養的日籍老師，常鼓勵他。當時臺籍學生能受日籍老師重視、疼愛的，寥寥無幾。

●步入文學殿堂

不過，他也是不幸的！民國十四年，十五歲的他公學校畢業了，到臺北報考師範學校，學校考試通過後，複試時，因視力有問題，體檢不通過而被刷了下來。

只好先回北埔公學校讀高等科（二年制）。這時，開始購置文藝書刊閱讀，第一本書「紅色的鳥」是過期的廉價雜誌，但對他而言，意義不同凡響，永遠記在心裏！

民國十六年，十七歲的龍瑛宗到臺北考臺灣商工學校（開南商職前身），那是當時少有的日臺人共學學校。

在臺北就讀的幾年中，常到書店站着看免費書，從沒有受到店員干涉，就在這麼「立閱羣書」情況下，滋育文學細胞。

中學裏的國文老師也很讚賞他的作文，尤其三年級時，加藤老師是一位多愁善感弱不禁風的老人，喜愛感傷的文章。有一天上課上到日本源氏平氏鏖戰，平氏戰敗滅亡，加藤老師老淚縱横，跟全班學生說：

「這段文章很好，能體味字裏行間的只有劉榮宗，你們內地（日籍）的學生也比不上他。」

這段話使龍瑛宗受寵若驚。

或許受加藤老師的影響，埋下他日後初期創作風格，也多半纖細憂愁。

二十歲（民國十九年）四月，中學畢業，因代校長佐藤老師的推薦，進入臺灣銀行，一個月後，調轉南投分行工作。分行全部職員工人共五人，其他四人都是日人，因此，他能取得這「金飯碗」之不易可想而知。

但是工作也相當繁重困難，由於是唯一臺人，必須擔任翻譯工作，偏偏他是客家人，不太會說閩南話，遇到顧客講較艱深的話，就全然「莫法度」啦！因此常挨日籍上司的責罵。

二十三歲時，和當地一位日籍女牙醫師來往，分行副理也干涉，警告他不得與此女來往。過了年，父親去世，他調回到臺北本行工作，那段不同族的友情也告之中斷。

●「改造」上的處女作

回臺北本行工作後，仍然不改變喜愛閱讀的習慣。二十六歲那一年的春天，新婚的他，閱讀日本綜合雜誌「改造」，上面刊登朝鮮人張赫宙的作品「餓鬼道」得到該刊小說獎的消息。

想着「有爲者亦若是……」，於是他埋頭苦寫。

其實臺北本行的工作十分沉重，當時有同事因積勞成疾，得肺病請長假，大家分攤他的工作，行裏的工作更忙了。龍瑛宗每天夜晚回到家已疲憊不堪，可是，仍然打起精神，每天寫一點，窮數月之久，完成中篇小說「植有木瓜樹的小鎮」。這一年年底，他把稿子投寄給「改造」雜誌。

等啊，盼啊！民國二十六年四月，「改造」刊出他這篇處女作，給予獎金五百元（按：當時一般臺籍職員，月薪只不過三十元上下），這是一筆不小的數字啊！

領了獎金，向銀行請了一個月長假，到東京遊覽去！

「改造」的編輯說：這次徵文，有八百多篇小說應徵，龍瑛宗能以第一篇作品脫穎而出，真不簡單。

龍瑛宗到東京，和日本多位文藝界人士往來，如在明治大學教書的作家阿部知二和評論家青野季吉。又因「改造」首居小說獎得主保高得藏的介紹，而成爲「文藝首都」的會員，如此一來，更有機會和許多作家見面。

更大的鼓勵來自讀者的迴響！日本讀者認爲「植有木瓜樹的小鎮」是藝術創作；朝鮮讀者則從殖民地被壓迫民族的觀點來探討(這篇小說，今天就筆者個人的看法是：刻劃被壓迫的民族問題)。

「寫自己最熟悉的材」是寫作先決條件！龍瑛宗初次提筆，也是循着這個路線。

文中人物「陳有三」和他自己類似，出校門後，到亞熱帶的小鎮擔任職員。所不同的是：「陳有三」是鎮公所小雇員，龍瑛宗是銀行小職員。

「陳有三」初到小鎮，月薪二十四圓，算是幸運兒(當時臺籍青年能任文職工作的很少)。但是他志不在此，他還有美夢，天天利用課餘之暇苦啃書，期望通過文官考試和律師考試，以得到更「高等」的工作。

日復日、月復月、年復年，陳有三漸次陷入應酬與女人的懷抱中，他沈入世俗裏，忘了壯志，也沒了責任感。不過，在內心深處仍然存有某些看不見的東西。

這一點，龍瑛宗借這篇小說的另一個人物林杏南爲代表！他也是知識青年，爲病魔所摧殘，但是即使在病魔纏身的情況下，他仍然一眼洞悉世情，心存關愛他人，他說：

「這個小鎮的空氣很可怕，好像腐爛的水果，青年們彷彿陷於絕望的泥沼中……。」

「林杏南」甚至於臨死前還忠告陳有三：

「個人的力量雖然薄弱，但在可能的範圍內，非要改善生活、正確的活下去不可！」

他最後還給陳有三一篇遺作，裏面有一句：

「我願邊描繪着人間充滿幸福的美姿，邊走向冷冷的地下長眠！」

「陳有三」讀到這遺稿，爲之戰慄不已。

「林杏南」代表永遠純真；「陳有三」代表隨波逐流，「植有木瓜樹的小鎮」算得上震動當時日本文壇的作品。

●「黃昏月」描寫人性的卑微

龍瑛宗到東京，還買了不少的書刊，「滿載而歸」。從此步入多產的年代。起初在日本的「文藝」、「文藝首都」、「朝日新聞」、「改造」等諸多刊物發表文章；後來漸次在臺灣的「臺灣日日新報」、「臺灣新民報」、「臺灣藝術」，以及臺銀刊物等諸多報刊發表作品。以小說爲主，也有散文、書介、雜記等。

在二十六歲結婚那一年寫處女作，次年又得獎又當爸爸，雙喜臨門。家中多了小孩，沒有使他減低創作力，相反的，勤寫不輟。

二十九歲時，曾跟黃得時旅遊全臺一個星期，旅遊歸來，受黃得時之託，於臺灣新民報上寫隨筆「知人之死」等。

也是這一年(民國二十八年)九月九日，「臺灣詩人協會」成立，龍瑛宗擔任文化部委員。十二月一日，該會的刊物「華麗島」創刊號出版，他發表了一首詩「花和痰盂」。

次年一月，「文藝臺灣」創刊號出版。他是編輯委員，也是作者之一，作品「村姑逝矣」也在創刊號發表。同年三月，「臺灣藝術」創刊，他又任讀者文壇審稿者。

這一年不僅工作忙，作品也相當豐富，著有「黃昏月」、「黃家」、「驛馬車」、「歸鄉記」等小說和散文。

「黃昏月」發表在民國二十九年七月號的「文藝首都」，全文描寫人性的卑微十分深入。文中的「我」是一位公學校代用教員。

有一天，「我」去探望舊時的同事彭英坤，他也是中學時的同校同學。「我」去探望時，這位舊同事已進入彌留狀態中，但有幾位債主來討債。

事情就這權演變下去，但在進展中，又不時倒敍從前如何。「我」幫貧病交迫即將去世的彭英坤應付債主。心中固然有一絲因「做善事」而產生的滿足感，不過，又感到自己太卑賤、太可恥。

「我」回想起以前在校時，和彭英坤兩人不同年級，「我」知道彭，彭卻不知道「我」，因爲彭當時是學校裏頂尖的風雲人物！功課好、口才好、又是體育選手，是「我」的偶像！

「我」中學畢業後，去當代用教員，發現他心目中的偶像「彭」早已在同一公學校中當代用教員，但他的形象早已完全改變了。

「中學時代恰如一匹駿馬的他，與眼前破爛稻草人一般的他，實在不像同一個人。」

彭變成酗酒、常換情人、愛向人借錢、還是常缺課的教員、村中公認的怪人！已不復是當年校中的英才。

龍瑛宗以一段文字來描述文中彭英坤的「今非昔比」：有一次，「我」去拜訪彭，彭正抱着孩子解大便，他想起沒有揩屁股的紙，就叫「我」撕一本書，那本書是中學時的英文教科書，書上還到處劃有紅線，可見得當初曾下一番工夫的。於是二人感慨的對話：

「學生時代，吃了不少英文的苦頭，可是如今想起來，一點用處也沒有。」「我也全忘了！」「語言學這東西，還是非要常用不行。」「想起從前，大家自認爲懂得英文，好神氣。」「無聊透啦！」

一個在校時的模範全才學生，一旦踏入現實社會生活重壓下，竟然變成拿課本紙來爲小孩拭屁股，褻瀆學問一至於此（註：以前沒有衛生紙，但讀書人甚至一般人都敬惜印了字、寫了字的紙，不敢輕蔑處理。）

彭英坤終於留下一堆債務給妻子兒女，離開人世。「我」隔了些日子，不放心彭太太和小孩，去探望一次，就被村人傳言：他和彭太太如何如何。「我」還不知退縮，還替彭太太向一位大債主求情。

龍瑛宗描繪這位吸血鬼的形像很特殊，倒也不是惡霸相，而是：「朱天成微露金牙笑着說。樣子雖然很殷勤，卻又好像隱藏着傲慢。此人微胖，肥膩的磚色皮膚滑滑的，使人覺得老大不痛快。」

這種人有他生存的方式，他曾因高利貸的惡行坐牢，關了一陣子出來後，還逢人就得意洋洋打招呼：「我回來啦，以後還請多多照顧啊！」那模樣，就像新官到任似的。

大體來說，「黄昏月」的技巧更勝於「植有木瓜樹的小鎮」。「植」文中，有太多冗長的對話，削弱了全文的震撼力；「黃」沒有這毛病，尤其時而順敍，時而倒敍，錯綜得十分自然。

●「貘」敍述家族的興衰史

民國三十年，龍瑛宗的作品更見豐盛，年初，寫青年劇本，五月，工作改調花蓮，在花蓮作品一篇篇問世。最重要的有「貘」（日本風俗十月號），以及「白色的山脈」（文藝臺灣第三卷第一號）。

貘，光看題目，不知何所指。這篇文章仍然以第一人稱寫法，骨幹筋脈卻是文中「我」的同學徐青松和徐家滄桑。

徐青松家的房子，外頭土牆留有防禦土匪的槍眼兒；進去還有門樓，舖着石板的庭院種有許多花木；甚至他家吃的餅乾，是做成鳥、狗、馬的樣子。

這一切，烘托徐家之富有。但是，「我」去徐家，徐的祖母雖然會給餅乾吃，卻是給自己的孫兒多，給別家孩子少——如此待客。

龍瑛宗這種寫法，不知是否隱下伏筆：這家族待人不夠厚道，無法五世其昌。

徐家財富在村中首屈一指，但是他們的錢財也不是天上掉下來的。徐的曾祖原是墾户，經過各種磨難，才打下一片天地。曾祖不沾酒、不重色、勤儉持家，創下基業。年老臨終時，還叫孫兒們到眼跟前囑咐叮嚀：

「任何成果，都要靠汗水和眼淚才能得到。……你們一定要守護這一家的繁華，榮宗耀祖才好。」

但是他唯一的兒子（收養的），一生消極，又是鴉片鬼。下去五個孫子，老大好色、又抽鴉片；老二酒鬼兼色鬼；老三不婚；老四早夭，老五幼小。

再傳下第四代，分家產的人多，不長進的更多！徐青松是第四代，得到的家產已有限，又結交一些酒肉朋友，被拐騙大部分，剩的被姨太太席捲而去。

徐青松最後拋下「世家子弟」的兼嚴，去當一名汽車司機，由紈袴子弟一變而成爲市井鄙野人物。

至於其他的堂兄弟、兄弟呢？只有一兩個還能守，多半不行，有的更淪爲在旅館當皮條客。

臺灣有句諺語：富，富不過三代人！這篇「貘」寫的正是一個家庭的興衰史。題目用「貘」，只因徐家神案有塊桌裙（掛在桌前十彩刺繡的飾布）；桌裙上繡一隻麒麟。麒麟代表祥瑞的美夢，其實，麒麟也是貘！貘在傳説中是一種會吞掉噩夢的一種動物。也就是吞掉貧窮、微賤的夢。

龍瑛宗在這一篇「貘」所要表達的理念則是：一個家庭當富有時，就是一種噩夢！富有帶來的將是災難！要等到敗光了，一無所有時，置之死地而後生，才重新有强勁的生活力，重新開拓基業。

這篇貘讓人感到易經上的四種循環關係「吉」——「吝」——「凶」——「悔」。當歡樂到極至，會吝（傲慢、目空一切），然後帶來不幸，再來會深深反省！一元復始，再從頭開始。

這篇「貘」的素材，讓現今作家來處理，多半會寫成長篇小說，而且以第三人稱方式處理。

龍瑛宗於民國二十九年時，將之寫成萬字小說，而且以第一人稱卻是旁觀者的方式寫，風格別具。文中的「我」由小孩而少年、青年，而壯年，所看到的卻是同學家的興衰史，所涵具的哲理令讀者深省。

●「白色山脈」的意境

「白色山脈」較「貘」刊登稍後，刊於「文藝臺灣」，不過七八千字左右。而這其中又分三個短篇，主人翁相同、地方相同，但三則完全不同的事，是極精簡的小說。

第一篇「薄暮中的家族」，約兩千多字，「杜南遠」在海邊暫時借住的地方，漸次看到一個悲慘家族的每一分子，他所看到的第一個人是白癡少年，他的樣子是：

「他看起來非常的肥胖，他的頭像猪頭一般地，眼睛非常細，鯉魚一般的嘴强開着，發出笑聲。」接着映入眼簾的是白癡少年的姊姊，年華已老大，然後是面貌醜陋但善良的父親。最後是看來「很有品格」的母親。

杜南遠看這一家人後，猜測：那個已二十七八歲的老姑娘，所以嫁不出去，一定是因爲她有個白癡弟弟、一個難看的父親。這惡劣的血統，使人們有所顧忌。

但有一天，杜南遠卻看這一家人十分和樂的去看海，有合家歡的氣氛。與他想像中的悲絕全然不是一回事。

第二個短篇是「海濱旅邸」，寫一位旅舍「女中」——服務生的故事。那個叫「惜」的女人，被一個無恥的男人拐騙到異域當娼妓，男人只向她榨取金錢，而這個「惜」在遠離那男人時還愛他、惦記他。

杜南遠猜不透這女人複雜的感情是屬於那一種，只覺得這粗俗微賤的女人，身上散發着珍珠般的光彩。

第三個短篇「白色山脈」，是敍說憂鬱的杜南遠，在苛刻的命運中，爲了逃避現實生活的殘酷，成爲一個幻想主義者，在海邊的日子裏，把天邊的雲朵，幻想成白色山脈，而自己在上面蹉跎、倒下。

這三個短篇，都帶虛無主義的色彩，有悲涼的氣氛。這或許因爲龍瑛宗當時在僻野的東臺灣工作，心境格外的黯淡。加上他中學時受師長的影響，因此作品中沒半絲積極激越的力量。不過倒也不是絕望，而是從陰晦中，露出點丁兒螢光。

●進入新聞界

第二年（民國卅一年），龍瑛宗辭掉銀行行員工作，領兩千元資遣費。未幾，到「臺灣日日新報」，編「兒童新聞」版。這一年作品非常多，除了小說，也寫些應時應景的文章。也參與「政治文學」活動，當時由不得他不參與，像他編的「兒童新聞」也被易名爲「皇民新聞」。

臺灣總督府的「皇民化運動」愈來愈加緊，通令全臺各角落都要皇民化、臺民要改日式姓名。不改日民的人，配給較少，龍瑛宗没改。但在工作上戒慎恐懼，因爲弄不好，隨時要砸飯碗。

這一年十月，出版了文學論集「孤獨的蠹魚」，由盛興出版社出版，本來想出版小說集，但爲臺灣總督府保安課禁止。

民國三十三年，三月二十六日，臺灣幾家報紙：臺灣日日新報、臺灣日報、臺灣新聞、興南新聞、高雄新報、東臺灣新報，合併而一成爲「臺灣新報」。龍瑛宗在這報紙的附屬雜誌「臺新旬刊」擔任編輯委員。臺籍的除了他之外，還有王白淵、呂赫若，都是當時的名作家。

他仍然勤寫不輟，但是較没有時間寫純文學的作品，盟軍飛機常來轟炸，他不得不把妻小送回北埔鄉下去，獨自留在臺北，作品漸少。

民國三十四年八月十五日，他在新竹，聽到日本昭和天皇親自廣播，宣佈無條件投降。十一月十五日，他的一篇「青天白日旗」登於「新風」創刊號上，又寫「從汕頭來的男子」。仍然以日文寫作。

民國卅五年四月，編中華日報日文版，開始一系列介紹中外世界名作，分別以「劉春桃」、「彭智遠」、「R」等爲筆名，仍以日文撰寫。不過該年十月，日文版停了，他也就「無用武之地」。失業三四個月後，去民政廳編「山地旬報」，因爲當時的山胞只識日文、不識中文。

●休止符

當起了公務員，薪資有限，當時時局不好，通貨膨脹得十分厲害。一位詩人朋友張冬芳同情他收入太少，介紹他認識合作金庫的理事朱昭陽先生。朱先生得知他曾在銀行做事，於是給他聘書，他重作馮婦了。

民國三十八年，重新吃金融飯，不過又從辦事員幹起，天天得打算盤。就這麼一撥珠子、二撥珠子，把文學細胞撥到一邊去。偶而以日文寫一些農業經濟的文章，還要由研究室主任張我軍翻譯成中、英文。

不會中文創作，又没有機會再以日文發表，加上生活的步調改變，龍瑛宗的文學生涯，譜上很長的休止符。只有在民國四十三年五月二十八日，出席臺北市文獻會的「北部新文學、新劇運動座談會」，以及這一年年底，在臺北文物雜誌刊出「日人文學在臺灣」，就只這兩件事，和「文藝」沾上一點邊。

繼續算盤生涯，民國六十一年，他升到稽核主任的職位。六十五年，退休。

在這漫長的休止符中，他不斷的閱覽中文，學習中文，以充實自己。八十老兒學吹簫，十分艱難！

●再出發

起初他試着以中文寫一點隨筆、雜記。民國六十七年，長篇日文小說「紅塵」，經鍾肇政先生翻譯，於民衆日報連載。第二年，自傳體日文小說「夜流」，於日本一雜誌刊登，七月，許多篇舊時日文小說，經鍾肇政先生譯成中文，收錄於遠景出版社出版的「光復前臺灣文學全集」。

文學生命復甦了！民國六十九年，已七十歲的龍瑛宗再度出發，先是「斷雲」在民衆日報連載，然後陸續發表多篇精簡短文，分別刊登於民衆日報、聯合報、臺灣時報、自立晚報、臺灣文藝、新生報、中國時報、商工日報等。尤其民國七十三年，刊登得相當不少。

他老年作品的風格，和年輕時大異其趣，年輕時，作品有一絲悲哀、些許蒼涼，而其中女性又多令人憐憫，有七分無奈。

老年後寫的作品十分雜，不過有幾篇極精短的小說，倒也顯出「薑是老的辣」。

如「送鞋子」這一篇，約六百字，先寫：村子裏從沒有出現過電線、電線桿。有一天，有人來架設電線桿，村民討論：那是幹什麼用的？有人說：通信的；另有人說：可輸送東西。村裏的范老伯想起在臺北念書的兒子要一雙新皮鞋，他就把兒子的姓名和地址寫在一張紙條上，和皮鞋放在一塊兒，繫在電纜上。第二天一大早，范老伯興沖沖的再跑去看新鞋子送走了沒？結果，新鞋和紙條沒了。但有一雙舊鞋掛在那兒，范老伯感喟道：

「真的這麼快呀！連兒子的舊鞋子也隨即送回來了呢！」

又有「黃包車」、「詩人的華爾滋」、「趴城故事」、「理髮師」、「農婦與日兵」、「月下瘋女」、「强盜」等都是極精短的小說。

只是這些作品，和目前年輕輩作家的作品相比較，風格太淡！淡得很難刺激一般人的思想官能。許多本省籍的老人唸過書的，大體會記得：日據時，寫得最多、最好的，龍瑛宗是其中之一。不過近年來，問中年以下的人，那怕是「同行」，問他們：知道龍瑛宗嗎？最普遍的反應是「没聽過」。

他的作品，也遲遲没有人敢出版。到最近，才由蘭亭書店，將他日據時的舊作，由鍾肇政先生翻譯，於五月出版。

又龍瑛宗的作品有一位女學生專門研究，她叫羅成純，是留學日本筑波大學大學院地域研究研究科的學生。她修的論文是：「龍瑛宗研究——臺灣戰時下的文學。」

的確，龍瑛宗的舊時作品有其時代背景，也有那時代的價值。

近年，他的作品又多了起來，而呈現另一種風貌，相信這是龍瑛宗先生的第二高峯期，現今已七十五高齡，在人生經驗、智慧都完全成熟的階段，是否能有更了不起的作品產生呢？只有由時間來證明了。

（原載於74年6月「文訊」18期）

月黑風高

〈龍瑛宗作品選〉

我是住在村子裡的公共墓地，不消說我是冥府之鬼。道光年間，一夥漢民族受了官爺的資助，來到這裡開拓荒地。但是，這個地方已經原住民安居樂業著。詎料，漢民族扛著槍子趕走了原住民。當然，一場你死我活的戰爭難免了。由於漢民族的文化較高，而原住民的文化較低，其結果也明瞭了。敗者原住民，一邊遁走一邊心中誓言：有朝一日，咱們將漢人的腦袋砍掉吧！

沒有原住民蹤影的土地上，漢民族開始搭了他們的集落。首先，他們堅固了自己的房子，以防原住民的襲擊。其次開闢了地下水溝，以充足衛生設備。水田的灌溉工作，也成了他們的重要問題。

出資拓墾的頭家，自然做了村民們的大地主了。沒有土地也沒有技藝的細民，做了大地主頭家的佃户。這樣子村子的原始型態，慢慢地形成起來了。村子裡的老人們回憶著，別鄉背井的離情，望著駭浪洶湧的台灣海峽。搭乘帆舟登陸瘴地，而他們的大事是媽祖宮。由於老人家們的奔波，丹柱碧字的廟宇，終於出現了。到了現在，不過只有一百五十年的歷史而已。

我的生涯極短暫，生於清朝時代，而死於日本統治的時代。究竟我是中國鬼，抑是日本鬼？如果，讓我自由選擇的話，我寧願不做大日本帝國的三等國民，而甘心做個中國鬼。那個中國人到底怎麼樣的人種呢?你們還記得嗎?有一段時期，中國人被帝國主義者們，看作狗類而不是人類。你們不會忘掉吧。咱們的神聖領土上，公園入口處立著告示牌:支那人及狗不准進來。一段時期的日本人，指漢民族是支那人，而不肯承認中國人的過去，有輝煌文化歷史。所以，我再說一次，我不願做帝國主義者的奴婢，甘願做自己歷史的主人翁。

光緒二十三年，依日本統計不願做日本奴婢離開台灣者，台北縣一千五百餘人，台中縣三百餘人，台南縣四千五百餘人。殖民地政府公布了台灣銀行，又創立了製糖公司。這是日本資本主義經營的開始。同時以法令禁止了台灣人和清國人公司組織。這樣子看來，台灣人有怎樣的本領，有怎樣的翅膀，日本人隨即把它擰掉了。

我的父親是州協議員也是一種特權階級。你們會說，日據時代怎麼有選舉制度呢?據官方發表，確實有選舉過。而投票資格者需要納繳若干以上。一般老百姓甭想選舉了。所以，一般老百姓不知道，日據時代有過選舉的神話。不過，當州協議員也有州協議員的苦楚。在日據時代，適合日本人眼鏡的模範台灣人，約莫具有如次條件:第一，會拍拍日本人的馬屁，卑躬屈膝至極。第二，不做吝嗇鬼，而盡量孝敬日本人。尤其是土皇帝警察大人須要小心，供應以酒和女人。藉此祈盼闔家平安。多嘴一句，日本仔的胃口並非無限量。第三，日本天皇是他們的老祖公。表面上不得不敬，最好高呼三聲:天皇陛下萬歲!萬萬歲!包你是日本皇民的大國民。第四，主人需要台灣人捐款，則奴才笑瞇瞇地抛擲錢財。

我的父親是符合上述原則，才得到了州協議員的名譽。爲了祝賀我父親的榮耀，村民們三天三夜開了慶祝宴。口口聲聲說:咱們村子裡出現了傑出人才。全州沒有幾個人，實在稀罕!連咱們村民也光榮極了。

州協議員是空殼餅，雖然，也有苦楚，但是樂趣也無窮了。連我很早學抽煙喝酒，也與玩友敲敲村姑家蓬門。坦白說敲敲蓬門中，我愛上了一個村姑，朋友告訴我：你的父親是玄宗皇帝，而你是唐朝的王子啦！最初，朋友所說的話，我不知道，也不解其中意。後來，我慢慢地曉得起來了。我的天，父親和我愛上了一個女人。天下竟有這般的事會發生。不可能的事，也不敢相信。然而，玄宗皇帝及其子，愛上了同一女人也是事實吧，除非歷史家僞造敍述以外。

我對父親的印象也改變了。以前我以爲父親是台灣人的楷模，全台灣的榜樣。但是，慢慢地觀察的結果，父親的廬山真面目露出來了。如前所述，在日本人看來的模範台灣人條件，樣樣地具備起來了。我咒罵父親是無恥的東西，但是於情也不忍。那麼，怎麼辦呢？我也無從說起。只有我的一顆心猶予保存而沒有瑕疵，這是值得珍惜的。我突然陷入厭世主義者了。我再也不能與父親同住共屋頂之下，天天快樂的日子變成天天痛苦的日子。

我邀村姑說：人生無意義，我們殉情，我們相愛於天堂。村姑呵呵大笑說：「人生衹有一回，我才不相信天堂呢。少爺，你是傻瓜，不要做出傻事。」而根本不理。

下弦的夜晚，躺著火車軌道上，感覺著冰冷冷的。嚨嚨地火車聲來了。愈來愈大聲，我想爬起來逃生。但是不行，忍耐一下萬事會解決……。一陣轟音驟至。我的遺體在鐵軌旁的野草上。碾過人的火車停住了。好奇的旅客跳下了車廂，問道：「怎麼回事？」「碾死人啦！」兩個伙伴冷眼看遺體，然後，跑去崖上開了褲子，泡泡尿起來了。一個伙伴道：「也許，火車到台北會慢分的。」一面仰首望下弦月。「嗯！害人精，竟鬧出無聊事。」他們的撒尿在月亮下抛出銀絲。霎時，我變成幽鬼了。如前所述，我不希望做日本鬼。那麼，我當然中國鬼了。我一生短暫，既不知生是什麼？況且更不知死是什麼?確實知道的是，幽鬼沒有肉體了。雖然，火車的車輪碾過我時，喪失了幾根肋骨。

當然啦!幽鬼有幽魂或稱孤魂。雖因火車喪失了我的肉體，但是孤魂依然存在著。俗語道:魂魄或是魂不附體了。沒有肉體的孤魂喲!你要到那裏去?首先，我覺得我有完全的自由。你有選擇權利。以前我提過:我討厭了父親，但是，我懷念了仁慈的母親。極想與她看看一眼，但是，想到了喪失了肋骨，而血淋淋的我，恐怕嚇壞了母親吧!究竟，沒有束縛的孤魂，由虛空的這裏到虛空的那裏，永遠永遠地飄來飄去以外，沒有他途吧!

我又想起了村姑的話:「少爺，你是傻瓜，不要做出傻事。」但是，後悔已經遲了。我奉勸年輕人，千萬不輕易地拋棄你寶貴的生命。雖然，我本身已經來不及了。

我想著想著還是回歸故鄉去，故鄉在我來說，它是實在可愛的地方。住在村子裡的共同墓園，鬼籍人口多得使我嚇了一跳。簡直滿山滿坑了，以前的日據時代並不是這樣子，時代的變遷是厲害得很。

在墓園裡踽踽而走著，便碰到了日據時代的黑狗了。綽號黑狗是當時的時髦少爺，現在也愛風流。他的肋骨裡插著黃色菊花，但是一隻大螞蟻，慢慢地爬在有泥土的枯骨。「哎呀!黑狗桑，久見久見。」「少爺，你也久見了。怎麼來到這裡呢?」「我先問你，你的門牙怎麼沒有?」「喔!說起來，一把鼻涕和辛酸淚了。長話短說吧!」

大東亞戰爭的時候，爲了轟炸中國大陸，日軍在蘭陽地方開闢了空軍基地，而強制征召了本島人青年。美其名叫做勞務奉公隊，而自備著被子和鋤頭，嘿呀嘿呀地趕往宜蘭去。這輩皇民青年天天做苦工，而在警察大人監工之下，休息時間在樹蔭下，我和伙伴聊天。「日本的皇帝和我們中國的皇帝都是一樣的。」那個時候，日本大人聽到了。顯然不高興而插嘴說:「日本的天皇陛下是萬世一系的，全世界無與倫比的。但是，支那的皇帝，花子也可以做，知道嗎？」「是嗎？我們不太相信。」「清國奴，我講的話，不好好地洗耳聆聽。無禮至極，也太狂妄了，爲了天皇陛下，爲了劣等台灣人，非教訓一番不可。」日本大人以柔道把我狠狠地投擲於地上。我的門牙也掉了。這是皇民化運動的下場。

這時候，月魄下扭著扭著骨盆來了一個村姑。端詳一看便是紅春小姐。黑狗的高嗓子，驀然跳出去。「紅春姑娘，歡迎妳來，在相思樹下坐一坐吧。」「不，我找尋姐姐，與她攀談一下呢。」「我們好久沒見，好嘛，坐坐一下吧。」「紅春姑娘，我問妳，妳會跳舞嗎？」「我不會。」「真的嗎？很可惜，要不然與妳共舞一場探戈呢！」「我連華爾滋也不會。」「日據時代的青年，很笨啦！」「我們把日本人叫做四腳，而皇民化的台灣人叫做三腳。黑狗桑，有人說，你也是三腳，事實嗎？」「喔！天大的冤枉啦！我雖然愛風流，但是我絕對不拍日本人的屁股。」「人們都是在權力者的背後，說人家的壞話；四腳啦！三腳啦！這個是不是弱小民族的表現嗎？」「說得也是。」

紅春姑娘聽了男人說正經話，於是從相思樹下，站起來說道：「我要找尋姐姐先走了。」扭著扭著骨盆，而離開了。一會兒，紅春的蹤影在月魄下消逝於漆黑裡。

黑狗追逐著紅春的蹤影，喟然以嘆：紅春姑娘是我們村子裡的美女，她有柚子般的乳房，嬌滴滴的明眸皓齒。兩隻腳也苗條，並不是日人所稱的蘿蔔腳，肌肉白淨豐腴。堪稱一代美女。但是，往昔的風采那裡去了。

日據時代的時髦少年黑狗緊接道：我們的時代，給殖民制度破壞了。我要輓歌著：還我青春，還我青春。

（選自聯經出版公司「杜甫在長安」）

●**巫永福**，南投縣人，民國二年生。日本明治大學畢業，民國二十一年加入「台灣藝術研究會」，並創辦「福爾摩沙」雜誌。三十年加盟「台灣文學」雜誌，發表小說、新詩作品，現任「台灣文藝」發行人，「笠」詩刊同人。作品散見各詩刊，著有詩集「永州詩集・愛」，雜文集「風雨中的長青樹」。

掌握詩質・爽朗高歌

老而彌堅的前輩詩人巫永福先生

■杜文靖

1

一踏入位於安和路的高級住宅，第一個印象是氣派非凡，第二個印象是這幢屋子真是窗明几淨，接下來的印象則是，主人家想必是個愛好藝術的雅士。

說氣派非凡是建築物本身給予的感受，面對著仁愛國小，雕花大鐵門，溫文有禮的警衛，確是氣派非凡。說窗明几淨，指的可是室內的展現，主人家把房舍整理得有條不紊，家中擺設的桌椅櫥櫃都擦拭得纖塵不染，足見主人家是深諳起居三昧的。

說主人家是位雅士可也不是憑空而來的，客廳一排長櫃，擺滿了各類書冊，鄰櫃的牆上掛的是一幅鄭板橋的真跡，茶几上下都是琳瑯滿目的書冊雜誌，對著茶几的一堵牆上，則赫然是郭雪湖的傑作，五彩水墨的戒克船，正是當年大稻埕港口的景象，光憑書櫥、名畫，主人家不是雅士才怪。

這個家的主人，是國內鼎鼎大名的前輩詩人——巫永福，筆者一行去訪問他的時候，他穿著一襲樸素的家居服，配上他那一頭銀髮，給人的真是溫馨雅婉的的身姿。提起巫永福，在詩壇真是人人知名！

他的一生都和文學脫不開關係，即使到了年老之際，也還不忘爲文學發展貢獻他一己的物力、財力和心力。

巫永福在文壇以詩博名，但詩並不是他最早的職志，寫詩對他來說，似乎也有那麼一絲無奈。不過，透過他的詩作，我們卻不能不立即爲他的詩而感動，爲他的詩句沈湎，爲他的詩觀喝采。做爲一個詩人，巫永福是絲毫也不曾辱沒了詩神。

巫永福，南投埔里人，一九一三年誕生，巫家在埔里是個望族，他的兄弟有多人是習醫的醫師，在地方上懸壺濟世，可謂是鄉閭的仕紳典型，巫永福的早歲，父親也常希望他也能走上學醫的路，沒想到巫永福冒出了偏鋒，在求學路途上，他故意放棄了醫科入學試，一舉而考進了明治大學專攻藝文。雖然這樣的舉措，使他減少了從父親手中所能獲取的零用金，不過他是愛上了藝文，且以藝文爲職志，少一些零用金對他似乎並不是那般重要。

這樣的堅持，終於使臺灣出現了另一個優秀的詩人。

2

巫永福誕生那年，距離甲午戰敗臺灣割讓給日本，已經越過了十八個年頭，巫永福生來就在日本殖民統治之下，不過，根深蒂固的民族情感，卻在巫永福漸次成長的過程裡，一再地呼喚著他，使他在早年的作品中，充滿了祖國的意識，也充斥了對民族熱愛的情誼，使他成爲反抗日本殖民統治文學健將。

太平洋戰爭末期，日本人在臺灣開始征集所謂「志願兵」，臺中洲警察部，有一名年輕的特高課長，在臺中召集了智識青年舉行座談會，要出席的人不客氣地說出心中的話，並且保證不會有任何後遺症，巫永福在座談會上，很婉轉卻十分不客氣地批評日本人對待臺灣青年不公平的差別待遇，當時曾被與會的臺灣青年認爲勇氣可嘉，而且在批評之際還列舉實例要求予以改善，更令朋儕爲之喝采不已。

可是，日本的年輕特高課長所說的「没有後遺症」，只是鼓舞大鳴大放的一種烟幕，事實上，在座談會上的這席話，爲巫永福帶來了莫虛有的困擾，臺中警察部開始嚴密監視巫永福的行爲舉止，而且有不少特務警察人員還三番兩次登門造訪，甚至一日數回，使得巫家父母耽憂不已，巫永福的母親，爲了怕一旦特高組展開搜索，巫永福平日所寫的隻字片語都可能帶來莫須有的罪名，於是一把火把巫永福青年時期的詩稿都燒成了灰燼。

這一把火燒掉了作品，卻真的暫時保住了安全，然而巫永福對每日數次的滋擾還是怕的不得了，現在想來，那樣的恐怖仍然猶有餘悸。

不過，僥天之倖，在巫永福的無窮遺憾中，上天爲他留下了漏網之魚，一本寫滿了詩稿的筆記本，没有在那場火燒中焚燬，安然留在了他埔里老家，其中的九十首詩作，泰半由陳千武先生爲他譯成中文，連續發表，一本筆記本中可以蘊藏這樣豐富的詩稿，可見當年他是如何的具有旺盛的寫作力。

一般來說，在這樣種種掣肘狀況下出身的詩人，總較易承襲了自憐的映像，不過巫永福不同，他進一步期許自己，要爲當時在臺灣的臺灣人創造未來的前景，他篤信民權、確信民主，對於異族的統治，一直都抱持反對的態勢，他在日據時代所寫的一首八行的詩作：「愛」，最能表現他愛民族、反異族統治的精神：——

父母未曾說過愛我
但我領悟父母的愛
你每次都說愛我
愛卻無法領受

你想征服我把愛說成一視同仁
我知你的花言巧語含有虛僞
你想擁有我底心情
但我的心常受騙已成了石頭

詩中的父母，明顯地指出了是祖國，「你」指的正是當時的殖民者日本，他完全不相信日本人共存共榮的口號，也反對日本統治者的同化論，在詩作中表現了極爲强烈的民族意識。

巫永福在詩中表達了對祖國强烈的憧憬，而有了强烈的祖國之愛，除了這首「愛」，他的另一成名作「祖國」，更是淋漓盡致地呈現了此一衷心思想。

未曾見過的祖國／隔著海似近似遠／夢見的，在書上看見的祖國／流過幾千年在我血液裡／住在我胸脯裡的影子／在我心裡反響／呀！是祖國喚我呢／或是我喚祖國？
燦爛的歷史／祖國該有榮耀的强盛／孕育優異的文化／祖國是卓越的／啊！祖國喲醒來！／祖國喲醒來！
國家貪睡就病弱／病弱就會恥辱／人多土地大的／祖國喲　咆哮一聲／祖國喲　咆哮一聲
戰敗了就送我們去寄養／要我們負起這一罪惡／有祖國不能喚祖國的罪惡／祖國不覺得羞恥嗎？／祖國在海的那邊／祖國在眼眸裡
風俗習慣語言都不同／異族統治下的一視同仁／顯然就是虛僞的語言／虛僞多了便會有苦悶／還給我們祖國呀！／向海叫喊　還我們祖國呀！

巫永福寫這首「祖國」時，臺灣淪日已四十餘年，巫永福根本無緣去祖國，對祖國的山川土地根本未曾親炙，一切印象都是書中讀來的，但在詩作中卻强烈地表達了殷切的期盼。

3

在臺中洲警事件後不久，巫永福遠赴東瀛，在東京明治大學攻讀文科，一九三二年在東京與張文環、蘇維熊、王白淵、施學習、曾石火、吳坤煌等人成立了「臺灣藝術研究會」，並創刊文學雜誌「福爾摩沙」，前後出版三期，巫永福有不少作品發表。

留學日本期間，巫永福仍然寫小說，和他最先撰寫的「黑龍」，有著血脈相連的興味，這段時期他也開始寫劇本，可惜這些劇本概多未留底稿，散佚而難尋了。

一九三五年，巫永福學成返臺，即進入「臺灣新聞社」擔任記者，同時也加入了張深切領導的「臺灣文藝聯盟」，在該聯盟出刊的「臺灣文藝」上發表小說。

一九四一年，巫永福又加盟「臺灣文學雜誌」。

「福爾摩沙」、「臺灣文藝」、「臺灣文學」是日據下三個最主要的文學刊物，這三個刊物雖不標榜，卻都是堅强的文學反日的重鎮，到今天，仍然還活在世上的文學前輩中，同時參加過這三份雜誌的，巫永福大概是碩果僅存的了。也因此，他成爲研究這三份雜誌的人，不能或缺的活字典。

臺灣光復後，巫永福即出任臺中市政府祕書，他在回憶這段時日時，曾很感慨地說：那段時間由於不懂國語，任何交辦或應辦的事項，全都依賴筆談來達成溝通，就因著這樣的溝通，到了今天，巫永福仍然還是不太懂國語，即使他寫詩，也泰半是用「漢語」思考，用「漢字」表達。

一九五六年，巫永福出任中國化學製藥公司總經理，將原本沒有盈餘的公司，經營得有聲有色，展露了他經營工商企業的才幹。也使他被延攬爲新光產物保險公司效勞。一九六三年出任新光產物副總經理，一直到執行董事以迄退休。

一九六七年，巫永福加入了「笠」詩刊，成爲笠的一員，但一直到一九七一年才開始又拾筆以中文創作新詩，在笠詩刊發表。

從一九五〇到一九七一年，巫永福的文學生命是暫停的，原因是以中文思考，用中文寫作，對他是一種全新的挑戰，但是巫永福依恃著對漢文的研究，和他永不迷失的詩心，終於再次發出了聲音，用詩表達了他對國家、對鄉土、對親情的種種情懷。

一九七七年，獨立創辦「臺灣文藝」雜誌的吳濁流先生逝世，巫永福義無反顧地繼任爲「臺灣文藝雜誌社」的發行人迄今，一九七九年，巫永福爲了鼓舞國內的文學評論風氣，導正文學走向，捐資創立了「巫永福評論獎」，獎勵對文學評論有所表現的青年作家。

由於早期的作品散失太多，他的小說「黑龍」、「山茶花」、「慾」三篇入選遠景版「光復前臺灣文學全集」，他的詩作則分別入選「華麗島詩選」，及日文版「臺灣現代詩集」，他的詩集「愛・永洲詩集」則於去年間付梓問世，這是光復前作家在光復後還能創作不輟又能結集出版的少數例子中的一個。

巫永福在他的詩裡，表現出或多或少的理想主義色彩，對於政府，他總是責備的多，讚譽的少，他總希望有完美的展現，也希望政府有完美的政策演出。在臺灣光復四十年後的今天，雖然政治景況已大爲改觀，不過巫永福民族精神和民權信念的追求，都成爲他目前的詩中最爲重要而特出的訴求主題，也是他的詩觀中極其重要的支柱。

在詩的表現上，巫永福似乎著重於精神基調，他相信內容可以決定形式，可以決定表達方式，甚至決定語言的運用，他說：「寫詩，要有詩的精神，當然毫無疑問。詩，要以何種形態表現都可以，但要嚴格要求的是：詩的本質。」因此巫永福十分重視詩的意義性，他也强烈追求詩人立足點、著眼點的準確性，要求詩要有它的時代性。

巫永福的詩，無論是經驗的，意念的，都用具體的意象，表達顯明的精神內質，他的詩做到了以意義決定詩人地位，他真的站穩在民族、正義、人道、愛心的立場上，爽朗高歌。

除了詩，巫永福還是一個熱心的社會參與者、改革者，他參加「扶輪社」，爲社會貢獻愛心，他把自己的存書，一古腦都捐給埔里圖書館，做爲後輩子弟參閱的精神食糧，他也熱心參與一些重要的文學集會，去鼓勵青年朋友投入文章報國、文章報鄉的行列，他多年來都出席鹽分地帶文藝營，所以也獲得了臺灣新文學特別貢獻獎的榮譽。

巫永福同時也是一個重視根源的人，他擔任巫氏宗親會的理事長，定期編印巫氏宗親的會刊，發表一些追本溯源的文字，撰寫巫氏家族的故事。

其實，巫永福到今天，仍然念念不忘他的小說，他一直希望自己能成爲一個小說家，但是四十年語言隔閡，使他不敢自信能掌握住中文文字的精髓，在敍事和論述的觀點上，他很難用長串的文詞加以表現，因此，他只好選擇詩，到底用漢音思考以中文撰稿的方式，是比較適合於語字凝鍊度較高的詩創作。

不過，他雖然滿頭銀髮，卻仍然不服輸，他相信有朝一日，爲再走回小說的領域，用漢字創作出感人的小說作品來。我們相信，也祝福他有朝一日能用漢文寫出小說來。

4

巫永福的身體一向硬朗，雖然滿頭白髮，卻在他的臉面上，呈現著紅潤的健康，比起前輩詩人郭水潭，他的健康體魄，無疑是他可以繼續努力創作的根源。

巫永福的家境一向不錯，加上他自己在工商業界的發展，使他的生活一直不虞匱乏。

在訪問中，他曾數度提及，雖然家中兄弟多人從醫、多人學理科，而以一介文士來說，巫永福就一直認定，不比他的兄弟差，物質生活上不差，精神生活則似乎還更勝一籌。

我們去訪問他的下午，他神采奕奕，展示著過去這些年來人們對他訪問、對他所作的尊崇，引導我們去看他的書房，指引我們去認識他牆上的名人名畫，親手為大家沏茶，還拿出一本保存得十分妥善的古老相本，裡邊多的是前輩作家的丰姿，不少久聞其名的前輩作家的風範，在他那本相本中呈現，真的讓我們獲得一個難忘的午後。

巫永福這些年來，也戮力於臺語文字的研究，這大概和他不懂國語有著極大的關連。他曾幾次將他的研究寫成報導公諸社會。

如果要說老而彌堅，巫永福誠然是當之無愧的。

在七十三高齡的今天，他依然在汲汲營營的創作，依然在為母語尋求定位，巫永福曾不止一次强調，唐詩、宋詞用閩南語來朗誦，很能表現出真情意。

巫永福也說現在大家說臺灣人是福建移來的，所以稱為「福佬人」，他認為應是「河洛」的諧音，因為臺灣人是原居中原的漢民族，說的是黃河洛陽的漢語，幾經遷徙才到了臺灣，溯本探源的結果，呈現出的是臺灣人應是河洛的中原人士的後裔，所以巫永福曾說：如果和孔夫子交談，用閩南河洛語，孔夫子可以聽懂八成，如果用現行的國語和他說話，大概他也只能和巫永福一樣，了不起聽懂二成。

職是之故，巫永福在眼見日漸增多的閩南語、漢文研究出現的今日，他的衷心有著另一層的安慰。

巫永福曾被周伯陽譽為愛國詩人，而在該文中指出巫永福詩作中有著象徵主義的風格，事實上巫永福在再出發之際，就受到象徵主義詩觀的洗禮和技巧的磨練，他的一首「泥土」，完全表達了象徵風格。

泥土有埋葬父親的香味
泥土有埋葬母親的香味

飄過竹簇落葉微亮著
向那光的斜線鳥飛去

潮溼的泥土發出微微的芬芳
寒冷的泥土發出淺春的芬芳

閃耀於枯葉的光底呼吸裡
鮮新而豐盈的嫩葉　發亮

微風也匿藏著早來的溫暖
雲霞也打著早春已來的訊息

嫩葉有父親血汗的香味
嫩葉有母親血汗的香味

巫永福的象徵手法，當然也出現在其他詩作中，他在另一首「遺忘語言的鳥」中，也以象徵手法來隱喻日人統治的無言，也控訴了那些奉日人爲神明的皇民。

這首遺忘語言的鳥其實正指向那些數典忘祖，攀援日人富貴，忘卻自己民族尊嚴的人，這首是這樣寫的：

遺忘語言的鳥呀／也遺忘了啼鳴／趾高氣揚孤單地／飛啊　又飛啊／飛到太陽那樣高高在上

離開巢穴遠遠飛去／離開了父母兄弟姐妹／也遙遠地拋棄祖宗／能遠飛才心滿意足似的／像不知回歸的迷路孩子／

固陋的心　遺忘了一切／遺忘了自己的精神習俗和倫理／遺忘了傳統表達的語言／鳥　已不能歌唱了　甚麼也不能

歌唱了／被太陽燒焦了舌尖

傲慢的鳥／遺忘了語言／悲哀的鳥呀

我們確信巫永福熱愛國家、鄉土，他鄙視數典忘祖之輩，他不會做傲慢的趨炎附勢的悲哀的鳥。

離開巫永福的住家，門外的天色依然陰霾，但是一線光明已在天角亮起。

我們確信，巫永福會愈活愈強勁，他會愈活愈愛鄉愛國，誠如周伯陽說的，他真的是個愛國的詩人。

（原載於76年4月「文訊」29期）

冲淡不了的記憶

〈巫永福作品選〉

民國四十七年新榮兄爲祝其令尊詩人穆堂吳萱草先生之七秩暨金婚，出版令尊所著的「忘憂洞天詩集」卷上、卷下二册於其年末寄來。又於五十一年令尊亡故後所出版的續卷一册相贈。不久於五十五年，新榮兄在其故居雅園慶華甲之喜，又爲此紀念出版的「震瀛隨想錄」精裝本乙册送來。之後五十六年初春，新榮兄來臺北訪我於武昌街新光產物保險公司舊址，大家有說有笑，誠有說不出的愉快。分別後曾幾何時就接著通知說新榮兄遽然逝世的消息，非常驚奇，瞬間頭都昏了，覺得真像惡夢一場。雖然惶惶忙忙趕去見過他最後安安然然的「死顏」而上香，至今其情景猶在眼前，仍無新榮兄去世的感覺，何堪感嘆。

本年七月十一日我參加臺北俳句會於長春路巴啡王咖啡店時，新榮兄弟婦張清瑛女士見着就說：「明年三月是新榮兄逝世十週年，家族將出版其遺文集以爲紀念。」等語，並要我寫一篇紀念的文章，頓時使我沉思細想起來，乃想起新榮兄五十六年初春來臺北訪問的事種種。而這一晤竟成爲永別，大大覺得幽幽之中，是否新榮兄有意無意之下前來辭行的呢？雖說不上話來，但說也奇怪，總有新榮兄前來辭行的感覺，這些都好像昨天發生的事，不覺得是十年前後的事了。這樣的事如何講呢？也只有一句「浮生若夢」來形容，或者最爲恰當。

記得我認識新榮兄，是於三十多年前與陳逸松、王井泉、張文環、黃得時諸兄南下訪問佳里，接受新榮兄等款待之時，其時新榮兄是鹽分地帶詩人們的中心人物。而此時所照的相片就是新榮兄著「隨想錄」第二篇社會與家庭裡的一張，臺灣文學社同仁與鹽分地帶詩人們合照的照片。這一照片也載於民國五十四年十月出刊的臺灣文藝第二卷第九期悼念王井泉特輯，新榮兄寫的「井泉兄與山水亭」裏面，恰如新榮兄所說的不折不扣的「以文會友」而一見如故。這些情形在新榮兄的悼文中也有詳盡的說明，其中一段文中寫著：

「是日午餐後，請五位貴客爲我們簽字做紀念，井泉兄大大的寫一字『誠』字，這真是表現着他的性格及人格，此書可爲井泉兄永久的紀念。同時得時兄也寫一對詩：

『花落家僮未掃、鳥啼山客猶眠。』

文環兄寫一句：『德不孤、必有隣。』

永福兄寫『苦節』二字。我想他們未必還記得他們曾揮毫美句在我的簽名簿裡。」

雖然新榮兄說：「他們未必還記得。」但我却還「歷歷如繪」地清清楚楚記得在芭蕉及柚仔樹盛茂的後園拍的這張照片及我寫的「苦節」二字。因爲「苦節」這二字在當時的我的生活中及所有記憶中常常回蕩不散。就是說，我們在異民族日本人的統治之下，我們這些一小撮知識份子，都有共同的意志及願望，要求臺灣的進步，要求臺灣的現代化，而透過藝術文化的運動使大家更堅持我們漢家兒女的傳統精神，不被日本人同化而爲日本皇民，乃是我們不可否認的原則。這原則猶如大漢蘇武被放逐到冰天雪地的北海，孤零零地牧羊，仍不屈於淫威而變節一樣。我們在臺灣，在日本人的淫威之下總能像蘇武在北海，一定能克服多種艱難而勇敢地苦守中華兒女的氣節，這樣終久也會有投回大漢的一天。而這些我們所堅持的苦節與意願也終有了代價，我們於日本人投降的民國三十四年則歡天喜地，大慶臺灣的光復了。

在日本人的統治下，爲守苦節並期有所作爲，我們雖然難免也吃些苦汁而悲痛，或爲日本特高之罪行，或受欺壓而綴成淚與血汗而嘆天無眼，但如今回想起來也算是過着非常有意義的燦爛華麗的青春，就是所謂 Hareyaka 的時代。大家剛毅自在地共同奮鬥，爲保大漢悠久的傳統精神，舊詩人們不斷吐出其絶句維繫於不墜，新詩人們以新體詩唱出新時代的精神而象征著臺灣的現代化，文學家們即寫散文、小說、戲曲共求臺灣的進步，因此有了臺灣藝術研究會的「福爾摩沙」，臺灣文藝聯盟「臺灣文藝」，臺灣文藝協會的「先發部隊」、「第一線」，臺灣新文學社的「臺灣新文學」，臺灣文學社的「臺灣文學」，其他前前後後的「三六九報」、「南音」、「明日」、「洪水報」、「曉星」、「伍人報」等文藝誌及臺南市藝術俱樂部的臺灣舊文獻整理委員會之出現，前倒後繼大家奮發前進，期使臺灣文化終有開花結果的一天，大家有了這樣的氣慨就形成了我們值得回首的華麗的年代。

此時在這張照片的臺灣文學社同仁中，我是最年青，而且尚未結婚，而今我也成爲白髮老人了，實在感慨萬千。尤其是裡面的井泉、新榮兩兄先後作古，鹽分地帶的詩人也已有二人先凋謝，郭水潭兄長住臺北，鹽分地帶的人事也多有變遷。

大東亞戰爭的末期，美機頻頻來臺空襲而日本的軍機已無法做有效的反擊，制空權完全握在美軍機手裡，故我們也已料到日本必會戰敗而暗暗共喜。此時冒着美軍機空襲的危險，在空襲警報之下我於臺中市老松町結婚，井泉、新榮、文環、楊逵諸兄都趕來參加，使我非常感動他們的友情，他們的豐采也都留在我的結婚照上。未幾戰爭愈來愈熾烈，民國三十三年我老松町的厝也受着美軍機猛烈的掃射，覺得很可怕。爲求著安全，立刻擧家疏開到草屯街番子田，而以自行車奔跑於草屯、臺中間。直至民國三十四年八月日本戰敗投降，又忙於搬回臺中，同慶十月的第一次光復節。但政府的接收工作尚在青黃不濟的狀態，社會不太安定，民國三十五年二月歡迎國軍的來臨，九月林獻堂、陳炘、丘念台等組成臺灣致敬團飛南京晉謁蔣主席，而我爲應付新的政治社會環境，乃遷居臺北。

民國三十六年二月臺灣發生大事變，其犧牲之大及悽慘之程度，當可與清初「林爽文事件」及日據初期之「西來庵事件」相提並論，真是意想不到的事。民國三十七年一月選擧立法委員，十月金元券貶值，隨著物價上漲，社會惶惶不安。民國三十八年二月實施三七五減租，六月舊臺幣貶值改換以四萬元換新臺幣壹元，十月共匪政權在北平成立，十二月中央政府遷臺。三十九年初，覺得旅居臺北有所不安，遷回臺中。六月韓戰爆發，七月臺灣省地方自治實施，八月將臺灣原來之八縣九市改爲十六縣五市，開始縣市長民選，因我扶助無黨無派楊基先當選臺中市長，乃應邀進臺中市政府服務。四十年十二月臺灣省臨時議會成立。四十一年四月，中、日和平條約在臺北簽字。四十二年一月立法院完成「耕者有其田條例」立法程序，十一月美國副總統尼克森夫婦抵臺訪問並爲臺中市東海大學破土。四十三年九月金門大砲戰，十二月中美共同防禦條約在華盛頓簽字。四十四年一月一江山陷落，二月大陳島撤退。在這激動、變化多端的社會裡，都忙於應付身邊雜事，致這許多年與新榮兄也有所疏遠。直至我由臺中市政府退職後遷回臺北，擔任中國化學製藥公司總經理職，爲了推銷業務的需要，每到佳里必到佳里醫院拜訪請益。如此又再回復正常的往來，相聚的機會也增多，也看到新榮兄愈老愈胖的現象，覺得有些不對，就關心他的體重，曾請他自制，因爲新榮兄也是個醫生。

新榮兄以其「亡妻記」而聞名，其純情純真的心聲多使讀者落淚。以其溫厚謙虛的人格、待人的熱誠、藝術的愛好、豐富的美感及由衷的鄉土愛，在在都給我萬分的感念緬懷，並成為我沖淡不了的記憶。而今一眨眼去世十年了，也使我聯想到四十多年來去世的林幼春、曾石火、賴和、陳澄波、王白淵、吳天賞、呂赫若、呂訴上、張星建、張我軍、張深切、張冬芳、徐坤泉、林獻堂、陳炘、羅萬俥、楊肇嘉、陳滿盈、翁鬧、陳紹馨、蘇維熊、莊垂勝、謝春木、葉陶、莊松林、許乃昌、廖繼春等等，終日惆悵感嘆萬分。（原載於一九七七年出版的震瀛追思錄）

（選自中央書局「風雨中的長青樹」）

●**趙友培**，民國二年十二月生，江蘇揚中人。正風文學院中文系畢業，曾任圖書館館長、中華文化運動委員會委員、台灣師範大學教授等職。發起成立中國文藝協會、中國語文學會，創辦並主編「中國語文」月刊，現任國大代表。著有「三民主義文藝創作論」、「答文藝愛好者」、「文化與人心」、「中國近代百年來的文學」、「文壇先進張道藩」等多種。

■李宗慈

宣揚文藝的福音

趙友培先生一生致力於國語文教育

●書香之家的嬌寵在

趙友培，江蘇省揚中縣人，民國二年十二月一日出生。揚中縣位於揚子江畔，四面環江為一沙洲形成的土地，縣民們的生活都很勤苦。祖父趙景文，是位飽讀詩書却没有功名的讀書人，寫得一手好字，尤其擅做八股文。當友培先生出世時，他已作古，否則不知要多麼憐惜趙家唯一的孫子。趙友培所能熟悉的祖父，全是來自家中好些寫得清清楚楚、整整齊齊的祖父留下來的手抄本。也因此，自小趙友培便由讀書誦詩間感悟：「孟子」像玻璃般透明，也是擴張的故事，雖然冗長，却是較易明瞭的；而「論語」、却像冰徹的玉，是內斂的，不易見著分明的，雖是簡短易背，却萬分難解。

在揚中，一三六坪的趙家，該算是揚中縣的闊氣人家，除了書香門第外，父親趙宏昌，號漢池，黨名為寶和，却有著「仕不經商一世窮」的觀念，所以除了詩書傳子持家外，他更經營著木材生意，往返於外埠與揚中，是位有見識、有慮謀的老革命黨人。

由於揚中四面是沙洲，所以買沙田成了比現今股票更刺激也更冒險的行當。趙家當然也不能免俗，買置沙田，雖然有的沉為江洋，但也有沙田成為趙家的生財。沙田上種種的蘆葦、柳樹都是揚中的名產，而柳條所編成的器皿，更是外銷國外的良品。而揚中人在沙田所做的買賣，也因著沙田成於自然的水域，使得年幼的趙友培，自小便由鄉人中的愁苦與喜樂，感悟到世事的滄海桑田。

母親王氏，待人寬厚，但最討厭見人抽食鴉片，生子女七人，只排行老三的趙友培一子，所以母愛的關懷毋寧說是最傳統的溺愛，再加上外婆也只生母親等四個女兒，雖是領養了舅舅，但是對這個獨一的外孫兒，其疼愛，更是顯見。

有著外婆與母親的溺愛，却仍不能豁免於父親持家的原則。六歲那年，即入鄰村的私塾，所謂整閉坐，如小鳥在籠。沒有解析的背誦，更令在家受到衆多寵愛的趙友培，無法承受私塾教育中先生們的吟哦，在經過多次逃課後，被父親發現，雖然嘗受了痛楚的鞭笞，父親却也因而決定在家中自設學堂，並邀請名師諸如阮伯宜、葛傳正、丁楚南幾位先生教授，其中尤以葛傳正先生對他在作文上的要求，有著很大的影響。

那時候，父親正好由上海買回「澄衷蒙學堂字課圖說」，是一種有文有圖解的時髦書，但是對於已經上過私塾的趙友培，不但多認識了許多基本字，更也促使他大開求學讀書的竅門，不但識字，並且由於文中附有許多解說句子，使得在識讀單字之餘，更有著充滿趣味的蘊味在句裏行間。除了「澄衷蒙學堂字課圖說」外，另外「論說文範」，是一本用白話文寫的書，這與讀孔、孟，確實有著截然不同的新奇與喜好。

這兩本書給予趙友培先生莫大的啓發，它與四書、五經不同，明明白白地將世界銜結在揚中縣趙家獨子的心靈中。

一直到十三歲，趙友培都是在優渥且充滿愛的家鄉中生活。除了私塾先生們的授業解惑，父親也教導他成爲經商的讀書人，所以很小他便學會了很好的算盤技術。而最重要的是，他終於翻讀了深藏於家中二樓的父、祖輩們的藏書，而開始了他噬讀各類小說書籍的經驗，那無疑是生活無限的開始，更是促使他終其生走向文學、文藝活動的因緣。

十三歲那年，也就是民國十五年，在離家四哩路的新壩成立了一所小學，友培先生也正式以五年級的身份，入校就讀。但是，由於他的國文程度很好，而數學却連阿拉伯數字都不認識，校長先生乃建議他，到外地去求學，就這樣，友培先生離開了家鄉。

●少年十五二十時

由於三姑住在上海，這個揚中縣的小學生便隨同父親，搭乘輪船，進入上海私立大範中學。但是大範中學的入學考試，他的國文可以直追高中，但是英文、數學，怕只有小學初學生的能力。便這樣在大範校長馬先生的支持與鼓勵下，他白天跳班上課，晚上勤補數學、英文，渡過十五少年時。

正值正風文學院招生，雖是私立的學校，但由於校長王西神先生是位名書法家，也是有名的駢文家，再加上正風學院的董事長即是吳稚輝先生，因此校中不乏名師任教。友培先生在家人與大範校長馬先生的鼓勵下，以中學尚未畢業的同等學歷，跳考入上海私立正風文學院，那年正是民國十九年的秋天，友培先生已經成爲中國文學系的學生。

民國二十年五月四日，推展民族文藝的組織——「中國文藝社」在南京華僑俱樂部舉行成立大會，公推葉楚傖爲社長，並選出張道藩、王平陵、黃震遐、徐仲年、華林等爲理事，立即發行「文藝月刊」，推王平陵爲總編輯，也常常集會，向各方聯絡，以華林爲總幹事。因爲有了「中國文藝社」的展開工作，左翼聯盟所提倡的「普羅文學」，便祇在上海起哄，而無法滲透到南京。

民國二十一年，原來與中央日報同是直屬於中央的中央通訊社，正式成爲獨立的機構，並且仍由蕭同茲任社長。

民國二十二年春天，繼「文藝月刊」之後，武漢文藝界的魏紹徵、吳若、林適存、王道、王紹清、余翔宇、史紫忱、甘建衡等，爲響應南京文藝界的民族文藝運動，首先舉辦民族文藝徵文，接著更成立武漢文藝社，出版武漢「文藝」月刊，是要透過文藝論戰，打擊自九一八事變之後，共黨以普羅文學製造仇恨的策略。

二十三年元旦，武漢「文藝」月刊創刊。是年夏天，友培先生自正風文學院中國文學系畢業，並且以優異的成績留校擔任助教的工作，後又考進上海天主教金科中學任教，這是繼大學時期在上海治中中學教授國文之後，再度爲人師表。

在治中、金科兩所學校裏，友培先生同樣是教授國文課程，但令這位儒雅而年輕的國文老師汗顏的，却是他那不好的英文。

憶及當年即將要由正風文學院畢業之時，由於是以同等學歷考入學校，再加上當時上海各私立中學多没立案，所以教育部設定了一個學歷檢定考試，以資鑑別學歷。友培先生報考了中學檢定考，所有的史地、國文科目，甚至是令人頭疼的算數，都不能難倒他，唯獨英文一科，却令友培先生惴惴不已。

還好友人應國慶是位僑生，英文好，國文差，他們便互相勉以教學，但是考期迫近，而英文又非三兩日能夠速成，最後還是由應國慶想出法子，寫成四十篇英文短文，交由友培先生熟背，倒底是「熟讀唐詩三百首，不會作詩也會吟」，他居然以高分獲得通過學歷檢定考。

一年半的教席生涯，已經二十三歲的友培先生，遂於民國二十六年春天，辭去教職，回到家鄉江蘇揚中縣，並接任揚中民報社社長，開始了他爲民衆、爲文化播種紮根的奠基工作。

民國二十六年，七月七日蘆溝橋炮聲一響，揭開了八年抗戰神聖的序幕。八月十三日上海戰事發生，英勇的國軍於浴血苦戰三個月之後撤守。十月底，國民政府決定遷都重慶，十一月上旬，中央各機關開始西遷重慶。這時候，守在揚中的友培先生，乃約集了衆多青年志士，帶著家人扁舟北上，先抵淮陰，再轉徐洲，最後於武漢投筆從戎。

民國二十七年春天，武漢已經成爲抗戰的中心。行政院經過改組，由 蔣委員長任命陳立夫先生爲教育部部長，張道藩先生爲教育部次長。同年七月九日，三民主義青年團在武漢成立，由 委員長兼任團長，道藩先生被指定爲中央團部幹事會的幹事之一。八月，武漢情勢日趨緊張，國民政府下令各機關全部集中遷到重慶。此時的友培先生，也已正式成爲中央團部宣傳服務的一員。並且隨即參加保衛大武漢之役。

翌年的五月四日下午，三民主義青年團中央團部爲了慶祝第一居青年節(後來青年節才改在「三二九」)，在重慶夫子池廣場集合了五千青年舉行大會，陳立夫先生爲主席團主席，準備發表重要演說。警報發出後，因爲要指揮青年隊伍疏散，避入附近防空洞，所有主席團和負責同志，都守在主席臺上，直到敵機臨空，才匆匆在臺下暫避。這真是一次傷亡慘重的轟炸，當身爲負責同志的友培先生於翌晨回到郊區的家時，真有恍如再生的感覺。

夏天，代表「筆比劍更强更有力，我們永遠要使用强有力的筆。」的國際筆會中國分會的籌組工作，正式在重慶開始。

同年冬天，友培先生調復興關中央訓練團黨政班五期，接受爲期一個月的受訓。結業後，即轉任重慶市政府社會局擔任視導。當時重慶市長是吳國楨先生，社會局局長是四川籍的包華國先生。

友培先生談起當年的重慶社會局，不禁慨然地說，那真是五花八門的「社會」局。局中分設五科，職掌劃分得相當清明，一科謀福利，多救濟難民；二科管文化，負責重慶市的出版與新聞；三科專司教育，由於重慶成了戰時人文萃集的中心，也因此重慶市的各級學校多如林；四科管商業登記，登記多如麻；五科屬勞工，以工廠爲中心。而負責「視導」的友培先生，則兼管發新聞，聯絡各報社，非但工作不輕，遇著空襲轟炸，社會局的視導工作就更加繁亂。

一次敵機轟炸，當時重慶重要的較場口防空洞，因爲墜道向下沉，再加上通風設備不良，空襲時間久，直悶死了數萬人，警報解除後，除了當時任重慶市總司令官的劉峙，革職暫留任外，更大的影響却是，重慶市商業陷於紊亂，城中物資缺乏，街道上搶購風潮一陣又一陣。爲了解決這項戰爭中的斷炊之虞，友培先生與社會局人士情商，設置「公賣處」，公賣以應市場的需要，另一方面則立刻洽商兵險米船的運送，務使米船直駛不停，直到抵岸裝車，運到市中心公賣處爲止。因有了貨暢其流，方使得即將面臨戰爭的恐慌化解。

由於社會局工作上的忙碌，在工作了一年之後，友培先生乃申請調轉到重慶市立圖書館擔任館長一職。

重慶市圖書館位於重慶朝天門，每天行經圖書館的民衆相當多，但由於前任館長教導方式的不適，圖書館始終未能善盡圖書館的功能。友培先生乃藉口一次轟炸，暫時休館二個星期，利用館內有限的人力，將架上所有書籍依書籍、版本開數大小予以分類置架，並且依序編裝一套無師自通的圖書目錄，以便於市民的借閱及館員的查尋。當圖書館再度開啓時，這份簡易圖書目錄，竟不知便利多少民衆。

據聞，當時一位國立中央圖書館的資深館員，在看到重慶圖書館的這份目錄及編列方式後，曾經疑問友培先生，可是留學於德國。因爲如此編目方式，是德國圖書館中所應用的。每提及此，友培先生總愛說，人的智慧與能力，是需要被激發的。

●由圖書館館長到中央政校副教授

民國三十年，這位重慶市立圖書館館長，再度請領調職，成為重慶市民衆教育館館長。民衆教育館最大的職責，可分為二，一為收容許多戰區教師，由教育部支付薪水，讓學戲劇的人寫劇本、演話劇，讓學文學的人，努力創作或從事學術研究，並辦「市民週報」讓他們投稿，稿費另計。市民週報由館長友培先生任發行人，每週發行，贈閱重慶市市民。另一為籌辦識字教育，教導因戰爭而失學或未曾入學的人。

早在二十九年十二月，張道藩先生即奉命籌備中央文化運動委員會，初期會址暫設於曾家岩，不久，文運會遷到曾府曹家庵一所中學的舊址辦公，並由湯增敭為指導科科長，鄧綏寧為總幹事，逐漸展開工作。

文運會主要任務之一，是聯繫並羅致全國文藝界優秀作家，及音樂、美術、戲劇、電影、民間藝術各部門的人才，經先後聘為委員的約有一百三十餘人，都是義務職。而自二十七年起，一直維持到民國三十二年的，以「特約撰述、預付稿費」的聯絡、補助文藝工作者的稿費，也是文運會當時工作的重點。其中先後聯絡的左傾人士，包括沈雁冰(茅盾)、胡風、馮雪峯、田漢、洪深、許廣平、張友漁、韓幽桐、舒舍予(老舍)、王向辰(老向)等。

那年，民國三十年，由於有陳果夫先生的推薦，友培先生成為文化運動委員會的委員，並於三民主義文化運動方案研討會時，在曹家庵第一次與道藩先生見面。

十二月八日，日本偷襲珍珠港，太平洋戰爭爆發，國際局勢也有了重大的變化，英國和美國相繼對日宣戰，我國立刻成爲同盟國重要的一員。

文運會因爲工作上的需要，人員稍有增加，道藩先生請李辰冬到會任專門委員兼編譯科科長，計劃發行「文化先鋒」和「文藝先鋒」兩個刊物。由於有著共同的認識，均認爲這兩個刊物不辨則已，一經創刊，決不中途停頓。所以對於稿件的來源，紙張的儲備，經費的預算等等，都有通盤的籌劃，並擬定「文化先鋒」由李辰冬主編，「文藝先鋒」則請王進珊主編，由道藩先生自己任發行人。

民國三十一年二月初，道藩先生追隨 蔣委員長訪問印度，三月返回重慶，積極展開文化運動。一方面建議教育部學術審議委員會，增設文學、音樂、美術等部門獎額，一方面成立「文藝獎助金管理委員會」，名義上由中央宣傳部設置，實際上則交由文運會負責，主要業務以獎助文學創作及劇本爲主，尤其著重對青年文藝作家的獎勵，例如王藍，即曾以短篇小說「一顆永恒的星」，獲文獎會第一獎。此外，對於報刊雜誌已發表的優良文藝作品，經委員會推薦通過，一律加發一筆稿費，這對於當時從事筆耕的文藝作家，確有莫大的激勵。

除此之外，就是籌設「青年寫作指導委員會」，完全免費爲有志於寫作的青年服務。因爲道藩先生認爲，青年多愛好文藝，對寫作也有興趣，只是往往不得其門而入，又乏人指導，再加上各大學的中國文學系中，也多不重視文藝創作，幾乎沒有新文學創作的課程，只是在故紙堆或理論中打滾。這個委員會的成立，就是要幫助有志從事文學創作的青年，替他們修改作品，指導他們寫作方法，並且磨練他們的寫作技巧。

道藩先生以爲，青年是國家的希望，文學和思想關係又最爲密切，今天，我們不幫助他們，幫助誰？

當年，中央文化運動委員會對國家所做的貢獻，都是我們所熟知的，而道藩先生的熱忱和毅力，也從他那艱苦奮鬥的精神中表露無遺。

三十一年秋天，友培先生正式辭去辦得有聲有色的民衆教育館館長之職，回到當年他投筆從戎的中央政治學校，除了擔任訓導工作外，更在政校的新聞專修中講授中國近代史，並兼任副教授。

由於說話是一種藝術，而政校學生尤需口才的訓練。校方乃請了何容(子祥)先生來校兼任國語指導委員。他講起話來臉上一本正經，可是却又富有幽默感，他自己不笑，聽的人却忍不住不笑，所以很受學生歡迎。

「文藝先鋒」於同年十月十日創刊，最初是半月刊，半年後，改爲月刊，與七月一日首先出版的「文化先鋒」，成爲文化戰線上的反共先鋒。

道藩先生曾於「文化先鋒」上發表「我們所需要的文藝政策」，所提的要點消極的有：

①不專寫社會的黑暗面。
②不挑撥階級的仇恨。
③不帶悲觀的色彩。
④不表現浪漫的情調。
⑤不寫無意義的作品。
⑥不表現不正確的意識。

在積極的方面有：

①要創造我們的民族文藝。
②要爲最受痛苦的平民而寫作。
③要以民族的立場來寫作。

④要從理智裏產生作品。

⑤要用現實的形式。

其中友培先生對於「要從理智中產生作品」表示懷疑，並提出主張，以為修改成「要使情感與理智調和」，深獲道藩先生的贊許。

十一月，道藩先生出任中央宣傳部部長，以董顯光、程滄波為副部長，中央政校教育長職務，則由國立四川大學校長程天放繼任。

當時宣傳部除總務處外，主管業務的重要單位有宣傳指導處、新聞事業處、藝術宣傳處、廣播事業處、出版事業處、及國際宣傳處。藝術宣傳處由羅學濂繼任，廣播事業處由吳道一任處長，國際宣傳處由董顯光繼任，並請董霖做首席秘書，羅隱柔、胡一貫相繼任宣傳指導處處長；馬星野任新聞事業處處長，徐義衡為出版事業處處長。另設廣播事業指導委員會指導策劃，由陳果夫先生任主任委員、而新聞事業中，最令道藩先生放不下心的便是中央日報的社論。因為假如寫的四平八穩，那就少了動人的力量；若是寫的一針見血，却又難免刺痛有關部門，而又可能有被別的報紙作為「借題發揮」的依據。

●主持「文藝先鋒」月刊

三十二年九月，中國國民黨召開第十一次中央全體委員會議，推選　蔣委員長為國民政府主席。並通過將原屬中央宣傳部的中央文化運動委員會，改為直屬中央執行委員會，道公調任中央海外部部長，仍兼中央文化運動委員會主任委員。

三十三年七月，友培先生正式辭掉中央政校的課務，擔任中央文化運動委員會秘書，兼「文藝先鋒」月刊主編。

當友培先生主持「文藝先鋒」編務之初，提出建議，他說：「文藝先鋒過去一直刊載的大半是成名作家的作品，乃建議增加青年的作品，一面與青年寫作指導委員會配合，請委員先生推薦，一面公開徵求。」

為了適應新的需求，又計劃增闢兩個專欄：

一是「攻玉集」，和青年討論創作問題，並答覆他們有關的詢問。

一是「遺珠錄」，專為選刊青年作品中較優的部份。

除此，「文藝先鋒」在對來稿的處理上，又針對實際情形，分為六類。

甲類：決定採用，立即付排，或預定在某期發表。

乙類：決定採用，但因稿長及別的原因，不能確定何時發表。如作者不願等待，當予退還。

丙類：建議作者修改某一部分，或刪除某一段，如覆信同意，當可採用。

丁類：提供意見，退還原稿，請作者自行修改後，再行寄來。

戊類：準備摘刊來稿的某一部份，徵詢作者同意。

己類：來稿與本刊性質不合，或是水準太低，附信委婉說明，將原稿退回。

由於有了如此為人著想的用稿策略，使得「文藝先鋒」，在友培先生的主持下，愈發提供給讀者優美的作品，正好似富有營養價值的精神食糧。

友培先生說道：「由於主編『文藝先鋒』，使他面對面地與左派作家作戰，也因此，對左派作家的組織和居心有著深入的了解。」

他又說：「當時，左派作家也有組織，可是和『我們敞開大門』的作風完全不一樣。他們組織嚴密，分為核心和外圍二部分，也就是採開門和半開門主義。專事批改青年作家的作品，並導入其共產唯物主義的路線。而且積極聯繫青年作家，以吸引其外圍份子，足可見二、三十年代左派作家的居心了。」

在此之際，道公又依據編譯科科長徐文珊提出的計劃，準備編寫一本適合僑胞和友邦人士閱讀，並且又能幫助他們對中華文化增進認識的書。

這本定名爲「偉大的中華」在編纂委員會商議下，由道公兼任主任委員，並商定全書綱要和十二章的內容範圍及次序，敦請陶希聖、浦薛鳳、薩孟武、潘公展、胡煥庸、孫本文、郝景盛、黎東方、羅香林、梅仲協、胡一貫、李辰冬、徐文珊及友培先生爲委員，分別撰擬初稿和提供資料，由徐文珊負責聯繫和催稿專費，又續請華仲麐、虞君質兩位參加。

由於三十四年十一月十二日正是　國父八十誕辰，道公更與友培先生商討一件特別有意義的工作來紀念　國父。經由友培先生建議，以最高獎額，公開徵求作家撰寫「國父傳記」，不但能留給後人一個永久的紀念，更可以藉此提倡傳記文學。這次徵文，應徵的作家很多，後經評選，第一名從缺；第二名爲蔣星德。現今正中書局出版的「國父傳記」，就是當年得獎的作品，至今版權仍歸作者所有。

●和道公相對長談

三十三年八月八日，國軍自堅守衡陽四十七天之後放棄，敵軍沿湘桂鐵路進犯，一路陷桂林，佔柳州。原來留在桂林的大批文化界人士，都在倉皇中成爲難民，道公建議中央設法救濟。十一月，他辭去中央海外部部長，專任中央文運會主任委員，旋又奉命趕赴貴陽前線，主持戰時服務督導工作。

那年冬天，十二月，　總裁在指示成立中央戰時服務督導團後，更以緊急命令征調中央各機關重要人員參加，沿渝黔、湘黔、筑昆三線各重要地點設置服務隊，協助並督導地方的戰時工作，各線皆以貴陽爲指揮中心。

道公特別請派已身任文運秘書的友培先生，隨同督導團前來擔任督導長的助手。

那時最感棘手的，便是難民的救濟和疏散。在與道公及何敬之(何應欽將軍)等商量策劃後，乃以疏導與救濟並重的原則，一面勸導並協助部份難民，向貴州西路及北路自行疏散；一面又將貴陽各學校、戲院、寺廟以及可以騰出的公共場所，優先接待老弱貧病的難民。又採取緊急措施，將貴州省黨部、青年團支部，貴陽市黨部等機關統統改作難民招待所。

而文化教育界的難民們，則決定將他們之中的婦孺先用汽車疏散到他們要去的重慶，其餘則儘量補助旅費。其中有不少左傾作家，對於督導團如此的熱心與照顧，莫不感激涕零。

在當時，眼中所見，耳中所聞，口中所說，腦中所想，莫不都是難民。

直到三十四年元月初，中央戰時服務督導團各隊出發，友培先生和道公，方將貴陽正確的聯絡辦公地點，設在華仲麐家的二樓。等到各隊工作就緒，道公和友培先生方才鬆下一口氣。

偶而他們也上街去逛地攤。道公注意的是碑帖和印章，買到一本很好的雲麾碑字帖和幾塊刻石，其中還有一塊是鷄油田黃。道公常請名家刻圖章，他希望將來準備編一本藏印譜。

友培先生自己則買了一枝老牌派克鋼筆和一本舊的聖經，倒不是他是教徒，只是因爲他把聖經當做西洋古典文學看，更喜愛聖經中的詩篇。

愈到夜裏，道公精神愈好，而一向生活有規律的友培先生，遂與道公煮著咖啡圍爐閒話，在極冷的貴陽城的冬夜。往往是道公説得多，友培先生聽得多。後來，友培先生由聽衆，一便成了記錄者，他使用著那支新買的老派克，將道公當年在貴陽繫獄的情形，此次來貴陽的任務，及他的留學生活，家庭狀況，如何參加國民黨的經過，並今後從事文化工作的決心，及抗戰勝利後的遠景，一一記在筆記本上。

在那樣戰時的前方，在那樣寒冷而長夜的小樓上，如此將近兩個月的相對閒談中，唯一可以闖進來打擾的只有電話。是這樣的不拘形式，聲氣相通，友培先生已成爲了解道公過去歷史最多的人了。

二月下旬，道公先行返回重慶。四月底，中央戰時服務督導團任務完成，友培先生在照料完湘黔、筑昆兩線各隊過境的團員後，方隨最後一隊的團員返回重慶，而結束了全部的工作。

而此時，「偉大的中華」一書初稿，共分爲十二章，已在「文化先鋒」上陸續刊完，但是爲力求文字上的通俗淺顯容易閱讀，友培先生在由貴陽歸返重慶一星期後，毅然接下這份改寫的苦差事，並以三個半月的時間，將初稿改寫完成，並且受到道公及衆委員的嘉許，更受到由貴陽來到重慶的華仲麐先生的贊賞。他尤其欣賞「廣大的領土」一章，認爲友培先生能把原來枯燥無味的説明，改爲生動有趣的敍述，證實友培先生確實有著一枝健筆。

●文運會與復員文化工作

民國三十四年八月十四日，日本正式宣佈無條件投降，我國苦戰八年終於贏得了最後的勝利。在一片勝利歡呼聲中，道公認爲接收人心比什麼都重要，而影響人心最大的莫如文化，所以他主張在文化方面加緊努力，尤其對復員地區的文化工作，必須積極展開。不要因爲軍事和政治上的優勢而忽視了對共匪的思想戰鬥。

這個重視復員地區文化工作的意見，最初並未受到中共的重視，直到中共感到有此需要時，才同意文化運動委員會可在南京、上海、平津、武漢、廣州五地設置特派員，他們分別是由：平津特派員——李辰冬。南京特派員——趙友培。上海特派員——虞文。武漢特派員——張鐵君。廣州特派員——陳逸雲等五位，以極少的人力，微不足道的經費，一面爲文化復員工作舖路，一面要與共匪作攻心的戰鬥。

十一月十日，道公回南京，代表中央謁陵，並接洽文運會的會址。友培先生以南京特派員身份同行。

在南京，道公要請友培先生第一餐午餐，乃找了一個江蘇館子，看了菜單後，兩人相約，各點一個回到南京最先想吃的菜，當雙方翻開條子，竟然發現兩人不約而同寫的是「炒蝦仁」。這真是人重相知竟連吃食也不逕相同呢。

當時文化工作的中心，並不在南京乃是在上海，而共匪的先遣人員，早已到上海佈置。文運會上海特派員爲虞君質，人尚滯留於重慶，不刻趕來。道公乃要友培先生暫兼上海的工作，又加上友培先生對上海情形相當熟悉，給予道公多方面的幫助與方便。諸如上海市黨部書記長沈春暉，是友培先生大學的同班同學；青年團上海支團部書記曹俊(爲章)，是他武昌珞珈山受訓的同期同學；而青年團中重要工作人員，也多是友培先生在中央團部服務期間的同事。平常要費許多時間才能建立的友誼，才能溝通的意見，只消友培先生與他們見一面，幾句話，便能很順利的解決問題。

三十五年一月十日，政治協商會議在重慶召開，陰陽怪氣的邵力子變成「和平老人」，投機取巧的張治中，變成「和平將軍」，而忠黨愛國的同志，反被共匪指控爲是不促進中國戰後和平統一的「死硬派」，一一被列入「黑名單」中，而成爲不被歡迎的對手。在如此充滿妥協氣氛的會議中，被打擊和損害的就是國民黨，而讓步再讓步，吃虧再吃虧的也仍是國民政府了。

是年五月，在南京任特派員的友培先生，乃先期策劃，自五月一日至七日，舉行文藝運動週，並決定以「五四」爲文藝節，發動學校及有關社團，按日舉辦文藝講演、詩歌朗誦比賽、臨場寫作比賽、音樂演奏、美術展覽、作品原稿展覽及文藝晚會等節目，以慶祝中央還都的大典，更爲文運會打響第一炮。

在這段期間，公餘聯歡社的工作，在還都以前已展開，香舖營共有四幢房屋，坐北朝南最大的一幢是公餘聯歡社戰前原址，樓下作爲餐廳和總務組辦公室，樓上爲理事長、總幹事、副總幹事、的辦公室，另外保留一間備用。道公是理事長，友培先生兼任副總幹事，都在此邊辦公。而文運會辦公室是南邊的一幢樓房，樓下是圖書館，藏書很多，對外暫不開放，專供會中同仁研究之用。靠東北角上是一座文化會堂專供美術展覽、文藝活動及文化界集會之用。西邊是文化劇院，有五百多個座位，是最理想的話劇表演劇場。當中是一個大園子，環境清幽，因爲是私人產業，所需租金則由兩個單位分攤。

爲了參加國民大會的籌備工作，道公在昆明硬請醫生用最新的藥將他患的瘧疾壓下。而回到南京，文運會工作人員稍有調動。文運會的編制有三名秘書，係由李辰冬、蔡濟舒及友培先生擔任，由於李辰冬已任北平市臨時參議會秘書長，則道公以友培先生爲首席秘書，另調升華仲麐擔任、專看公文。而此時友培先生也被中央遴選爲江蘇省臨時參議會參議員，道公又派他指導江蘇省文化運動委員會，往返鎮江與南京之間。派蔣碧微爲專門委員兼中華全國美術會秘書，沈壯聲爲指導科科長。將編譯科改爲出版科，楊羣奮原爲總幹事，調升爲出版科科長；總務科科長改調李子明，如此人事底定。

道公常說：「在文運會作我左右手的，第一是一貫，第二是友培。一貫是的學問道德文章，使我欽佩；友培的不辭勞怨精神，使我欣慰。」因此，在總裁六十華誕時，道公特寫了兩張信箋，對一貫先生表示感謝，另外一份便是對友培先生的嘉勉。

民國三十六年一月下旬，道公於勝利後著手籌備的國際文化合作協會，在南京正式成立，會址暫設香舖營文化會堂。

六月，道公創設「文稿供應社」，義務爲作家服務；聘請謝然之兼主任，友培先生兼任副主任。

自從民國政府於三十六年一月公佈中華民國憲法後，不顧共匪的反對，決心實施憲政，還政於民。並及時成立國民大會代表、立法院立法委員全國選舉總事務所，及各省市的選舉事務所，積極進行各項準備工作。其中最麻煩、最傷感情而又最使人頭痛的，無過於政黨提名的問題，任中央組織部部長的陳立夫先生首當其衝。除了辛苦之外，他更集責難、嫉恨、攻擊、誣蔑於一身。如果問什麼叫「任勞任怨」，那麼此時的陳立夫先生便是如此一個典型的人物。

冬天，道公參加了貴州省第二區立法委員的競選，友培先生則參加江蘇省揚中縣國大代表競選，王藍參加河北省阜城縣國大代表的競選，大家都當選了。

民國三十七年三月二十九日，第一居國民大會在南京開幕，選舉　蔣主席爲中華民國總統，李宗仁爲副總統。

同年，「文藝先鋒」率先發動描寫匪區，一連刊載了作家劉珍在東北所做的「東北共匪暴行報導」等好幾篇特寫，引起讀者重視，但也有許多江南一帶的居民沒有上過共匪的當，一致不以爲文藝先鋒上所刊載的屬實，更甚者認爲這些事都是編造出來的。

基於報紙刊物的文字宣傳，對一般民衆影響較小，不如藝術宣傳和行動宣傳及民間藝術的影響大，乃經　總統指示，招考流亡到後方的都市青年，加以短期訓練和實習，派他們到各地去宣傳。

文運會先期派員到上海、武漢、徐州三區，考選青年二百名，分爲文學、戲劇、樂舞、雜技四組。藝術班設在孝陵衞，與新聞人員訓練班在一起，由國防部新聞局局長鄧文儀兼班主任，道公主任委員，友培先生爲藝術教育組組長，負教務責任，三月初正式上課。

三十八年一月，大局逆轉。三月十一日，何敬之先生繼任行政院院長。四月二十五日，上海近郊已有戰事。

五月，友培先生率同蔣碧微、坤生、司機老王及他的家屬，乘海黔輪直接赴臺。文運會最後留守的只賸副主任委員胡一貫一人。道公先生也在衡量情勢後，在中央常會中提議裁撤文運會，把原有業務歸併於中央宣傳部，這才卸下主任委員之職。而文運會也就，在道公的手中創設，在道公的手中結束，那是花費了無數心血，飽嘗了無數辛酸後，所得到的寶貴經驗和深切教訓。

●復興基地上的文化工作

當海黔輪抵達臺灣時，面對著陌生的大地，背負著國家的災難，友培先生在碼頭上遇見了先行來臺的虞君質與王藍，並且帶著一家七口住進王藍家中六個榻榻米的大房間中，而王藍家中早已住滿了來自河北的同鄉。

就在等待道公的介紹之時，竟在散步之餘，在現今溫州街附近遇見了當時已擔任師範學院院長的劉真，並經由劉真的消息，友培先生隨即受聘在師範學校任教，先後講授藝術概論、修辭學、新聞文學、藝術教育等課程，一家人也搬進了師範學院的第一宿舍中。巧的是對門住的正是以「女兵日記」聞名的謝冰瑩，左邊鄰居却又是孫邦正先生。

那時新生報社社長正是老友謝然之，他很希望這些老友中能有一位出任新生報副刊主編，派了馮放民前來問詢，結果謝冰瑩與友培先生均不願意去副刊任職，乃推薦前來問詢的馮放民先生擔任，並且答應在副刊上寫稿。這才解決了新生報副刊的一樁大事。

三十八年十二月，道公當選為中國廣播公司董事長。而友培先生在師範學院任教時，將「正氣歌」翻成白話文，並且大聲朗誦，道公聽了覺得很好，便請友培先生到中廣透過傳播媒介，朗誦給全國居民聽，以激發士氣。後來因爲覺得朗誦終是傳播得不夠快，乃改爲填寫詩詞，也因此，在三十九年初春，道公奉　總裁指示，創設「中華文藝獎金委員會」，獎助富有時代性的文藝創作，以激勵民心士氣，發揮反共抗俄的精神力量。

文獎會在三月間成立，第一項工作便是公開徵求反共抗俄歌曲。

天不靠，地不靠，本領最重要，
有理想，有目標，努力向前跑，
鼓盪時代的高潮，
開闢自由的大道，
歷史靠自己創造。
光明照耀，青春不老，
歷史靠自己創造。

以上即是友培先生所發表的第一首歌詞。

文獎會又決定出兩本書，一本爲葛賢寧的「長住峯的青春」一本是水束文的「紫色的愛」。並且獎助潘壘自行出版的「紅河三部曲」。那是一部以印緬戰爭爲背景的長篇小說，描寫我青年遠征軍打敗日軍的戰績，極受曾虛白委員的賞識。此時，友培先生已經任「中國一周」第一任主編。羅實時是經理，而中國文藝協會也在五月四日文藝節舉行成立大會。

在民國三十九年，可說是中華民族脫離悲觀頹唐、起死回生的一年，也是我們政治上由混亂到安定，由安定到進步，轉敗爲勝的一年。

以文獎會爲例，經常應徵文藝創作部份，也舉辦徵獎部份，先後收得作品三千八百餘件，採用了四百多萬字。

以文協爲例，在中華、新生兩報，增闢文藝周刊，並接受文獎會委託，選拔各副刊優秀文藝作品致送獎金，並與臺灣省教育廳合辦青年文藝研究會，分文學、戲劇、音樂，美術四組，邀聘名師授課，作系統而扼要的研討，爲中國的文藝運動，增加了一批生力軍。

以新聞爲例，首先於三十八年冬天提倡反共抗俄文藝，並敦促新聞界與文學的合作，促使社論是正面的主力，而副刊是側面的奇兵。

當年道公在接任中華日報董事長時，即再三强調，社論與副刊並重，他以爲，我們在大陸上的新聞作戰，對社論的主力太重視了，把副刊幾乎當作點綴品，吃虧的地方也就在這裏了。

而友培先生以「小兵」自謙，暫時停止研究文藝理論，而專寫反共歌詞，先後發表的有一百多首，其中部分譜曲流行，並廣爲各廣播電臺播唱。其中尤以「革命的洪鐘在響」，是爲本黨改造而寫。

在出版界，除了小說、散文、劇本等單本集子的創作出版外，更有由陳紀瀅、陸寒波、徐鐘珮、耿修業等發起的「重光文藝出版社」成立。

年底，文協成立中國文藝創作研究部，先辦小說研究組，以半年到一年較長的時間，徵選愛好文藝的青年，培養三十名至五十名的小說人才。因爲世界上沒有天生的作家。

民國四十年三月十五日，在省立臺北女師附小的教室中，中國文藝創作研究部小說研究組正式開學。

●「中國語文」月刊的創刊

民國四十一年四月十日，「中國語文」月刊創刊，由友培先生任發行人，朱嘯秋任主編，虞君賢爲總經理。

中國語文的創刊，正是友培先生獻身於推行語文教育的開始。

「由於『語』和『文』速度的不同，嘴裏說的和筆下寫的，本來就有距離。而且文辭是語言的精鍊，寫作是有系統、有範圍、有中心、有目的的筆談，即使順著語文自然的趨勢讓它們自由發展，仍是免不了有距離。而這種距離，需要人爲的力量，使它盡量縮短，愈縮短，自然愈接近口語，愈接近口語，語文就愈趨一致。『中國語文』月刊，就是促進語文與文學結合的橋樑。」

也因爲他相信，國語文與民族文化有著密不可分的重大關係，所以友培先生用他個人特殊的毅力、持續力和生命力，三十二年來，「中國語文」已出版了五十五卷又五期。

近年來，「中國語文」在加强語文和文學的合作，尤其著重在兒童文學的推廣。

而自三十三年秋天開始約稿的「偉大的中華」一書，在經歷抗戰、還都、遷臺三個階段，在經過前後整整八年的時間，終於在友培先生不斷修正中，於四十一年九月正式出版。對於「偉大的中華」，一直是友培先生心中一份未了的工作，它的付梓出版問世，無疑是解脫了他胸中那份未完成的責任。

年底，臺灣省政府民政廳舉辦山地歌舞講習會，聘高橫、李天民擔任教練，廳長楊肇嘉又請友培先生指導，演出成果優異。那時何志浩擔任總政治部設計委員會主任委員，在觀賞過表演後，立即請友培先生策劃發表組織民族舞蹈推行委員會，提倡戰鬥舞、勞動舞、禮節舞與聯歡舞，並以三軍球場爲表演基地，定期舉辦民族舞蹈大賽，他們的理想是要使民族舞蹈在各級學校中生長，在三軍陣營中現身，在廣大社會中發展，這一機構也就是中華民國舞蹈學會的前身。

四十年春天，革命實踐研究院聯戰班第十期，聘友培先生爲專題研究委員會，負責整理第一期到第九期的「文化運動方案」。

民國五十年，文協於「五四」大會以後，常務理事會公推友培先生值年，而他向來的不計名，不居功，只應徵，只服務的態度無形中做了穩固的橋樑工作。

而友培先生對於軍中文藝刊物的革新，文藝工作推進，文藝活動的配合，亦都有著相當程度的關懷與支持。在王昇副主任兼執行官任內時，開始策劃展開國軍新文藝運動，並擬定發起創設中華文藝基金會，作爲後援單位。

道公就曾説過：「要動員文藝界，必先幫助文藝界。」

五十四年，中山學術文化基金會成立，公推王雲老任董事，道公與徐柏園任副董事長，阮毅成爲總幹事。

自民國五十五年冬天，道公病發愈出院，友培先生每星期至少看一次道公，並且風雨無阻。他們有時談話在客廳，有時在臥室，或坐或臥，隨聽隨寫。

直至民國五十七年，四月六日，道公仆地跌傷腦部昏迷不醒；送三軍總醫院治療，於六月十二日逝世，享壽七十二歲。並於同月二十二日，於各界公祭之後，移靈於臺北陽明山公墓。

道公曾説：「我自己知道最清楚，我不敢冒充文藝大師，我只是文藝鬥士，我手裏没有棒子可交，我肩上只有擔子可挑。」

對於道公，友培先生有著無限難以忘懷的舊憶。

在新店明德路的趙公館中，客廳裏除了擺著友培先生父母親、岳父母、妻子的遺照外，就是一張道公的遺照。

道公曾説：「從事文藝創造的人需要個性，不妨有傲骨；從事文藝運動的人需要忘我，却只許謙虛。」

在衆多從事文藝運動，奔走文藝活動的人中，要屬友培先生最是謙虛，而這份工作的安定力，却是來自他的夫人——劉潔民女士。

劉女士原藉淮安，於民國七年一月二十一日生於北平，而友培先生是出生於民國二年十二月初一，所以「在潔民夫人追思錄」中，友培先生如斯寫著：

「一二一」，是我倆共同的生日。

她的父親劉大猷，字秩庭，上上海約翰書院畢業，又赴日本留學。寫「老殘游記」的劉鐵雲，是她的叔祖；名經濟學家劉大鈞，是四叔；植物學家劉君諤，是四姑，氣象學家李鹿苹，是她的三舅父；她的大哥劉中和，是研究杜詩的專家。

在這樣的一個詩書世家中成長，幼年在四姑主持的尚絅女校小學讀書，「九一八」後離開北平；到上海不久，又趕上「一二八」，她大哥位於虹口的房子燬於炮火，乃遷入英租界愛文義路賃屋而居，並進了文蔚小學的五年級，以優異的成績畢業。嗣入治中女中就讀，二年級時，由於大哥大嫂離婚，爲減輕大哥負擔，乃和母親及姪女明德，同往安徽明光外婆家暫住。

友培先生與劉中和是好友，因賃屋而住進劉家，而識得潔民女士。二十五年秋天，在魚雁往返後，結訂良緣，並於民國二十六年元月二日，在江蘇揚中老家結婚。

婚後生活美滿，揚中親友莫不贊賞新媳婦的賢慧。生有一子四女，子民德，誕生在武漢，現任職於中研院；長女慧德，誕生於四川巴縣花錦灣，現在西雅圖；次女慶德，誕生於重慶小溫泉，現住舊金山附近；三女樂德，生於南京丹鳳街，現住紐約；只有四女怡德，在臺灣誕生，現也居於紐約。

夫婦相敬如賓，舉案齊眉，人見之，都謂天上僅有，地上無雙。

民國七十一年十一月二日，潔民女士逝世於臺北市中心診所，享年六十五歲，這份重大的打擊，對結婚四十六年，享受夫人呵護照顧的友培先生，毋寧是頓失四肢，其傷痛，不可言語。

每每回顧 他曾爲了國語文教育的革新，以一年的時間環島訪問；爲了國軍新文藝運動的開展，曾遍歷三軍基地與金馬前線協助進行；也曾爲了國家文藝基金的創設，多方奔走，力促其成。只因爲她，照顧得無後顧之憂；只因爲她，只有努力向前，就是最好的回報。

●宗教家精神的文藝運動者

生活過了七十個年頭之後，友培先生的人生觀和藝術觀已渾然一體。

他平日總以書法習字自娛，並且酌贈好友。

對今日的文藝目標，他以爲除了極需培養文藝理論和批評的人才外，在文學部門，最重要的仍是指導創作人才。因爲文學不但是思想情感的傳達者和組織者，而且由作品整體構成的要素來看，它又是戲劇和電影的靈魂。

自從來臺後，他更嘗自許，要以三分力量做文藝運動，以七分力量從事文藝教育和國語文研究工作。也因此，根據友培先生的研究，我國文字的基本結構，約在三百五十個字，不管千變萬化，都不出這個範圍，而目前的形聲字，要佔百分之九十。它的最大好處，乃在能用有限的單字組成無數的詞彙。而一般字典詞書所收，多爲典故和業已定型的詞彙，還有許許多多流動在口頭，未經記錄的詩，是急需加以選擇和確定。

對著友培先生那頭銀白的頭髮，我們確切的看到，一位拿出像宗教家那樣精神，來從事文藝運動的人。

而我們的社會，應該有一批從事文藝運動的人，是宗教家般，爲文藝的福音作宣揚！

（原載於73年12月「文訊」15期）

思想與創造

〈趙友培作品選〉

語文是文學創造的階梯，而思想又是語文和文學共同的靈魂。所以，我們要想登上文學創造的高峯，必須研究語文和思想的關係，並鍛鍊創造性的思想。

各別的事物，由各別的語文來代表：事物與事物之間，語文與語文之間，不一定聯繫得好，組織得好；不一定有範圍，有中心，有條理；不一定有類別，分異同，成系統。要使語文所代表的事物，能夠合於上述條件的要求，思想便居於重要的地位。當思想不與事物一致時，不是反求於事物而改變語文，便是運用思想能力改變事物而推向於語文。這時候的思想內容或語文內容，雖以事物爲材料，但已非事物原來的內容，而爲事物的理想化或美化。

思想何以不與事物一致？因爲不滿於既有的事物；一切的改進、發明、創造、乃至革命，都由思想這一動力而來。思想又何以不與語文一致？因爲不滿於所想到的語文或業已發表的語文；一篇文章的推敲、刪改、重擬、乃至精心的傑構，都由思想這一動力而來。

思想活動能力在語文範圍內的功能有四：一是以事物爲材料而創造語文；二是通過語文符號以識記、理解事物的關係及其意義；三是憑藉語文符號而構思，作爲事物與語文之間的聯鎖；四是運用語文符號表達事物的關係及其意義，並從事學術的研究或文學的創造。思想在將事物的內容經過轉化而以語文表達時，在轉化過程中，思想對事物有選擇權和重組權，也就是思想不但加入了事物，且取得控馭事物的權力；所以經過思想改變或調整的事物，已不是現實事物原來的內容，而爲現實事物經過思想組織以後產生的一個新內容，這一新內容便是事物和思想共同的新生命。假如孕育此一新生命時是以語文爲細胞，也就是思想在改變或調整事物時連著語文一起想，且與語文相一致，那麼這一新生命只要經過語文的表達手續就可以出世了。同樣的道理，思想在憑藉語文符號而活動時，對語文也有選擇權和重組權，它不但加入了語文，且取得控馭語文的權力；所以經過思想改變或調整的語文，亦非語文原來的內容，而爲各個細胞經過思想組織以後產生的一個新內容，這一新內容便是思想和語文共同的新生命。又因爲語文是事物經由思想轉化而外現的符號，所以這個思想在語文中的共同新生命，實際上就是事物、思想、語文三位一體的新結合。

思想的可貴，不僅在符合已有的事物，不僅在預測事物確定之結果；即不僅在以事物爲證明、或推知另一事物，而尤在能照自己的理想改變事物，以創造一新事物。這一新事物不僅爲人類以前所無，而且能爲世界增加光彩，這就是思想創造的價值。就語文範圍來說，若只經由識記、理解、思想（這裏是指思想的活動）、表達的過程，熟習語文符號與事物的聯繫，能使口或手跟著腦神經的命令動作，這時候的思想工作，不過是一種習慣性的傳導，也就不具備創造性。思想通過神經之流的活門愈熟，愈變得容易，但要學習新的東西或新的方法，改變已成的習慣，那就反而感到困難了。

以寫作爲例：振筆直書爛熟了習慣性的詞彙、語句、主題、人物類型、故事結構、思想平滑順流而下，何等輕易，但也何等庸俗！一種定了型的東西，只須大致換換人物、地點、事件就行；不管是幾個人物的對話，雖然所說的內容不同，只是一個口吻，一種味道，好比把「獨白」分配在各個人物的名下。這種同一類型的作品，有重複而無進步，有變化而無發展，寫了一千篇，只是一篇的複製品而已。若要決心改變，放棄已經走慣了的熟路，替自己開闢一條新路，這一重大的決定，就是由習慣性的思想，改變爲創造性的思想。假如是一位女性作者，特別困難做到這一點，儘管明知其錯誤，儘管有了改變這錯誤的打算，而當她下筆時可能仍向阻力最少的思路走。同時，庸俗的讀者喜歡讀同一類型的作品，也鼓勵了這類作者替自己畫了一根「到此止步」的白線，因爲仍有很多讀者支持他們。那些讀者熟習了一套，不吃力地消遣著，付出便宜的代價，却雇買了作者在同一個圈子裏玩老把戲，免得不適應自己閱讀的習慣。作者進步的障礙在此，創造性思想的障礙亦在此。

前面說過，思想無論對於事物或語文都有控馭的權力，以改變它們；這是以思想爲事物和語文的主宰。思想之所以能夠獲得這樣的權力，除了別的因素之外，它居於事物和語文之間的位置，是一個重要的關鍵。但思想若陷於惰性和保守，放棄它的權力，那它原來優越的位置，恰好被事物和語文從兩面夾攻而來，使它喪失活動的自由，由統治者一變而爲被統治者：不是受事物的束縛，就是作語文的奴隸。有的語意學家斷言「人類是他們語言的囚犯」，就是看到這一種情形，但這是只知其一，不知其二的。我們的思想若安於習慣性，讓語文決定思想，人類便成爲語文的囚犯；我們的思想若發揮創造性，讓思想決定語文，人類便成爲語文的主人。

人類最初就是創造語文的主人；創造到了某一階段，語文夠應用了，創造的速度便逐漸緩慢，甚至緩慢到不易被人覺察。這個世界上人人皆會用思想，但非人人皆有創造性的思想，正如人人皆會用語文（啞巴用的是身勢語），但非人人皆爲語文的創造者。而在應用者的程度和技術方面也有很大的差別：有的是語文的述說者，只能用口，不能用手；有的是語文的紀錄者，錄而不作，好比一架錄音機；有的是語文的編輯者，甲如何說，乙如何說，丙又如何說，他自己却沒有見解，只把別人的話加以排列，便算完事；有的則爲語文的提煉者，取精用宏，選優汰劣，務求妥當準確，一語不浮泛，一字不苟且；有的更是語文的創造者，說出人人心裏想說而嘴裏說不好，或筆底寫不出的話，妙語生珠，生生不已。文學作家便是語文的提煉者和創造者，他要長於用手，但他所擔任的却不是紀錄或編輯的工作。

已有的語文，不管是口頭的或書面的，只是文學媒介的毛坯，要經過選擇調整鎔鑄的過程，才能從毛坯中除去雜質，使它發光。作家對於語文的創造，並不是要造新字，而是要鑄新詞，寫新句，創新意。他是以原有的語文爲材料，由溫故知新而推陳出新而革故創新。杜甫所謂「語不驚人死不休；」韓愈所謂「惟陳言之務去；」袁枚所謂「字字古有，言言古無；」都是作家創造語文的範例。

文學的創造，當然還需要真摯深厚的感情，但這種感情，也一定是由思想信仰中流露出來的；當然還需要巧妙新穎的方法，但這種方法，也一定是嘔心瀝血中研究出來的。而歸根結底，就在看我們能否獲得創造性的思想。

我們從事創造性的思想活動，雖是一項最艱苦的工作，但也是一項最有意義的工作。只要努力於專思、深思、精思，就能得到文學創造之鑰，打開文學創造的成功之門。到了這個階段，我們每寫一篇，就有一篇新的進步；每一篇作品的完成，就是一個新的創造；而足以代表我們這個時代的偉大作品，自然而然能在我們手中產生。

（選自黎明文化公司「趙友培自選集」）

●**王文漪**，民國三年一月生，江蘇江都人。金陵大學文學院畢業，曾任報社編輯、特派員、副刊主編，主編「軍中文摘」、「軍中文藝」、「婦友月刊」，曾任中央婦工會總幹事、兼任委員等職。著有散文集「愛與船」、「花棚下」、「心葉散記」、「風廊」等，傳記「諸葛亮」、「青年之神鄒容的故事」等，報導「大陸婦女的悲劇」等多册。

幽蘭勁竹寫平生

爲文壇人士敬重的前輩作家王文漪女士

■樸　月

在文藝界，有一條約定俗成的不成文規矩，凡是年高德劭，寫作成就卓越，爲文壇人士推崇敬重的女作家，便不稱「女士」，而稱「先生」，這「先生」二字，不是表示性別，而是在傳統上，對「師表」的敬稱，王文漪的「先生」二字，便當作此解。所以，本文原應敬稱王文漪先生，但爲行文方便，以下仍稱「女士」，謹此說明。

●寂寞童年

在王女士的童年記憶中，沒有父母的印象，只有兩位老人家：祖母與外祖母。不知「寂寞」二字怎寫、怎解，王女士已飽嘗了寂寞的滋味。

造成她「寂寞童年」的原因，卻只因爲她有一位偉大、因公忘私的父親——黨國元老王柏齡將軍。提起王將軍，近代人或已懵然無知了，然而只要「陸官軍校」存在一天，王將軍的英名，就不會自光輝的校史上泯滅，他不僅是草擬創校計劃的人，也是軍校籌備委員會中，直接負責的首席籌備委員。黃埔創校後，更輔佐校長　蔣公，先後擔任教授部主任、教育長、教導團第二團團長，這個教導團，與何應欽將軍率領的第一教導團，都是以黃埔精英爲骨幹的子弟兵，也是後來北伐的國民革命軍的中堅。

王女士出生時，正值二次革命失敗後，王將軍成爲被袁世凱爪牙嚴加搜捕的要犯，倉促渡海，逃到日本避禍。留下老母及懷孕待產的妻子顧芸珠女士，無奈之中，也只好棄家，逃到鄉下避禍，兩方面音訊不通。終日憂鬱掛慮，愁眉不展的王夫人，懷胎足月，在揚州鄉下的小鄉鎮：邵伯鎮，生下一女，就是王文漪女士；爲了紀念出生邵伯，她的乳名便叫「邵生」。王女士自云，她分別自雙親遺傳了截然兩極的性情，一方面是來自父親的革命情操，爲黨國獻身，拋頭顱，灑熱血，在所不惜。另一方面，則多愁善感，有出世隱逸傾向，愛好山林田園，這當是母親懷孕期間的胎教使然了。王女士後來習畫，喜山水外，以蘭竹馳譽藝壇，竹勁蘭清，豈不也是這兩極性情的寫造？

●家難・國難

在國步多艱的時代中，如王將軍這樣的革命志士，不但自身常面臨性命危險，家庭也常受牽連波及，常處於驚濤駭浪中。王女士出生，便在憂患之中。

雖然時局動亂，王女士仍按部就班，接受學校教育。小學就讀育英小學，中學考入全國升學率首屈一指的省立揚州中學。

揚州本是人文薈萃之地，王女士又出身書香世家，自幼受山川孕育，詩書薰陶，雅好文藝，中學時代，在寫作方面，便嶄露頭角，作文曾入選全國中學生文選，肯定了她在文藝方面的才華。

揚州中學畢業後，王女士考入極負盛名的教會學校：金陵大學。不巧，授國文的講師，冷峻嚴肅，所授教材，亦艱澀枯燥，使學生視國文爲畏途，自幼喜愛文學的王女士，也因此幾乎在逆流中，斲傷了方始萌生的文學蓓蕾，棄文學而主修歷史，暫別文學之路。

畢業後，王女士在何應欽將軍介紹下，入外交部任書記之職。敍薪時，主管人員有意照顧，問王女士是否有工作經驗？非正式、義務性的亦可；暗示王女士隨意胡謅，便可提高薪給。王女士素性率真耿介，稟持非分之財纖介不取的家教，雖曾任義務工作，仍堅稱没有，不肯受分外的優遇，寧自最低薪敍起，廉潔可風，更贏得同儕的敬意。

●抗戰號角響起

王女士至外交部任職方三個月，七七事變爆發，全面抗戰展開。外交部爲疏散人員，縮小編制，新進人員，一律留職停薪。王女士亦在遣散之列，返回揚州家中。

王女士返揚州後，王將軍因局勢險惡，揚州遲早不保，命王女士攜弟妹先行入蜀。戰事緊急，因王將軍曾在雲南工作多年，風土人情熟悉，因此暫將家小安置於昆明，自己則經常往返昆明重慶之間。

抵昆明不久，外交部遷重慶，遣散人員陸續回部工作，王女士因上有老父，下有二弟，無人持家之故，放棄返部任職機會，乃至外交部駐滇辦事處工作，以便公私兼顧。

當時昆明方面，外交部辦事處公務不多，工作清閒。一份私人所辦的「朝報」，副刊無人主編，便商請王女士負責副刊編務，王女士夙性喜愛文藝，欣然接受。除主編之外，更振彩筆，從事文藝創作，間亦爲副刊寫短論。因都用筆名發表，家中竟無人知情。

●異鄉遊子祖國戀

除了在國內報章上發表作品外，因地緣關係，王女士也向「南洋商報」、「星洲日報」兩大僑報投稿，因而與僑界建立了良好關係。

民國二十九年，僑界鑑於僑民子弟華文教育的重要，力邀王女士到南洋僑校教書。當時，王將軍繼室包氏，已在淪陷區前線國軍協助下逃出淪陷區，輾轉至成都，王將軍聞訊，由滇入蜀，與家人團聚。王女士家中已無後顧之憂，且亦感於僑教工作重要，乃離昆明，至馬來西亞南端小島新加坡，爲南洋商報與星洲日報等副刊寫稿。

太平洋戰事爆發，南洋諸國，素來兵力薄弱，日軍長驅直入，新加坡情勢危急。不久，新加坡失陷，不少寓居星島的華籍文藝作家，於逃離星島時，落海遇難。國內發佈新聞，報導此一悲劇，遇難名單中，有郁達夫、王文漪……王女士家人聞訊，悲痛萬分，不知王女士早已先一步離開星島，赴北婆羅洲沙勝越王國，應僑校敦化中學之聘，教授國文及史、地課程，倖免於難。

在沙勝越，除教書外，王女士更積極參與華僑抗日的後援工作，當時僑界組織了一個「籌賑會」，名爲籌募賑款，實則支援祖國抗日工作，是一個愛國組織。由一個七人委員會負責，會中委員，都是最孚衆望，具一言九鼎聲譽的僑界領袖，而王女士即爲委員之一，並兼任婦女部部長。

「籌賑會」是當時僑胞心目中的精神堡壘，匯集了僑胞熱愛祖國的向心力，凡「籌賑會」的決策，即視同法律遵行。國內艱苦抗戰，物資缺乏，籌賑會爲支援抗日，向僑胞攤派捐款，指定商家行號，或個人應捐數目，僑界無不欣然響應，絕無推托，王女士得自父親的愛國熱誠，在這一工作中，發揮無遺。

不久之後，北婆羅洲亦陷日軍之手，在日軍耀武揚威的統治下，僑民生命，猶如螻蟻，毫無保障。籌賑會樹大招風，許多委員都遭逮捕審訊，王女士其時已因避亂，離開學校，逃至山芭（土著語即鄉間），仍數度被日方官員傳訊，因日本民族性重男輕女，對女性不免歧視，以爲無足輕重，數度傳訊王女士，都於審問後飭回，未加逮捕，不知王女士實在是愛國抗日的忠貞份子。

長夜漫漫，僑報停刊，僑校關閉。不久，僑報雖在日人控制下復刊，卻成了日軍誇張戰績的傳聲筒，而僑校復開，亦嚴禁教授中文課程，改教日文。愛國僑胞唯以不看報、禁止子弟入學，表示沉默的反抗。王女士孤身留羈異鄉，祖國正艱苦抗戰，異鄉又淪入敵手，音訊阻絶，懷祖國，念親友，思故鄉之情，與日俱增。異鄉信美，尚有「非吾土」之嘆，何況異鄉淪陷後，連最起碼的人性尊嚴與人身自由，亦被剝奪。雙重的痛苦煎熬之外，王女士又因患染瘧疾，心急求癒，誤服過量奎寧丸，導致聽覺受到傷害，造成重聽後果。

唯有寄情於寫作了，寫風土、寫人情、寫生活點滴，雖寫，亦無處發表，唯有收藏；稿件都在抗戰勝利後才陸續見報。真正想寫的，卻是國仇、是家恨、是天涯遊子思土懷鄉的悲愴，是鐵蹄下愛國僑胞的苦難和呻吟呀！

「忍字心頭一把刀」，她記起老祖母當年迭遭家難時，對她的教訓：「世上那有比忍更强的？」忍吧！日軍在太平洋戰事上，節節失利的消息，雖被封鎖、粉飾，報紙上仍天天寫著夸飾的勝利字樣，愛國僑胞卻口耳相傳，傳報著黎明前的一線曙光。

勝利，終於來臨了，王女士在歡欣、興奮中，更歸心似箭，可以回國了！可以回鄉了！可以回家了……而事與願違，北婆羅洲僻處南洋，交通不便，遥望故鄉，隔著盈盈一水，苦無舟可渡。當初是受阻於烽火，不能返國，是情不得已，及至烽火已靖，卻因交通工具不便，仍受困異邦，卻教人怎能甘心！

不甘心，又怎樣呢？大海茫茫，在中間横阻著歸心似箭遊子的歸路！

直到民國三十五年，王女士方等到了一艘由新加坡到香港的美軍運輸艦，達到渴慕返國的願望。

●重整舊家園

匆匆由香港返回江蘇揚州老家，總以為一家團聚就在眼前，豈知，她竟是第一個返抵家門的人，豈知，這些音訊阻絕的時日中，家人以為落海遇難的她，無恙歸來，而她半生戎馬倥傯，忠黨愛國的父親，卻沒等到親見抗戰勝利，在民國三十一年中元節，於成都辭世了！

民國三十六年，國軍攻克共產黨老巢延安，震驚世界，中外記者組團飛延安訪問，王女士離南洋時，受聘為南洋商報駐國內特派員，以記者身份前往。訪問團團員，共五十四人，僅二位女性團員，除王女士，另一位是美國芝加哥前鋒論壇報的女記者。

一行人來至延安，只見漫天黃塵漠漠，遠處槍砲聲，依稀可聞；國軍正追擊潰逃的共黨殘部。

王女士抵達延安，看到已不見人踪的窰洞，寫下詳盡報導，在南洋商報刊出，轟動了華僑各界。

在延安，記者訪問團停留了三天，並公推王女士代表中外記者，在延安當地民衆為歡迎記者團蒞臨的歡迎大會上致詞。

攻下延安的功臣——胡宗南將軍，是黃埔出身的將領，與王將軍有師生之誼，知道王女士隨團而至，格外興奮。在記者團返回西安，接待記者之前，特別單獨接見「師妹」王女士，殷殷詢問家庭情況，未來計劃。胡將軍一向鼓勵青年上進，常自費資助青年出國進修，也表示願意幫助王女士出國深造。王女士方始回國，且即將于歸，因此婉拒了胡將軍盛意，寧把機會讓給弟弟。可惜，不久共黨叛亂，終未能成行。但對胡將軍美意，王女士永生難忘。

民國三十六年冬，王柏齡將軍靈骨，由一直隨侍身邊的四子護靈，自成都空運返鄉。王女士偕任職空軍的大弟趕赴南京迎靈。當年，王女士因去國離鄉，竟連老父辭世消息，都是勝利歸國之後方知，未能盡孝生前，送終歿後，風木之悲，更是永世難贖。

●烽烟又起

迎歸了父靈，安排了弟妹，三十七年，王女士隨任軍職的新婚夫婿，因公遠赴大西北，到了塞外：新疆。對生長在山溫水暖江蘇的王女士而言，西北的風光景物，是夢想不到的，尤其，她在可遇不可求的機會中，上天山，臨瑤池，這一向以爲神仙世界的地方，竟得徜徉竟日，那奇絕的美景，自然成了她彩筆描繪的對象。

好景不長，任軍職的張先生，在軍情緊急的情況下，又復入塞，往湘鄂前線作戰。王女士不便隨軍，因而隻身入蜀，和原本一直留在成都，及因動亂，又避亂入蜀的弟妹們重聚。

時局愈來愈緊張了，王女士於三十八年十一月，搭乘軍機，自成都來臺；有家眷的弟弟，以四川爲安全地帶，不願冒險；稚齡的妹妹，又誤信同學之言，不知共產黨的可怕，也不肯隨長姊到陌生遙遠的臺灣，自此，淪入了鐵幕。幸喜，在最緊急的時刻，張先生及二弟安然脫離虎口，夫妻、姊弟，終於在臺重逢。

●從「軍中文藝」到「婦友」

棲遑度過來臺第一個新年，租了房子，搬出寄居的友人家，王女士總算感到得了一枝棲。不久，「新中國出版社」積極準備再出發，但舊日員工盡散，無人主持編務，於是，既爲軍人女，又爲軍人婦的王女士，就被國防部總政治部羅致，爲軍中的第一份文藝性刊物——軍中文摘，做開路先鋒。

「軍中文摘」，顧名思義，是一份以軍中將士爲閱讀對象的刊物，作品採用選摘的方式。王女士自己掌握著一個原則：選最美的、摘最好的，文字深入淺出，思想健康明朗，兼具文學性與可讀性。在這原則下，王女士在浩瀚的報林書海雜誌山中，如採貝尋珠，淘沙覓金一般，備極辛勞。

總算皇天不負苦心人，出版了幾期之後，「軍中文摘」成爲三軍將士視爲不可或缺的精神食糧，每期出刊，便爭相傳閱，口碑載道。

民國四十一年，軍方舉辦了一次征文，應征稿件雪片而至，竟多達八、九百篇，可見軍中文藝風氣之盛，軍中既已孕育出如此多的文藝寫作人才，在驚喜的心情下，「軍中文摘」改變方向，易名「軍中文藝」，開放園地，接受軍中作家投稿。當即激起了軍中愛好文藝寫作青年的熱烈迴響，蔚成風氣。至今，由「軍中文藝」培養出來的作家，已不可計數，赫赫有名的也大有人在。若說「軍中文藝」是培養作家的搖籃，王女士就是那雙推動搖籃的手！雖然稟性剛直淡泊，功成不居，那份心中的喜慰，卻是萬金不換的。

「國防部總政治部」成立「婦聯分會」，成員是員工眷屬與女職員，王女士既爲工作人員，自是中堅份子，並任「常務委員」，除繁忙的編務外，對婦聯分會的工作，也積極參與，視爲報效國家另一途徑。

民國四十年，臺海戰雲密佈，情勢緊張萬分，蔣總統夫人，以總政治部婦聯分會主任委員的身份，親赴馬祖、白犬前線勞軍，以激勵士氣，王女士就是隨行人員之一。其後又上阿里山慰問山胞，並以「副領隊」的身份，隨胡偉克將軍夫人，率「良友」女籃隊，往菲律賓賽球，並宣慰僑胞，一篇篇報導，在國內報紙上發表，引起各方的關切與矚目。

於王女士，這是一片忠愛黨國的赤忱，盡其在我而已，卻不知，已引起了有心人的注意與賞識。

民國四十三年春，中央黨部新成立的婦工會，通知王女士，蔣夫人召見，王女士欣然隨婦工會工作人員前往。抵達後，同行的婦工會主管，呈上公文，請蔣夫人批閱，蔣夫人一邊批閱，一邊向王女士說道：

「王先生，你要完全過來喲！」

王女士一頭霧水，不悉內情，只唯唯而已。事後方知，夫人所批閱的公文，便是聘請她擔任婦工會負責「文宣」工作，第四室總幹事的簽呈。

感於婦工會主管禮聘的誠意，亦了解婦工會工作的重要，王女士對自己一手播種培育，方始欣欣生發的「軍中文藝」，雖萬分難捨，也只有毅然遞上辭呈，轉至「婦工會」工作。

在當時，政府遷臺未久，景氣尚未復甦，婦工會人員編制及經費都不充裕，文宣工作推動，十分艱辛。而上峯認爲，應辦一份婦女雜誌，加强婦女工作的宣導力量。

經費短絀，人員缺乏，「文宣」工作推展，已捉襟見肘，再加一份雜誌，無異是責令「無米爲炊」的難題，但爲顧及大局，王女士仍秉克難精神，毅然肩負。

「婦友」終於在苦心擘畫下，於民國四十三年雙十節創刊，迄今，已進入第三十三年，成爲極少數碩果僅存、具有悠久歷史的雜誌之一。王女士當年慘澹經營，並獨木支撐大厦，三進三出，歷時共達二十年之久的勞瘁辛勤，實在功不可沒。尤其難能可貴的是，民國六十五年時，她已自「婦工會」退休，而「婦友」主編出缺，錢劍秋主任商請王女士再度披掛上陣。王女士對編輯工作的辛苦，早有深切體認，但一則盛情難卻，二則「婦友」畢竟是她半生心血的灌溉成果，不忍坐視，乃慷慨應允。雖接受中央黨部婦工會「兼任委員」的聘任，但純義務幫忙，不支薪給。這一接手，又是五年，這等犧牲奉獻的精神，實在值得欽佩。

●主編主婦一身兼

主編「婦友」的艱辛，由在王文漪女士受訓及生次女浣芸期間主持編務的鍾梅音女士，所寫的一篇文章中略見一二：

「我有氣喘宿疾……再加上三催四趕，健康日劣。最後不得不離開時，仍是因爲病。那決定命運的一天，文漪姊來，我正伏在床上，喘得水也喝不進。那是一種生與死的掙扎，我不肯進醫院，只因對生命已經絶望。文漪姊望著我呆了半响，終於哽咽著説：『梅音，今天本想再來説服你，請你留下來的，可是看這樣子，當真不能再勉强了，只有盼你多保重。』」

鍾梅音女士，氣喘雖是宿疾，如此發作到「對生命已經絶望」的嚴重地步，卻也是在主編「婦友」的重大壓力下，才造成的結果。而鍾女士猶只是主編了一個短時期，且只負責編「婦友」，並無其他行政工作。王文漪女士卻是以主管「文宣」的第四室總幹事兼編「婦友」，論工作繁重與壓力，較之鍾女士所承受的，實更加倍呀！

「忙得不亦樂乎，但也忙得不亦慘乎！」是王女士對那一階段工作的考語，她自稱如「包工」一般，總編輯兼任主編，第四室除她外，手下只有三名工作同志，卻還有第四室本身業務待辦。如每年全國熱烈慶祝的婦女節、兒童節、母親節活動最先，安排策劃都由第四室負責。而統籌頒發的指導綱要，也必須由王女士親自撰寫。經費缺乏，臨時工作人員亦難聘僱，只好事必躬親，來稿要看、要選、要改、要退。爲了提高品質，多得佳稿，在稿費不豐，拉稿不易的情況下，只有靠交情向文友催逼。也幸得王女士爲人誠懇，待人親切，文藝界中人緣極佳，名家們才樂於「拔筆相助」，但文人習性灑脱，不催不逼，不見下文，爲了催稿、逼稿，王女士只得親自奔走，萬苦千辛，也只爲了讓「婦友」日趨成長茁壯。

二十年歲月，就在王女士自云：「爲了催稿子、催排印、催校對，催得要吐血；而又趕校對、趕出版、趕發行，趕得血奔心！」之中，如飛逝去。一月復一月，輪迴不已，永無休止的忙碌，使她的健康受到嚴重斲傷，而早年因服奎寧過量，受到傷害的聽覺，更加衰退，其中艱苦，真箇「如人飲水，冷暖自知」了。

有人說：「編輯，是最戕害文學生命的工作！」一則，忙得根本沒有時間進修、寫作，二則，還得避「自編自寫」之嫌。王女士也不免感嘆，在應是創作巔峯的盛年，她寫得太少，「如果我不編『婦友』，相信在寫作方面會有更多的成就！」而更使她深覺遺憾的，卻是爲「主編」工作，而虧負的「主婦」責任。

王女士膝下有兩位女公子，長女浣梅，次女浣芸，而在孩子幼小，正需全部母愛呵護照顧的時候，她卻正爲「婦友」忙得焦頭爛額，不僅在辦公室分秒必爭，甚至還得把大量文稿帶回家中「挑燈夜戰」，冷落了一雙稚齡小女兒。雖然家中僱有女傭，照顧女兒，又那能不牽腸掛肚。

時間，雖常因「人在江湖」而「身不由己」，她對兩個女兒的愛，卻豐沛得更甚於其他的母親，一則，是她自己幼年喪母，潛意識中的心理補償，二則，「我看看孩子也心酸！因爲忙『婦友』，沒有功夫多照顧她們。」在這一段時間中，作品不多，而在作品中，寫孩子稚言笑語，母女親情的，佔了相當大的比例，其次，就是寫家居環境、寫生活情趣的，可知，她對「家」是如何的眷念、珍愛。她的浣梅、浣芸，她甜蜜美麗的家，乃至她的窗外山、庭間樹，涓涓潺潺流在字裡行間，就是一篇篇溫馨動人的佳構。

●丹青翰墨樂無涯

為黨國、為「婦友」，貢獻了一生中最美好的盛年，王女士奉准退休了，得到一張　蔣公以中國國民黨總裁身分頒的獎狀，揮揮衣袖，作別了工作十七載的「婦工會」，她心安理得。十七年的酸甜苦辣，都化成了過眼雲烟。

她自由了，不必再催、再趕，再挑燈夜戰，可以有充份的時間去補償因「公」而冷落了的兩個女兒。驀然回首，卻發現，曾幾何時，那哭哭啼啼追著喊「媽媽不要上班」的小囡，已是有她們自己天地的亭亭少女了，時光難以倒流，她又能從何補償起？幸喜，浣梅、浣芸，都是天性極為淳厚善良的孩子，對媽媽的忙碌，也頗能諒解，並不以為媽媽虧負母責；因為，媽媽心中無比的愛，她們的小心靈，還是能完全體會的。畢業亦名列前茅，不須操心。

一下成了「時間」上的富婆，王女士並沒有像許多退休人員一樣，在失落中迷惘，或以「為無益之事」來遣「有涯之生」。她有許多一直嚮往，卻沒有時間專注從事的喜好正待她投入。喜愛大自然外，她喜愛繪畫，她喜愛寫作，在擺脫工作加諸的繮鎖之後，她欣然拾起荒疏了的兩支筆——文筆與畫筆，投入屬於自己的藝文天地中。

說起文筆，王女士的散文，早已享譽海內外，雖然，就作品的「量」來說，比之同代的作家們，可能不算多，但，也正因如此，以「質」而言，就如有一道「品管」的關卡，一直維持高水準的「品質保證」。自民國四十年出版第一本散文集「愛與船」以來，除了應官方出版社邀稿寫的幾本偉人傳記、報導外，陸續出版的散文集有：晚來的明珠、花棚下、心葉散記、風廊等，這些集子出版時間，相隔都達五、六年之久，由此可知王文漪女士對寫作的鄭重嚴謹。也因之，每一本書出版，都佳評如潮，口碑載道，「風廊」更榮獲「中山文藝獎」，正可謂「實至名歸」。而她作品的風格，正如得獎評語：「寫大自然的景觀之觀察及其感受，寧靜澹遠之思，對國家民族之愛，對親情、友誼之珍視，皆爲發揚人性之作。」

人云，作品風格是作者人格的投影，在王女士的作品中，我們讀到的，除抒情、寫景外，更讀出她融會在情、景之外，自大自然、自詩書、自宗教、自生活中蘊育的理念與哲思。

繪畫，是王女士「被文名所掩」的另一成就。她早在二十幾年前，就從名師黃君璧先生習山水，後來又隨高逸鴻先生學蘭，鍾壽仁先生學竹，周士心先生亦曾多方指點，雖因工作忙碌，較爲荒疏，一旦重拾，進境神速，斐然有成，尤以蘭竹，馳譽藝苑。王女士笑云：「國畫中，最喜山水，因禀性喜愛大自然，嚮往隱逸，與世無爭的生活境界。對蘭竹的偏愛，則因竹子高風亮節，令人敬慕，而蘭花香遠益清，幽雅淡泊。」而，認識王女士的人，都有同感：蘭竹，也彷彿王女士其人呢！

民國六十八年，美匪建交，中美外交關係斷絕，民間的文化交流，更形重要。素以「水流心不競」的淡泊情懷寫作、繪畫的王女士，在僑界邀請下，赴美義展國畫，在中、美友人的協助下，分別在洛杉磯、芝加哥展出，尤其在洛杉磯，當場義賣，所得九百美元，悉交北美事務協調會的駐洛杉磯辦事處，捐作自强救國基金。後來，代表匯送捐款的僑委會，還特致函王女士嘉慰義舉。

在美國奔忙著，她心中卻溫暖而充實，除在美的新交、舊友，給予的溫情外，她的愛女浣梅、浣芸，也正在美深造，浣芸在洛城，浣梅在芝城，成爲媽媽的最佳翻譯和助手。

●返璞歸眞

如今，王女士夫婦，卜居石牌，與次女浣芸夫婦同住，浣梅居處，也在附近。她們學成後，都没有迷失在異邦的繁華中，學成歸國，貢獻所學，並承歡雙親膝下，和樂融融。

王女士仍以寫作、繪畫爲生活的重心，沒有刻意的「計劃」什麼目標，率真、淡泊，是她的天性，也是她隨遇而安的處世之道。

而對千萬讀者而言，我們盼望著王女士新的集子出版，新的作品問世，爲這日趨競逐功利的社會，帶來一些堅貞如竹，淡雅如蘭的勁節清風。

（原載於76年6月「文訊」30期）

〈王文漪作品選〉

燈・燈林・燈海

每天下班時，正是華燈初上，一路車水馬龍，燈光熠熠。我坐在車上，恍惚塵寰似海，一任燈浪起伏，華光燦爛，不禁目迷心醉。

雖然各色燈光炫眼交輝，繽紛錯落。但我喜愛的，還是藍色的、綠色的和檸檬黃色的燈光。白色的燈光似乎過份奪目。而最可笑的，就在那些紅色的，或又夾著其他色彩的霓虹燈，看它那麼興奮的不停地跑，不停地跳，但跑到那兒去？又跳到那兒去呢？跑來跑去，跳上跳下，始終跑不出，也跳不出一個框框。這真是和我們這個可笑的人生差不多，我們也常常不停的跑，不停的跳，自己以爲跑得遠了，跳得高了，其實又何嘗跑出或是跳出一個無形的框框？尤其是我們的思想，能邁出前人的框框多少？

歸途上要經過三座橋，我喜歡橋，橋使人有一種連接，一種溝通，一種過不去也過去了的感覺。晚間的橋更美，因爲有橋燈映照，復興橋上就有四列橋燈，燈的光暈隨著橋的弧度，忽高忽低，忽前忽後，特有一種韻致。

再往前是中山橋，這橋在白天就夠美的，有遠山近水，有白雲綠樹。半山上還有古色古香，飛簷畫棟的樓台亭閣。一走到這兒，就使人有半城半郊，亦城亦郊之感。晚上更是華燈一片，耀眼生輝。這兒有橋上的燈光，有兒童樂園的燈光，有再春游泳池的燈光，高處有圓山上的燈光，遠處還有北安路一帶臨水的燈光。遠遠望去，路上有燈，水中有影。更可愛的，是一過了橋有一小片黃色路燈，雖僅疏疏落落的那麼數盞，但傍水輝映，這一角小小的黃色燈林，顯得是那麼的柔和，那麼的安祥！我不知是誰設計的，我深深感謝他！我曾想過如果再多幾盞，不知道會不會將更美？

最後一道是士林橋，它應該說是城與郊的分野處。過了橋，耀目的市燈沒有了，而嘈雜的市聲也沒有了。完全進入了另一個境界，黛黑的山腰上却閃爍著星星般的燈光，像行吟的詩人，躑躅在山道上，使人興起一種悠忽的心情。

車越駛近天母，燈光越稀，空氣也越清新。抵達終站圓環了，我喜歡這圓環中心的圓形草坪，和草坪中心卓然獨立的一柱雙燈。說不出爲甚麽，總覺得它不僅僅爲行人照明，也給歸人以安慰，更是歸人心目中的一個標誌，甚麽標誌呢？該就是回家的標誌吧！

下了車，我總先張望一下山坡上星羅棋佈的燈光，每一簇燈光下，就是一個溫馨的家庭啊！但千盞萬盞的燈光，我只尋找一盞，一盞我家陽台上的燈光。我熟稔它的方位，一找就找著它，看到它，心也安了，我的家安然無恙。

於是緩步登山。晚間還要上山，也許是令人驚奇的！其實不過是幾分鐘的路程，沿途有路燈相伴，還有溪聲和花香，家家又都亮著門燈，在等待著歸人。而家家窗帷裏更透出各色燈光，每看到這種光景，總會聯想到一幅幸福家庭的影像。

每次我一轉上山坡，就看到我家門前石級旁的路燈，謝謝它晚晚迎我回家。而一回到家，一片密如繁星的燈光，又躍入眼簾，那是山下的萬家燈火啊！剛才在車上遠瞻山上的燈光，現在又俯瞰到山下的燈火了，多美妙的人間！且先欣賞一下，那紅色一閃一閃的，是正聲電台的；那兩排明亮重疊著的，是百齡橋上的。它不僅光芒四射，還灑下一串長長的夜明珠——北新公路的路燈啊！再加上士林的、石牌的，臺北市區的，啊！那有比這一片燈海更美的呢！

當火車駛過山下時，車頭一盞發射強烈光芒的車燈，遠遠望去，真像一個頭發亮光，蠕蠕爬行的巨蟲。

啊！家中的燈光多柔和、多溫暖！我知道，一個寧靜的夜晚，又在等待著我了。

（選自水芙蓉出版社「風廊」）

●**林芳年**，本名林精鏐，民國三年生，台南縣佳里鎭人，是鹽份地帶文學拓墾者之一，日據時代著有現代詩三百餘首，光復後爲苦讀中文曾停筆二十餘年，民國六十七年復出，改寫散文及小說。著有「林芳年選集」、「失落的日記」、「浪漫的腳印」等書。

永不消逝的詩心

塩分地帶「北門七子」之一林芳年先生

■陳艷秋

●林芳年的生活與作品

他的外貌是嚴肅，看起來不苟言笑，令人肅然起敬，正如他自己所說的像「刑事局長」。但是相處之後發現他除了幽默、風趣與健談，還有一份文人的浪漫和老人的天真。

認識林芳年先生和鹽分地帶文藝營一樣長——十年了。

記得第一居鹽分地帶文藝營之前的一次聚會，我和林老初次見面，細心聆聽他高談闊論，給我的第一印象是和我的祖父一樣，在冷峻的外貌中包藏著一顆善良、慈祥的赤子之心，洋溢著人間溫情。

從林老的言談，作品依稀可窺見包含著人性最可愛，純真的一面。我和先生時常造訪這位文壇前輩，喜愛聽他敘述從前的鹽分地帶文學活動，前輩作家的生活及作品。他常講一些作家們鮮爲人知的小秘密，然後哈哈大笑說文人就是這樣。

林老常說文學是貧窮人的專利品，當一個人身上有點財物時，文學之鬼一定遠遁無蹤，當一個人一文不名時，文學之魂即緊緊附在身上，文思源源湧出。他曾仔細思索過結論：一個人富於物質時，飽暖思淫慾的邪念不斷茁壯，銅臭會拒文學之魂於千里外。而當人兩袖清風顯現一副寒酸窮相，那就是文學之鬼再叩大門時，此時滿腔的咒詛都變成了警世妙語，句句敲人心絃。

和林老談文論藝沒有年齡的距離，也沒有前輩與晚輩的拘泥，他的觀點永遠是新穎的，思想都跟著時代潮流在進步。

林老愛開玩笑是出名的。我未婚之前，每次和鹽分地帶文友去拜訪他，他總是和藹可親的喊我「媳婦」，當時他有個小兒子大學剛畢業尚未結婚，林老都喊他的太太說「快出來，媳婦來了」。

後來我結婚，和先生去拜訪他，他還常提起此事並向先生道歉，其實，我和他小兒子甚至從沒見過面，林老就這麼「一廂情願」，只因我和他同樣愛好文學。

詩人龔顯宗博士稱日據時代鹽分地帶文人吳新榮、郭水潭、徐清吉、王登山、莊培初、林芳年、林清文爲「北門七子」，因爲他們都是才華橫溢的詩人。

吳新榮、徐清吉、王登山、林清文四位已先後作古，莊培初早已不再談論文學，脫離文化圈數十年，而郭水潭亦早在光復後就停止創作，至今唯一仍創作不懈的只剩林芳年一人。

林老是鹽分地帶老一輩作家中作品最多的一位，他的文學生命延續至今已超過半世紀。他的作品有詩、散文及小說。

林芳年出身台南佳里望族，祖父林波漢、父親林芹香都是傳統文人。林老說他因爲誕生於一個古色古香傳奇性家庭，很少與浪漫生活乖離，因此他下筆行文無不充滿浪漫情懷。

林老常說他父親是一個忠實的傳統文學者，當他與吳新榮、郭水潭等人參加台灣新文學運動時，父親一直表示無法苟同，他父親甚至不贊成胡適的白話文運動，認爲傳統文字，文言文才是我國文化精華。

林芹香先生熱愛傳統文學，平常因過於嗜好喝茶。因此導致嚴重失眠症，常半夜起來高聲朗吟詩歌，一些過路人經過總忍不住停步，傾聽其優美的韻律。芹香先生研讀易禮，諸子百家，所以他的為人與談吐總脫離不了書中的人物造像，嚴肅的面孔讓人覺得難以親近。

但是林芳年一直覺得父親是慈愛的，他曾為父親寫過一首詩「父親老矣」，登刊於當時的台灣新聞報中：

我凝視著他滿面的皺紋
細細的看　再細細的看
是父親的臉　感覺很可怕的臉
皺紋　一條一條的皺紋
父親朝早起　夜眠遲
朗吟聲傳遍鄰居——是古文名篇
一句　一句　細細的咀嚼
時過了　境遷了
時代正在大輪轉
父親信奉的道理亦轉了

但是他的父親無法了解他所作的新體詩意義。年少時林老為了討好父親，偶而也會去參加鄉下詩社的擊鉢，曾用林精鏐這個名字，以「梁夫人桴鼓督戰」為題作一首詩：

平陽氣概木蘭身
皓腕偏將桴鼓親
發縱曾擒胡虜婿
娥眉有分畫麒麟

「林精鏐」是林芳年原來的名字。這個名字是他的祖父名的，因爲祖父很欣賞我國一位「錢鏐」的古代武人，此人是個極孚衆望的領袖，而且活了很長歲數。祖父對林老寄託很大，於是在「鏐」上加一個「精」。「精鏐（音求或留）」讀起來鏘鏘有聲，故鄉的親友都喊他「精求」。

但是常有很多初見面的人喊他「精膠兄」或「精僚兄」、「精謬兄」，這個「鏐」實在不夠大衆化。於是林老經一番熟思考慮後想出「芳年」二字，因爲那時正值芬芬芳芳的光復之年，於是把名字改爲「芳年」，他認爲十分有意義。

最初爲「林精鏐」常被唸錯而心煩，但是自己改取爲「林芳年」，同樣也帶來許多麻煩。他時常接到「林芳年小姐」的賀卡或信件，早年還有熱情的男子寫信約他哩！有時讀者來信也稱他爲小姐，有一年文建會寄邀請函也寫「林芳年女士」，弄得他啼笑皆非。

談日據時代的鹽分地帶文學與文人就不能不談到「小雅園」。

「小雅園」是鹽分地帶詩人吳新榮家的庭園，是當時鹽分地帶同仁們高興滯留的地方。工作之暇大家在那裏留連終日，展開不著邊際的閒聊。

我曾好奇地問林老，當年他們都談些什麼文章大事？文學觀點？林老發出爽朗的笑聲說，根本没有談什麼文章大事，文學觀點，更不是人生切實問題，不過都是一些社會上的醜聞罷了。但同仁們都感覺這是一種享受。

當時鹽分地帶同仁個個都有固定工作，是奉公守法的好國民，只因同仁們都是一羣愛好文學份子，當然在談論發言中往往會超出想像之外，無所不談常惹外人注意，更是日本特高的報告資料。

那些專打小報告的特務常無中生有，爲維護他們的成績，鹽分地帶同仁的聚會成了他們最好的報告資料，每人的一舉一動，一言一行都在特高的監視下。

「小雅園」是吳新榮父親吳萱草所設建，吳萱草先生是位傳統派浪漫詩人，他常在小雅園宴請文人騷客，在園中磨舐筆墨詩賦。小雅園是一所清靜雅緻的好地方，有花園、涼亭，同仁們閒談排遣使得園內更富詩情畫意。

小雅園旁邊有一所妓院叫「玉春樓」，藏著許多美貌名妓。他們聊天之餘把頭抬起來就能看到一羣青樓小姐，鶯鶯燕燕的嘻笑怒罵。

往往吳新榮招待同仁文友在小雅園吃飯後，有時也會趁雅興之餘，再請大家到隔壁妓院做二次會。

當年除鹽分地帶同仁外，尚有全省各地許多文人、墨客曾在小雅園留下足跡，如陳紹馨、黃得時、楊雲萍、張深切、張文環、張星建、劉捷、楊逵、呂赫若、王井泉、楊千鶴。還有日本人，田中保勇、池田敏雄、藤野雄士、里本謳子、國分直一。

林芳年在二十歲那年寫下第一首新詩「早晨之歌」發表後，七年間共發表了三百餘首。初期作品取材於愛情，比較少注意構造和技巧，後來受到日本佐藤春夫與林芙美子等詩人影響，即開始注意寫作技巧及修辭的凝鍊，早期雖多作愛情詩，但那股鄉土眷戀的情懷與反抗異族的民族意識，也曾斷續展現在作品中。

主要作品有「看見原野有煙囱」、「月夜墳地和石獅子」、「乳兒」、「夕」、「早晨的院子樹」。「看」詩發表後，曾被日本人找麻煩説這首詩有問題。當時家人、親友們都替他捏把冷汗，好在他一向樂觀，一點也不煩惱，照樣每天寫文章、讀書。

一直到現在，他仍然維持每天閱讀幾萬字，一定要到深夜十二點才入睡。他自喻是一個「噛字蟲」，不能一日離開書本。

光復後，因文字障礙林老封筆多年，雖然和文壇的因緣越來越淡泊，但他沒放棄唸書，只是所看的與文章無關，但所感受的仍舊有十足的文學味道。

那段日子他不斷的握筆桿發抖，徬徨徘徊於文學創作與商業理論研究之間，當時台灣輕工業正在伸長茁壯，他編寫的「商品銷售叢譚」及「市場理論與研究」成了暢銷書。

林老對文學的思念與日俱增，本著一顆仍然熾熱的「童心」，在小說園地上耕耘，於五十六年起斷續在自立晚報發表「失去歡樂的春天」、「情脈」、「森老的自白」、「瘦猿的人生」。

直到六十八年，鹽分地帶年輕一代作家辦文學展、文藝營、拜訪林老，激起他對文學更大的思慕，正式返回文壇加入寫作行列。

林老說他雖睽違文壇多年，但他的心一直被文學之鬼所纏住，文學是一種「邪門」，容易著魔，富有奇奇怪怪的東西，一個人在髮膚上一旦染上了文學的味道，保證永遠無法擦拭，甚至愈陷愈深，當他熱衷企業經營時曾發誓永不作重返文壇之想，但那套具魔氣的文學袈裟愈纏愈緊，使他擺脫乏力，結果雖已七十五歲，還是乖乖重回文壇這個娘家。

這十年來他創作不斷，先後出版「林芳年選集」、「失落的日記」、「浪漫的脚印」。寫得都是小說及散文，年輕一代看到的都是散文及小說，因此人家都稱他「小說家」，然而林老寧願人家稱他「詩人」。因爲他從小喜歡讀現代詩、寫現代詩。

他認爲詩是抒情而靜默的東西，而靈感是在刹那之間抒發出來的，詩是最孤僻最怕干擾，也是最年輕的產物，詩人必須有一顆可愛的童心，那是不分老少的，如果失去了童心就是詩人寫作生涯結束的時候。

林老一直保持一顆童心，以寫詩的靈感與修養作爲他後來寫小說或散文的支柱。因此他的作品總有濃郁的詩味及色彩、連書名、小說、散文名都飄散著一股詩味，像「憂鬱的面紗」、「美腿的旋律」、「憔悴的春夫」「燃燒不盡的星火」……。

林老停筆終止詩創作二十多年，當他六十八年重回文壇，他謙稱已經成爲多深思善考慮的「優柔寡斷的老人」，有點像失去文學之心的殘廢者，因此再不敢隨便提筆寫詩，同時發覺現代詩已不屬他的世界。於是向散文及小說世界邁進。

正如林老常說：他在現代詩途徑上碰了壁，即抱著極大勇氣的心情去小說世界謀發展，他一大把年紀已經變成一個不怕死的勇者，這是他創作最大的資本，也是他重返文壇十年來佳作不斷的原因。

林老的創作精神常讓我這後輩感到慚愧。他退休後又在私人企業當顧問，每天清晨四點多起床，六點廿分轉兩班車到紡織廠上班，五時半下班回到家已七點多了，而他還能利用晚上時間看書、寫作。

從紡織廠退休，在家清靜一年，又被女婿請到高雄去當公司顧問，至今又過了三年。林老是不願意這把年紀還遠離家鄉到異鄉上班，兒女成家後都在外地工作，本來是夫妻倆共同生活，現在他又單獨到高雄留下妻子一人在家，他總是不放心，但是女婿的報關公司又少不了他，他也勉爲其難，所幸工作不忙，上班時間還可以看看書。

每星期六林老從高雄回家和妻子相聚，第二天一大早到麻豆打網球，這個運動習慣已經持續了幾十年，因此林老至今年過七十依然身體健壯，紅光滿面。

平常每天下午五點半林老都會和妻子通電話，問問她家中是否有什麼事？有沒有人找他？有沒有他的信？

林老最擔心妻子走路跌倒，每次我們去造訪，他總喊妻子端水果、捧茶、拿毛巾出來招待，但總不忘叮嚀她要走好別摔倒。

林老時常對年輕的男士們說，女人最需要丈夫的疼惜。林老常提起他年輕時很兇，很大男人主義，而他的夫人總是默默的工作，以艱辛勞碌的代價博取了他的賞識與同情，她容忍精神馴服了他這位挑剔的男人。

林夫人是個傳統的台灣女性，有台灣女性堅忍耐勞與服從的美德。林老曾寫過一篇「我與她」，描寫他的妻子深刻而動人。林老曾寫過有關妻子的文章，他持著公正的態度去讚揚她，因爲她有一顆永遠晶晶發亮的愛心。

林老常說他和妻子的感情是由「培養而來」的。妻子是位受盡折磨的女人，活到老做到老，直到現在兒女都成家立業她還是默默工作不肯收工。她生來就是一副勞碌癖性，和她長相厮守五十多年，同在一屋簷下度過超過半世紀漫長歲月，妻子心目中的信仰對象是他，而在他心目中絕對沒有其他人可以代替她的角色。

林老對妻子缺乏知性常覺得可惜，妻子從不閱讀報章雜誌，而無法得上時代潮流。

林老曾下過工夫教導她，盼能改變她，但妻子還是不理會這套，寧靜一輩子替這個家操勞，替每個人服務，而不願學習看書。

有時候林老一個人靜靜坐在椅子上，思索一些事情，他的妻子還以爲他是想吃些什麼東西。最初林老認爲這是他們兩人之間一道鴻溝，是無法溝通的。不過林老並不計較，而隨著時光消逝，彼此在另一方面取得了解，他也就忘了他們之間有一道鴻溝。

十八年前，林老迎一位學士媳婦進門，他時時刻刻擔憂沒有學問的妻子，能否挑起領導後輩的責任？但他的妻子態度泰然乾淨俐落，與學士媳婦合作無間，處理家務無懈可擊，她雖沒唸過多少書，但一顆善良的心，一直受子女與媳婦的尊崇，林老也就不敢多發表意見。

有時候林老回家時，看她一幅善良無邪的姿態，靜坐在沙發椅上默默的縫著孫兒們的小衣服，此時林老覺得自己像處身於一幅馥馥菫菫的油畫中。

林老和妻子的感情平淡中帶著一股堅韌，就像一幅安詳和樂的圖——在那所不寬不窄的會客室裏，兩位老人坐在那裏作不著邊際的閒聊。

看林老的散文正像這幅畫，平實中帶著感動人的情愫。林老自稱是個喪失詩心的詩人，但是在他的個性、生活及作品中，依然可嗅出他混身充滿著屬於詩人的浪漫，而這股的浪漫一直沒有消失過。

（原載於77年3月21日，台灣新聞報副刊）

〈林芳年作品選〉

手杖與狗

我年輕時喜歡拏手杖逛街，這種癖性是二十五六歲時染上的。那時候我家裏有各種不同身分的來客，他們必有幾位是拏手杖的。我的父親也有這種習氣，偶爾抓著手杖去訪戚友談心。

父親生於民前二十一年(光緒十七年)，係爲十九世紀末期，那時候的臺灣已經是日本的殖民地了；也正逢到明治維新，日本政府一再的呼籲國民參加陋習改革運動，而此時的父親竟懂玩手杖，算是跟上時代的進步份子了。

日本人喜歡拏手杖係學自英國，那時候的人稱太陽所照映的地方無不是英國的領土，英國勢力幾乎侵伸到世界主要的角落。

而這角落的人們也以沾染英國人的習氣爲榮；而有錢人的子孫也高興到英倫讀牛津(Oxford)，或劍橋(Camdridge)等的大學。甚至有人說，外國的月亮比東洋鄉下的月亮還要圓還要美，這與喜歡使用英國貨品有甚麼差別呢？

英國是一個典型的保守國家，恪守傳統習慣也比其他國家爲強。有人說，目前的牛津與劍橋的學生偶爾會穿起禮服(frock coat)上課，因爲他們認爲大學是培養紳士的地方，學生們應以紳士自居，要有一身的紳士派頭打扮；惟因時潮一再演變，這種習慣也淡薄多了。

日本曾經是英國的同盟國家，所以喜歡英國人的意識也較濃厚；譬如喜歡穿英國製的布料，英國製日用品，連明仁皇太子的兒子也到英國唸書去了。

據說英國的旅館業者對來客的身份衡量，是要看客人有否拏手杖與帶皮製手提包；這兩項東西都齊全的人，旅社的從業人員才肯承認來客是位標準的Gentlemen，所以凡要住宿於知名度較高的旅社，這兩項東西是不能缺少的。所以明治至大正年間的日本社會染上了拏手杖的風氣，這習性一直維持到第二次世界大戰發生的前夕，日本國民個個忙於戰爭，再也沒有心情拘泥這些小節了。

日本是很注重外表的民族，每逢過節過年，或參加重要儀式，必定衣冠楚楚，不敢怠慢隨便，雖然沒有英國那樣的認真拘謹，但禮節還是有的，維持著一本正經；這些年來因時潮影響到每一個人的嗜好，惟那副畢敬畢恭的味道仍沒有完全消逝。

我以為日本人喜歡拏手杖出於二種原因：其一是東施傚顰，其二是維護日本武士的帶刀傳統。因手杖可以當做一把劍，如學過劍道的人，那把練習用的木劍比如一把木劍，與武器沒有兩樣，但無緣無故拏著一把木劍上街，豈不是很惹目嘛？於是就改變方式拏起手杖來當劍用。不管拏手杖是學自英國人，或傚法日本武士，惟拏手杖的人必定是存有一派驕傲氣概、英雄主義者。

日本警察是一羣最有傲氣的治安人員，他在推行工作時必定佩把劍，原因是增加氣勢，把劍當為心理依靠。第二次世界大戰結束後，日本已經不是軍備國家，於是警察的劍改為「木棍」，這些木棍就成為他們的信奉象征，雖然武器的價值未盡相同，但心裏作用上並無二致。

stick girl是一句英語變成日語的語彙，這句話盛行於日本大正年間，也是當自然主義與耽美派（新浪漫主義）急速抬頭的時候；那時候的文學作品以至電影不斷出現這句話，是指一些闊少與有錢的老爺們常把年輕未出嫁的小姐當做stick（手杖）到處游蕩，所以這些小姐們在不知不覺之中就被呼爲stick girl（手杖少女），是侮辱一羣蒙有浪漫面紗小姐們的流行語彙。

我既没雅興，也没錢帶stick gi rl到處游蕩的習氣，卻很高興拏手杖逛街。拏手杖須要勇氣，因爲一個年輕小伙子拏著手杖走路，如不是闊少爺，就是不知道天多高、地多厚的小「黑狗」，幸好我甚麼都不屬。因爲我那時候剛被一隻野狗咬傷，所以大家會同情我是出於自衛。

鄉下人養狗是很隨便的，他們不管狗種的優劣，把牠餵得壯壯，能看守門户就成啦；一隻身價極高的袖珍型外國名狗，鄉下人是不會有多大興趣的。因此鄉下人蓄養的多是些來歷不明的雜種狗，這種狗一看到陌生人就亂咬狂吠；我被狗咬，就是牠們大吠特吠的狀況之下，我被咬在脚踝的地方，留下一個疤痕。

狗永遠不能成爲我的好朋友，因爲我自懂狗這種動物以來，一直不能和牠和平相處。我的內人有意要養一隻狗，由於我的堅決反對而暫予擱置。

惟內人要養狗的意念並不爲我的反對而斷絕，她瞧我没有再發狗脾氣，就在吃飯桌上再向我提起養狗的問題。她說：「這次要養的狗是本地種與狼狗搭配生下來的，長了一身密密光滑的濃茶金毛，這隻狗有來歷，讓我養好不好？」

她真是愛狗心切，我不得不同意，向她說：「好吧，妳養吧；不過我話要說在前頭，這種狗還不是很好的狗，也許會發狗脾氣，那時候可不要囉嗦甚麼噢。」

內人笑嘻嘻的說：「不會的，養狗出自我的主意，不關你的事……。」

那隻狗自進到我的家門以後，和平相處了一段時期，是一隻壯壯、長了金滑的毛，蠻逗人喜歡的。但食量奇大，一餐要吃三至四人份，爲這一隻狗，我的收入竟被吃去一大半。

狗是關在一所以鐵條焊成的籠裏。有一天早上，內人抓著食物打開籠門時，那隻狗竟不顧她是牠的主人，竟爲急著要吃東西，咬到內人的右手背；內人以左手按住右手的傷口，嚇得臉如土色跑來要我爲她塗藥。她氣忿忿的說：「這隻不知好歹的畜生，我不要牠了，讓賣香肉的人抓去殺掉算了，真是倒霉。」

我笑著說：「没有咬到臉孔算妳幸運，往後看妳還敢養狗？」

翌晨，我家那隻「倣仔狼狗」已經不再呆在鐵籠子裏了，只見內人蹲在那裏用舊毛巾擦拭我那根手杖，看來好像對養狗已經死了心的樣子。她與我都有被狗咬過的記錄，算是夫唱婦隨的好搭檔了。

——一九八四、五、一臺灣日報

（選自晨星出版社「失落的日記」）

●**楊乃藩**，筆名任堅、永亮、甜記者，發表作品多半未署名。民國五年生，上海市人，大夏大學教育學士。曾任台糖公司主任秘書，現任中國時報社長兼總主筆。曾獲嘉新文學獎、曾虛白新聞獎、第一屆吳舜文新聞評論獎，及69、70、72、75、77年新聞評論金鼎獎。著有「環遊見聞」、「津津小品」、「一髮青山」、「公共關係」、「古道照顏色」等遊記、小品文、散文、論著、新聞評論作品等二十餘冊。

■焦桐

飛筆寫一生

以新聞評論馳名的楊乃藩先生

1

楊乃藩那支筆是以準、快、穩聞名的，筆耕五十年，他的作品數量之夥，速度之疾，新聞界罕有其匹；這種快而準的飛筆，最適合在新聞事業上發揮了。因爲新聞都猝然發生，內容無法預測；特別是社論，代表報社的立場，不但要爭取時效以配合新聞，更需要綿密的思慮、正確的判斷、周延而中肯的立論。在中國時報執筆寫社論十七年來，舉凡政治、經濟、社會問題，他都能在兩小時之內，揮就一篇兩千字左右的社論，頻率最高的時候，甚至一個月寫了二十幾篇。

那天我們去拜訪他，負責攝影的阿財建議他端坐書桌前假裝在寫字，以便拍攝一張伏案寫作的照片；照片才剛拍好，他已從容寫滿了一張稿紙。我對他如何練就寫作的本事感到好奇。

「我寫文章尚能流轉自如，大概得力於幼年背誦古文的習慣。」楊乃藩說他「把文章寫熟」，回溯起來，已花上了三、四十年的工夫。當他念小學時，儘管課本上教的已是「人、手、足、刀、尺、馬、牛、羊」，和「大狗叫、小貓跳」之類的東西；小脚放大的教師仍崇尚古文，命學生强記死背三字經、千字文、論語、孟子等古籍，不但要拉直喉嚨高聲朗讀，還得搖頭擺尾，以抑揚頓挫的聲調將課本「唱」出來。當時那些經書的意義雖然是莫測高深，但這種記誦方式，確實囫圇吞下了不少詞句。「直到年紀長大，對於文詞的內容能夠理解，就像牛的反芻一樣，把藏在腦際的資料予以咀嚼，豁然而悟。」

初中時的國文老師是一位前清秀才，這位年逾古稀的秀才，以「古文觀止」爲教材，自己每天黎明就背著手在院子裡踱步，高聲背誦古文。他很喜歡這種元氣淋漓的激越音調，乃追隨老師，每天清晨就跑到操場上去「吊嗓子」，三年下來，居然能夠把一兩百篇古文像急口令般背得滾瓜爛熟。

「以我個人的經驗，這樣的背書對於寫作有很大的幫助，因爲有許多句法、章法、用字、用詞都可以不假思索，隨時運用，正如同放在倉庫裏的東西，取之不竭。」楊乃藩說：「現在雖然事隔數十年，背過的文章已經連接不起來，但零縑斷片，仍泛現腦際。」

初中畢業後，赴上海投考省立上海高中。功課一向都很優秀的楊乃藩初次來到大都會，不免好奇、興奮，當時考場設在飛機場附近，生平第一次看見飛機的他，竟在考試時呆呆地望著窗外飛來飛去的物事，忘了作答而落榜，只好回鄉下讀私立高中。他父親覺得這孩子國學根基不惡，特別延聘了一位駢文專家來教他讀昭明文選；那那位老夫子授課很重視註解，常旁征博引其他詩文，來解釋深奧的典故，這種治學途徑，養成他對駢體文的濃厚興趣，於是自動找袁子才、吳錫麟等人的文集來研讀。「我寫文章有時用上一些四六句，便是這緣故。」

2

楊乃藩出生在上海市南方五、六十公里的張堰鎮，祖父開了一爿米店，由於常被人賒欠，留下許多呆帳，負了一筆債務。父親自上海龍門師範畢業後，回到鎮上擔任小學校長，一生從事教育工作；廉俸所入，十分拮据，不識字的母親爲了貼補家用，餘暇時替鎮上的衣莊縫衣；每到深夜，他們兄弟從夢中醒來，總是看到她在燈下做針線。

所以他從小過慣了清貧勤儉的生活。「母親買水果一定要挑爛的，因爲價錢便宜，一隻爛橘子還要弟妹幾個分吃；日常佐餐，很少葷腥，有一碗燉蛋便算不錯了。」楊乃藩回憶說：「每到了年底，父親叫我拿幾塊銀洋的利息，提一籃雞蛋去見債主，請他再寬延債期。我進入重門深院，見到躺在榻上抽鴉片的債主時，心中害怕他不允展期，兩眼噙滿淚珠，直到對方微微點頭，才如獲大赦，急忙回家。」

他在兵慌馬亂中度過童年。

當時孫傳芳、盧永祥、齊燮元等軍閥部隊常在他們鄉間攻來打去，記憶中，一家大小常頭頂棉被，縮在床下，驚嚇躲避亂飛的流彈；每當有敗兵要來劫掠的消息，全家輒收拾細軟，手提背負地逃到鄰鎮去躲。鎮上的教育界人士，多半暗中加入國民黨，傳播革命思想。他父親和一批鼓吹國民革命的同鄉文人如高吹萬、姚石子、陳陶遺、高天梅組織了「南社」，家中經常收到南社的詩文集；正在留溪小學唸書的楊乃藩，對這些古詩文感到興趣，經常拿起來誦讀。

民國十六年，他正在讀小學六年級，革命軍北伐到了松江，全鎮在興奮、熱望中等待革命軍進鎮。一天夜裡，父親帶他去「文昌閣」樓上，那裡已經有好幾個革命同志，大家漏夜用白竹布噴上藍墨水，製作青天白日的臂章，作爲迎接革命軍的標誌。第二天，幾百個人帶著臂章去迎接。「我記得革命軍都穿了草鞋，背上背了斗笠，精神抖擻，騎在白馬上的那位指揮官就是薛岳將軍。」

小學畢業後，考上離鎮約十五公里的金山初中，往返交通均靠水路；他攜帶舖蓋，準備搭魯迅筆下的那種「烏蓬船」去學校。直到現在，他仍清楚記得入學那天，父親的薪水不夠繳足一學期的膳宿費，母親就到估衣店去預支。「我從母親手裏接過一堆銀洋，這是母親每夜細針密縫辛勤的所得，我立下決心，一定要用功讀書，以報答母親的深恩。」

3

人的性格傾向往往自幼即可窺見端倪，楊乃藩「有空就構思，一坐下來就想動筆」，這種搦筆桿的習慣除了受養成環境影響，恐怕也是出於天性。小學五、六年級時作文，老師批改後發回重抄，他總是重新再做一遍，甚至把老師批改過的也一併改削。

他十五歲開始投稿，第一篇文章「掛物的鈎子」刊登於上海新聞報「本埠附刊」，領到四毛錢稿費，興奮之餘將四毛全買了郵票，密集向新聞報及「中學生」、「小朋友」等雜誌投稿；這種「稿海戰術」使得本埠附刊的主編嚴諤聲找他懇談：「我們的報紙只有這固定的小小篇幅，照你這樣源源不絕的來稿，即使全登你的文章，還容納不下呢。」

當時葉聖陶在「中學生」開了一個叫「文章病院」的專欄，每次均以幾千字篇幅選一篇時文提出針砭，從結構、標點、遣詞用句等方面加以分析、討論；這個專欄啓發了他的寫作技巧。

那時楊乃藩對自己文章的好壞還沒有把握，但他想出一種鍛練文字的辦法——每天寫的日記中，篇幅要一天比一天多。少年的好勝心硬逼自己達成目標，每天寫日記、計算頁數，有時候神來興到，比上一天超過好幾頁，洋洋得意時，却苦了下一天，因爲要寫得更多。起初每天寫個兩三頁，慢慢增加到十幾頁，後來一天寫完一本簿子，弄到最後不可收拾，一天寫一本簿子還不夠。這種訓練使他在大一時勇奪全校作文比賽首獎。

大夏大學一年一度的作文比賽，例由文、法學院的高年級學生囊括，那年他以一個新生報名，在兩個小時之內，使出寫日記的本領，完成一篇中規中矩的論文，而名列榜首。後來在全國合作協會舉辦的征文比賽中，也獲得冠軍。大三時，他的老師——教育學院院長郃爽秋約他編輯教育資料，兩人合作寫了一本「中國普及教育問題」，由商務印書館出版。從此「文名」鵲起，成爲學校刊物紛紛邀稿的對象；他也當仁不讓，文章因此就愈寫愈多，愈寫愈快了。

由於家裏兄弟多，父親束脩有限，平常難得買書，酷愛讀書的他只好勤跑圖書館，讀書、抄書，把參考書中的重點分別抄在教科書的相關地方；如此一來，教科書上的每一節，其上下左右都是不同參考書上有關相同題材的摘要，每逢考試或寫作，自然就旁征博引，發揮的淋漓盡致。也因爲參考書上的資料很多，抄在教科書上的字就愈來愈小。「這種抄書工夫，養成了速寫習慣；其後我不斷寫作，這是訓練的基礎。」楊乃藩說：「除了上課、吃飯以外，幾乎所有時間都待在圖書館裏。因爲書讀得多，而又寫得快，所以在考試時佔了很大的便宜。教授看到我洋洋灑灑，在教科書之外，大作文章，就給我高分。因此我在大學念書八個學期，每學期都得到優等獎學狀和勵行狀，以及學校的獎學金和歐氏獎學金。畢業典禮中，學校還特別頒給我一張第一號的畢業獎狀，因爲同樣的獎狀，在學校十幾年的歷史中，從不曾頒發過。」

4

讀大學一年級時，楊乃藩就在一所女子師範兼課，教高三國文。當時教高三國文的先生，年紀多在六十以上，班上入學較遲的女學生，那曾見過年齡比自己小的教師？這些老大姐們看他年方弱冠，不免有孺子可欺之念。少年氣盛的楊乃藩「不甘在娘兒們面前示弱，一定要給她們一些顏色看看。」每次上課，都空手走上講台，將一切課文、註釋、典故全背出來，並默寫在黑板上，把那些原本存心調皮的女學生驚得目瞪口呆。

年輕人碰到異性，總喜歡展露才華，以博取對方的好感。那時他短髮、布鞋、長袍，戴一副深度近視眼鏡，面黃飢瘦的外貌，看起來雖然像營養不良；在課堂上却滔滔不絕，頗有博古通今的本領，遂成爲女學生的目標。

國文課每星期例有一次作文，別的老師批閱作文通常只批上甲乙丙丁便算了事；他則在作文簿上大作文章，不但逐字逐句詳加修改學生的作文，說明理由，同時還在文末加上一篇比原作更長的評文，縱論行文得失，指陳改進之道，篇篇不同。因此，學生一星期寫一篇作文，他却要寫五、六十篇以上。

他常利用晚上到辦公室挑燈批改作文，教員辦公室外是女生宿舍，她們晚間閒著，就經常有人爬在窗台上看他閱卷，犟嗤粥粥，吱吱喳喳笑個不停，顯然其中必有若干人別有用心。「到了夏天，還有人爲我打扇子，但我不知道怎麼染上了學究氣，目不斜視，對於她們的好意，概不領受。」楊乃藩回憶說：「她們愈對我表示欽佩，我的批改和評語就愈起勁；我作文速度的增進，這該是一個重要的訓練。」

讀書、教書、寫作，是楊乃藩大學生活三個主要部分，鑄造了他日後的生活型態。

5

女子師範有一個女學生孫靜芳，畢業那天，收拾行李準備回家時，和其他同學一樣，拿著畢業紀念册來到教員辦公室，請他題字，並交換彼此的通訊地址。也許是出於老師的自矜，他們沒有進一步連絡，後來八一三滬戰爆發，她家從鄉間逃難到上海，剛好住在楊乃藩家附近。有一天，他們在菜市場重逢，因緣巧合，慢慢地，彼此循著友誼的路線發展，共譜戀曲，相偕走上紅地毯的那一端。

楊乃藩婚後問她：有那麼好的家世，爲什麼願意「下」嫁一個窮小子？她說：「爸爸說你學問不差，將來有出息。」原來她的父執也在女子師範教書，曾受託爲朋友之女物色對象，觀察結果，對楊乃藩讚譽有加，經過她父親暗中親自調查無誤，才暗示女兒不妨藉機接近。楊乃藩回想往事，懷疑當年在窗中張望他批改作文的女學生中，有孫靜芳參加，但她否認，說自己「只是在回宿舍的樓梯上偶而瞟上一眼而已。」

在報社，私底下同事之間都稱呼楊乃藩社長「乃公」，大家都知道乃公行文縱橫開闔，爲人威嚴中帶著幽默；却鮮有人知道乃公在楊夫人面前没有長篇大論，也完全没有威嚴。「結婚後，她就把我像小孩一樣管，譬如說，穿衣服不要忘了結鈕扣，洗澡不要忘了擦肥皂、過馬路時要看紅綠燈、寫信應該貼郵票等等。」楊乃藩說：「在她『營養第一』主義下，我的體重一路增加，由瘦骨嶙峋變成腦滿腸肥。醫生勸我節食，我自己也想種種辦法減輕體重；她看到我這臃腫相，一天總要嘮叨幾次，『少吃點，不能再胖了。』可是說儘管這樣說，她總是不時的燒蹄膀、燒醃禿鮮（鹹肉和鮮肉同燒）、煎荷包蛋給我吃，我說這些吃了會胖的，她說：可是你喜歡吃呀。」

6

民國二十六年七月四日，楊乃藩參加大學的畢業旅行到北平，隔兩天，蘆溝橋的砲聲響了，南下的津浦與平漢鐵路均中斷，他們無法循原路回上海，只好往北走，經過長城、張家口、包頭，到了山西省的大同，閻錫山派兩輛卡車來接他們，從太原、石家莊繞到漢口回去。這是他最早的旅行經驗，當時，他未曾預料，有一天會周遊列國，寫出兩百萬餘言的遊記。

抗戰勝利後，台灣長官公署教育處處長范壽康，向大陸召了一批人來台灣教書。當時楊乃藩在上海法租界辦理「培元小學」，並在「新陸師範」及「湘姚補習學校」教書；父親却鼓勵他：「青年人應該到外面去求發展，何況台灣又是一個新局面。」

民國三十五年，農曆新年才過沒幾天，楊乃藩提了一個舊皮箱，在細雨迷濛、陰寒刺骨的黃浦灘邊，搭上招商局的「海宇輪」，在岸邊送行的四弟對他揮揮手：「大哥，再見。」撩著長袍轉身走了。

海宇輪入夜後啓舵，搖晃著經過楊樹浦、吳淞口，離開大陸，離開家人；航向台灣，航向波濤起伏的未來。他爬上甲板，思緒比波濤洶湧。母親的叮嚀彷彿猶在耳邊：「到那邊看看，如果不妥當，馬上就回來。」

那年他三十歲，原本也只是打算來台灣暫住，那裡曉得會從此和父親永別，那裡會曉得台灣的土地這麼黏人，一住就住了四十幾年。

「許多工人穿著用麻袋縫成的衣服，穿梭往來；還有一些小販和看熱鬧的，憔悴的臉色，襤褸的衣著。」楊乃藩回憶初在基隆港上岸時的印象：「幾十年異族統治，再加上空前的兵燹，站在我們前面的台灣同胞，縱不相識，我們却如遇到久別重逢，劫後餘生的弟兄，不知是悲是喜，只覺得份外的親熱，特別的愛憐。」

范壽康發現原來要派至花蓮女中教書的楊乃藩文筆很好，遂叫他別教書了，改派到「教材編輯委員會」編教科書。後來陳儀將教材編輯委員會擴編爲「台灣省編譯館」，請許壽裳來台主持，許壽裳請他擔任主任秘書兼編審，於是他編了台灣第一套小學國語教科書，及一本「簡明應用文」。工作穩定後，才把妻子和三個小孩接來台灣。

後來台糖公司的人事室主任王鶴清，找他去台糖編「台糖通訊」，這本旬刊自民國三十六年五月一日在他手上創刊以來，不曾間斷，可能是目前台灣最老的刊物。

在編「台糖通訊」期間，除了以「甜記者」筆名撰寫系列文章，每一期都要寫一篇社論性質的「小言」。他認爲這個獨力支撐二十五年的專欄，對日後在中國時報寫社論，是一項很好的準備工作。

楊乃藩那支穩健的飛筆，逐漸遠近馳名，除了經常性的工作，同時在四家日報、兩家週刊、一家半月刊、三家月刊開專欄，另外爲七、八家雜誌不定期供稿，月產十萬字，包括遊記、方塊、雜文、小品、論著。當時歷任經濟部長如鄭道儒、尹仲容、楊繼曾、李國鼎、陶聲洋、孫運璿都曾請他撰稿。其中最快的一次是經濟部次長徐鼐有一天要到革命實踐研究院報告經濟，急如星火中找到楊乃藩，他在一夜之間，揮就一篇一萬五千字的演講稿。

民國六十一年，他從台糖退休，一向求才若渴的余紀忠先生，立刻聘他出任中國時報主筆。

7

在擔任台糖公司主任秘書期間，他負責公共關係工作，又常爲經濟部借調，先後奉派主持我國參加米蘭、芝加哥、多倫多、馬尼拉、薩隆尼加、的黎波里、科威特、阿克拉等地的商展工作；並任一九七〇年大阪萬國博覽會中國館館長，周遊世界各地，使他有了廣博的紀聞和豐富的世界觀。民國六十年起，又應中國文化學院之聘，講授「企業公共關係」和「公共關係研究」五年，乃對經濟、工商問題有進一步的探討，和系統性的思考，著成專書。

「我是一名職業的寫作者，也是一名業餘的寫作者。」作爲一名職業的作家，他寫過無數冠冕而嚴肅的報告、講辭、論著，不是替人捉刀就是未加署名；作爲一名業餘的作家，他所喜好的毋寧是遊記和方塊的作品。

旅行是楊乃藩生活、寫作相當重要的一部分，由於工作的需要，他有許多機會出國作萬里壯遊，足跡遍至亞洲、歐洲、非洲各國家，工作之餘，旅行訪問，從山明水秀的勝景到浩瀚無垠的沙漠，從時代最前端的現代化社會到最原始的遊牧生活，經驗迥異的地理環境和歷史背景；看過弱國的貧窮落後，也看過强國的揮霍豪奢。他遊踪所至，觀察、記述各地風俗人情、名勝古蹟、文化生態，出國數十次所累積的閱歷、經驗，撰成一部部遊記著作。

「出國旅行是一項學問，也是一項專業。」他開始寫遊記時，就抱定宗旨：「未去者，可以此代替臥遊；將去者，可以此作爲嚮導；已去者，可以此重溫心影。」因此他的遊記很少記述個人活動，而是客觀的見聞和主觀的考察、判斷。

除了遊記，方塊是他寫作的主力之一。作品多以新聞報導或日常生活的見聞爲題材；一般對其方塊的評價是題材廣博、觀念清新且慧眼獨具。有些年輕作家請教他方塊的寫作，他舉周敦頤的「愛蓮說」，和王安石的「讀孟嘗君傳」，認爲這兩篇短文可以作爲方塊的典範。

「方塊」是工商時代的報紙特產，由於篇幅短，必須簡短精悍，無論在文字、內容、結構上都要求精煉，這種文體是他在忙碌的工作中，最對胃口的「小菜」，因此就不知不覺發表了一兩千篇，成爲多產的「方家」。他說：

我之寫方塊，實由於偶然的機會。揆其緣由，是因爲多年以來，我有若干次出國的機會，能夠看到這千變萬化、進步迅速的世界，心目中儲積了不少新觀念、新事物、除了旅途觀感，曾經寫爲遊記，並先後結集出版『環遊見聞』『遊屐天涯』兩書外，還有許多零零星星的看法、想法。而這些思想的火花，有時正和隨時發生的社會現象有關連，湧現心頭，不能自已。因此把它滙合起來，寫成方塊。雖然並非每篇如此，但我的絕大部分的方塊，都孕含著這一意義。

8

我想，最能表現楊乃藩寫作態度、氣勢、功力者莫非是新聞評論，他不是一位關在斗室裏的總主筆；是消息靈通、反應奇快的記者、作家，隨時注意掌握社會的變動。正如他的筆名「任堅」，老而彌堅，他今年七十二歲猶站在新聞的第一線上，率領年輕人衝鋒掠陣，他的新聞評論充份反映時代的脈博律動，表達一介書生對社會家國的關懷與參與。

例如他自民國六十七年起，陸續寫過二十八篇關於票據法廢除刑責的社論，去年立法院正式通過廢除刑責的議案，使在獄票據犯一千七百人獲釋，票據通緝犯十餘萬人全部撤銷通緝。我國民航局對日亞航使用老舊飛機束手無策，他撰「拒搭」一文，即獲得消費者文教基金會及其他民間團體響應，迫使日亞航提出換機計劃。社論「中秋節不補假不合情理」發表後，人事行政局除決定中秋節補假，同時依照該文建議，訂定紀念日放假處理原則。高雄一位市民死亡後拿不到死亡證明書，他著論抨擊，翌日，行政院俞院長在院會中嚴限有關單位解決此事。一名叫羅桂英的家庭婦女，爲其小姑冒名作應召女郎，警局、檢查官、推事都不察而判刑，他爲文揭發後，冤獄得到平反。多次撰論敦促降低油價，終於促成中油四度降價……。

新聞局七十五年度金鼎獎頒給他「新聞評論獎」的得獎評語是：「切中時弊，態度公正嚴謹。所提建議多屬具體可行。筆鋒犀利而不失溫柔敦厚。」

「拿筆桿寫文章，可以說享受著一種特權，正如一個雄辯滔滔的人一樣。假如這個或這幾個寫文章的人，有著一個刊物或雜誌作『地盤』，那麼他們所享受的特權便更大了。」他說。

是的，筆鋒犀利而不失溫柔敦厚；筆耕五十年，他最基本的寫作態度是：「嫉惡如仇，但鼓勵向善和向上」。

（原載於77年8月「文訊」37期）

舊時庭院

〈楊乃藩作品選〉

今年的春節，我們是在新居裏度過的。喜新厭舊，是人們普遍的心理。變換一個環境，總覺得新奇、有趣。而況現代化的大廈，和古舊的日式房子，更是不可同日而語。譬如除夕前幾天，連綿霪雨，陰寒徹骨。如果在老屋裏，因爲門窗關不緊，寒氣內侵，室內溫度幾乎和室外溫度相同，白天也好，晚上也好，都凍得令人瑟縮。可是新居全是鋁門窗，關得連一絲縫也沒有。因此儘管外邊嚴寒，房間裏還是暖烘烘的。妻在老屋裏不可一日或缺的電爐、電被之類，竟然束之高閣了。這只是一例而已。其餘新居勝過老屋的地方，當然還有不少，要不然，那些連雲插天的大廈，也不會如春筍怒茁了。

然而，對於這住了三十年以上的老屋，我依然是難以忘懷的。我過去的歲月，一半在這裏渡過，由青壯而進入老境。三個孩子，搬入這間屋子時都在孩提，現在各已成家立業，他們的孩子，也已和他們住進屋子時一樣大了。整整一個世代的感情，即使有缺點，也都已習焉而不察。所以當我們到了不能再拖，非搬不可的時候，還是踟躕其行，眷戀不捨呢。

我們搬到新居以後，隔了三天，我和妻一同到老屋去看看。本來充實、溫暖的家，現在是四壁蕭然，空洞破落，好像進入了一座古廟。只有幾叢杜鵑，仍舊爛開着紅紅白白的繁花。這些杜鵑是我們初搬來時種的，剛來的時候，看到這樣大的庭院，前後院合起來總有一百六七十坪。真是雄心萬丈，要想佈置成一個精緻的花園。因此在圍牆四周種杜鵑，前院種了二三十株玫瑰，後院鋪上高麗草，屋簷下還掛了幾盆蘭花。也着實費了一些心力。却不料理想和事實畢竟有距離，草坪既長得像癲痢一樣，斑駁殘缺。玫瑰開了幾次花以後，也日漸萎縮。蘭花自然更不用說了。這一方面固然是土質磽薄，難以生長，另外也由於忙着餬口之計，根本没時間去照料。就只有任其荒蕪了。唯有牆邊的杜鵑，因爲當年覆蓋了一些酸土，長得繁茂結實，年年盛開。

種花草不成，改而種樹。我們種的是百拉樹。這是一位學農的朋友建議的。他說像我們院子裏那樣的土質，加上我們的忙和懶，別的都不成，只有種百拉。百拉是臺灣的特產。果實青綠色，形狀像大型的辣椒，瓤白色，有細子。有人說，居住在某一地方，要避免水土不服，就得吃當地的特產水果。在臺灣，那便是百拉了。百拉算是一種低級的水果，不能上水果攤，只有鄉下人挑着出來賣。那股濃郁的青草味，我實在不敢領教。妻和三個孩子却認爲比蘋果還好吃。奇怪的是它不怕瘠土，生長快速。我先是向鄉間朋友要了三株來種在後院，不到幾個月就枝繁葉茂，開出了白色的小花，小花結成青色果實，纍纍滿枝。幾乎一年到頭都可以去摘。而果實落在地上，又可以長出小株，再迅速成長。後來院子裏就有七八棵百拉樹。每次去採都可以裝滿半籃，自己吃不完就送人。我家的百拉，居然成爲鄰居的孩子們上門來要求爬樹採擷的對象了。

有了樹，跟著就有鳥。在二百多萬人的大都市裏要聽到鳥鳴是很難得的。但是我們的舊居，每天清晨天才微明的時候，就有幾百隻麻雀吱吱喳喳的唱奏鳴曲。這聲音簡直像鬧鐘一樣，定時響起，絕無差錯。牠們在樹蔭中跳躍、鼓噪，然後飛到各處去尋食；在暮色蒼茫中，再唧唧啾啾的歸巢。

麻雀是鳥類中的百拉，最普通、最容易成長的。但是我家的庭院中却也有名貴的訪客。那是八哥、畫眉和信鴿。黑羽紅嘴的八哥，輕靈活潑的畫眉，鳴聲百囀，嘀嚦清脆，在清晨的寂靜中，那是最美好的音樂。枕上聽此，往往入神。可惜牠們的鳴聲成了獵者的對象。幾天以後，忽然失蹤。推測其已經被捕。過一些時候，却又有新的飛來。灰色的信鴿，那麼馴順，則是和平的象征。另外，也會偶然有一二隻松鼠，拖着長尾巴，兩眼骨油骨油的，在樹叢間跳來跳去，偷吃百拉。

我家後院所以有這許多嘉賓，是有由來的。早年，我們在後院裏養鷄，多則十來隻，少亦三四隻。這些鷄有朋友送來的，也有自己買的。妻的理論是，自己養的鷄，餵的是糙米、剩飯、小魚，營養好，所以道地是土鷄。土鷄當然要比洋鷄好吃得多。還有，自己的鷄生的蛋，特别大，蛋黃顏色深，給孩子們吃了，會補身體。所以我們家養的鷄，終年不絕。記得某年夏天，有一個哈佛大學的合唱團到臺灣來，團員分别住在人家家裏，使他們體會中國人的生活方式。我們家裏也派到一名。我們特地把房間讓給他住。這位仁兄一大早就被院子裏鷄啼聲驚醒。因爲他只有在動物園裏看到過活鷄。早飯的時候，妻端出一盤荷包蛋，用生硬的英語對他說：「這是自己生的蛋」。他更咋舌了半天。覺得中國人家的生活真奇妙。

當然養鷄時常有麻煩。有的時候會飛過圍牆或者鑽出大門，當晚上點驗隻數發現短少的時候，妻就要拿着手電筒到鄰家挨户去打聽。有時候認錯了還惹上一場誤會。養鷄的最大敵人是鷄瘟，我們也遭遇過幾次，都是全軍覆没。眼看牠們一個個倒下去。

前面説我家後院的草坪一直種不起來，養鷄也是原因之一。一二十隻鷄，整天在院子裏踱步，看到一些鵝黃嫩綠，立刻啄食。試想那裏還會有偷生的餘地。而養鷄却招來了鳥羣。糙米、飯粒，撒滿地上，不但餵鷄，同時也餵鳥、麻雀、鴿子，成羣在地上搜索，揮之不去。近幾年來，鷄不養了，但是妻仍把米和飯撒在院子裏，免得鳥兒們受餓。

談到養鷄，不能不敘述一下我家那頭老白鵝。我們初搬進屋的時候，院子裏、屋頂上，時常有蛇出現。雖然不一定是毒蛇，但總望而生畏。本省民間的說法，鵝可以防蛇，也可以防小偷。於是鄰居送來了一隻小公鵝。紅冠白羽，走路搖搖擺擺，倒也很有神氣。長成以後，牠的本領顯出來了。牠經常伸長了頸子，把嘴巴靠近地面，在院子裏到處搜索。我們雖然沒有見過牠捉蛇，但相信蛇見了牠一定會退避三舍的。還有，當有人走進院子的時候，牠的長頸，就像一支箭，向你直衝過來。衣服也好，皮膚也好，咬住了不放。所以孩子們就怕到院子裏去。我們去的時候也要拿一根竹竿，用來抵禦。然而牠對我家洗衣的女傭阿金，卻是例外。阿金一開頭就到我家來幫傭，直到我們這次搬家，做了三十年。她每天在院子裏的水龍頭旁洗衣，當然起先也是鵝追逐的對象。日子久了，就廝熟起來。每次阿金來洗衣的時候，老遠聞到脚步聲，或者講話聲，鵝就歡喜雀躍。把兩隻大紅掌，不停的在地上拍擊，嘴裏吐出輕微的吟哦聲，像是在歡笑。阿金到了，鵝就迎上前去，依偎身旁，有時在水龍頭裏飲水，有時把長頸在阿金身上摩挲。這隻大鵝，足足養了十七年，到後來老得蹲在地上，無法動彈，阿金不時幫牠洗刷羽毛。牠輕輕撲着翅膀，表示感謝。我的女兒出國留學後，不時寫信回來，問起鵝的近況。我家的鵝，論年齡、論大小、都是罕有其匹的。殊不料一個寒冬的晚上，小偷光顧我家，目的是來偷鷄的。豈知妻有先見之明，早把鷄關在浴室裏。無法得手。於是小偷就把唯一留在院子裏的老鵝掠去。我們後來到處打聽牠的下落，妻也到菜場上去找，看看有沒有人把牠賣出，可以贖回。但是終無消息。這樣一隻老鵝，肉是沒法吃的。不知小偷怎樣對待牠。我們至今想起，還有無限的懷念。

妻最討厭養猫養狗。這也難怪，因爲猫狗要洗澡要處理排洩物，這些事別人不會做，只有落在她身上。她整天忙不過來，那有閒工夫管這些。所以寧可讓老鼠滿屋子跑，也不願養猫。但我家仍然有猫，那是野猫，因爲餵鷄有剩菜倒在院子裏，猫就聞香而來，妻也一視同仁，不加驅逐。只是活動範圍只限在院子裏，不能進屋。三十年來，進出我家院子裏的猫，也記不清數目了。最近的一次，是一頭灰黑的貍猫，在後院地板下的一隻紙箱裏生了兩隻小猫，一隻純白，一隻火黃。我的兩個孫女看到這樣可愛的小動物，自然歡喜萬分。她們的祖母也就特別討好，每天買二十元猫魚，拌着一大碗飯餵食。兩隻小猫漸漸長成，在百拉樹上跳躍追逐，平添不少活潑的畫面。可惜我們不久就遷居，我們最不能放心的，就是這一大二小三隻猫。臨走時妻還上菜場去買了加倍的魚拌飯餵牠們。隔了三天，我們去故居探望，三隻猫都在，沒精打采的向我們走來，虛弱得連鳴聲也十分細小了。我們於心不忍，自後每天我上班時提一袋拌魚的飯順道去餵猫。經過了一星期，因爲星期天我不上班，沒有送飯去。星期一去看牠們，已經不在，大概已到別處去覓食了。我低迴久久，並默禱牠們的平安。

我家後院，最有情調的，應該算是那水池了。這水池是用水泥糊成，呈狹長形，寬約一丈，縱二、三尺。雨水儲積，既不會太滿，也不會太淺。多年前，我從鄉間要來一些睡蓮，種在裏面，夏秋之季，每日清晨，就有粉紅色艷麗的花朵爛開，太陽出來後，便把花收斂。其後，覺得單有睡蓮未免單調，便開始養金魚。錦鱗潑剌，廻游其間，自有無限情趣。我們搬家的時候，我特地買了一個金魚缸把池中的金魚移養，置於客廳。這是故園中唯一帶到新居來的紀念品。

池塘中除了金魚外，還有不速之客，那就是青蛙。不知道是從那裏移居來的。我們聽到了嘓嘓之聲才知道院子裏有了青蛙。而青蛙的繁殖力又那麼强。每到夏天，池塘裏、院子裏，到處是嘓嘓聲。天愈熱，夜愈深，嘓嘓聲也愈響亮。這聲音真是響徹雲霄，令人神經緊張。於是雇工捉青蛙，捉一次便有二三十隻。捉過後是清靜得多，只留下一聲二聲。可是過不了幾天，却又滿園鼓噪了。我們也經常在池中撈蝌蚪，當然也是撈不盡的。直到秋涼，鳴聲才息。到明夏再來。

夏天，也是蝸牛登場的時候。一陣雷雨過後，前後院的圍牆上，就像掛了一盞盞的小燈籠。地上、樹上，也到處都是。我的工作是拿一個玻璃紙袋，走往院子裏，一隻隻把蝸牛摘下來，放在袋裏。每次總有幾十隻，然後擲進垃圾桶裏。

我們住過三十年的這座老屋，雖然有很多惱人的事，但是，回憶總是甜蜜的。可以預見的，在不久的將來，舊時庭院，會徹底的改變另一番容貌，不復能辨認，更無法再使我徘徊。趁着這記憶猶新的時候，留下一些鴻爪，作爲日後重溫的紀錄。

（選自九歌出版社「一髮青山」）

●**琦君**，本名潘希真，民國六年生，浙江永嘉人。之江大學中文系畢業，曾任職司法行政部，及文化學院、中興大學、中央大學等校兼任教授。曾獲文協散文獎、國家文藝獎、中山文藝獎、新聞局金鼎獎。著有「琴心」、「三更有夢書當枕」、「琦君說童年」、「我愛動物」等散文、小說、兒童文學三十餘部。

■應平書

秀外慧中的大家閨秀

以赤子之心爲文的琦君女士

在科學昌明的現代生活中，一個人活到七十歲還能寫作不斷，這不算什麼；但是如果一個人活到七十歲還能像孩子一樣蹦蹦、跳跳，對任何事都充滿了好奇的情懷，那就不是一件容易的事了。

而現年七十一歲的散文作家琦君女士！正是這樣一位全身充滿「活力」的「傳奇」性人物。

●「言行一致」的寫作人

認識她雖然只是短短的十年，也是因爲工作上的關係而和她建立起一種超越年齡的友誼，但是感覺上，已經和她交往很久很久了。事實上也的確如此，早在初中時代就喜歡她寫的那些溫婉有致的作品，在她對童年的回味中知道了她過去的點點滴滴；在她寫的生活瑣事中了解她的生活和愛好。及至真正晤面以後，更明白所謂的「言行一致」，琦君真正是言行一致的人。

猶記得第一次接受她的邀請在她家用餐的時候，她指著厨房裡各色各樣的調味品說：「我煮菜的時候，總是這加一點，那加一點，每一種味道都加一點兒，就覺得味道特別鮮味。」

的確，她的手上沒有食譜，而她的心中自有食譜，她是以藝術家的手法調合鼎鼐，飯後，她爲每個人倒上一杯自製的飲料，一面又爲大家解說飲料製作的過程。雖然事隔七、八年之久。但是當年那個夏日午後，邊飲茶，邊聽她妙語如珠談笑的情境卻仍恍如昨日。

說到琦君的「妙語如珠」，可又是她寫作的另一種才華。

●寫人物「栩栩如在目前」

一般人評論她的散文都是說她，無論寫人、寫事、寫物，都在平常無奇中含蘊至理，在清淡樸實中見出秀美；她的散文，不是濃妝豔抹的豪華貴婦，也不是粗服亂頭的村俚美女；而是秀外慧中的大家閨秀。

鄭明娳女士更說過：「在琦君的散文集中，寫得最出色的是懷舊文，其次是生活感想，至於雜談及遊記，都在前兩者相形之下被壓下去了。懷舊文都是回憶作者早年的生活，不論寫人、寫物、寫事，都把讀者牽引到文中的時代，與她共享快樂的回憶。這其中最出色的要算記人了。文字表達人物，最高的境界便是使人物『栩栩如在目前』，琦君便有這種本領；像她寫外祖父的篇章：『外祖父的白鬍鬚』、『紅紗燈』、『外公』活畫出一位快樂的人間神仙來。又如寫阿榮伯的『第一雙高跟鞋』、『阿榮伯伯』，更刻劃一位平凡的好人來。在懷念老師的文章中，如『聖誕夜』，直使讀者感動得泫然欲涕，『一生一世一雙人』、『啓蒙師』、『不見是見見亦無見』，更描繪出兩位截然不同典型風範的老師來。在琦君集子中最傳奇的人物，那乞丐頭子——『三劃阿王』的筆觸，也細膩得叫人喝采。」

當時看鄭女士這樣分析琦君描寫人物的特色，只覺得它說得非常有道理，也深深佩服琦君刻劃人物的才華。及至認識她以後，才發現她根本未曾刻意去「描寫」或「刻劃」人物，而是這些人的一舉一動，早已深深記在她的腦海中。是她過人的記憶和敏銳的觀察力，使她下筆如有神助，根本不必刻劃，就能自然地把每一位人物的特色表現出來。

除了見諸文字之外，她模仿人的表情、聲調更是維妙維肖，而這些也只有她在茶餘飯後，友人相聚之時，偶而露一手以爲助興的。所以，她雖然常常在公開的場合謙稱自己最不善於言詞，可是一到好友羣聚之時，有了她就不會有冷場。

●在台灣重拾寫作的筆

琦君的寫作開始的很早，她九歲就開始學作文，十一歲時，以文言文寫「祭兄文」，以白話文寫「哭哥哥」，就已經開始她的寫作歷程。十七歲她就開始投稿，第一篇作品是「我的朋友阿黃」，登在「浙江青年」。可是大學畢業後，她進入司法界服務，文書案牘消磨了她寫作的雄心。

幸好到了台灣，因爲舉目無親，心情落寞，她試著寫一些短文投給中央副刊，又投稿婦女家庭版都很快刊登出來，這樣奠定了她寫作的信心，也就從那個時候開始，她走上了寫作的不歸路。

一直到現在，她雖然七十歲了，又客居在紐約，可是仍然和國內的朋友時常「以文代信」互通音訊，甚至爲兒童寫故事、譯故事，她是文壇的長青樹，也是孩子們心目中永遠不老的「阿姨」，而這些都源於她有一顆永不老化的赤子之心。

說到她的赤子之心可說無遠弗居，無物不及，她愛人、愛兒童、愛動物、花草、樹木，甚至人見人厭的老鼠、蟑螂，在她看來都是可愛、可憐的。這種有情的極致就是菩薩心腸，而表現在她的作品之中，就自然流露出一股慈悲的胸懷。

●以心爲文

雖說文如其人，古今中外雖有很多作家的作品卻往往也有很多矯揉做作，甚至口是心非的「巨著」。可是琦君是真正做到以心爲文。她的每一篇章都洋溢著一片至誠，這正因爲她有至情才能做到這一境界。

琦君曾一再自謙所寫的散文都是「樸素的抒情文章」。的確，她的文章不矯揉造作，不忸怩作態，而是行雲流水般的自然，就給人以樸實的印象了。她自己也在「琴心」一書的序文中這樣寫過：「寫文章不僅要練字練句，更要練意，要練到人人意中所有，人人筆下所無，才是人間至文。華麗的辭藻，固然可以裝飾文章的外表，可是沒有真善美的內容，讀起來骨多肉少，終不免『以艱深文淺陋』之譏……。」

自梁實秋教授仙逝後，琦君無可置疑是前輩散文作家的代表人物之一。雖然說一直到現在很多人對散文仍然有很多不同的定義。但是不可否認一個優秀的散文家應該具備的條件至少包括了敏銳的觀察、豐富的常識、濃熾的情感、獨立的判斷。

談到敏銳的觀察，前面也已經説過，她不但有敏銳的觀察，更有過人的記憶。而且她不是觀察了以後，就裝到記憶的盒子去，而是把觀察所得反覆思索；而且不是從一方面看事情。她總是邊看邊想，而且是以一顆天真純樸的心靈去想。而她的心所以這樣靈巧，正於她的眼中沒有一件事是不重要的，沒有一個人是可以小看的。正因爲她這種誠懇的態度，所以什麼事都會對她產生撞擊力，她就自然進入事物的核心。

琦君生長在山明水秀的杭州，小時候父親就教她做對子，唸古書，進入之江大學唸中文又遇上江南大詞人夏承燾教授的薰陶，所以國學根基深厚。可是她這個「深厚」，卻又不是做學問的那種深厚，而是她有興趣才能背誦，是一種隨遇而安的求知態度，這和當年夏老師要她讀書時去得失之心，但求欣賞不必研究很有關係，而這正是一個優秀的散文作家所要具備的條件。

除了書本上的知識外，她對生活上的常識也表現出高度的好奇心，總要透徹了解各種事情的來龍去脈，這些都是她發揮感性的基礎。

●以眞摯、敦厚來看待世人

第三點說到情，她真是一位有情之人。她不論寫什麼總是在字裡行間露出一股濃濃的慈悲胸懷，這是她童年時母親寬厚的處世態度所給她的教誨。她的文章自然生動，細膩婀娜，充滿了對世人和萬物的關愛。她的文章中不是沒有可憎可鄙的人物，可是她用一種寬容的心情，體諒的心包容了他們的可憎可恨。她總是以真摯、敦厚來看待世人，比方說，她那篇「十個零鴨蛋」一文就是很典型的一篇代表作。

說到獨立的判斷，她在面對很多問題的時候都是不會盲從的。而她往往把自己的這種不盲從的主見隱藏在描述的文章中。比如說阿菊本來只是一個俗不可耐又小心眼的女孩，琦君卻把她喜劇化了，還把我們的觀點帶到她童年的觀點中，讓我們一起跟著她感受阿菊的俗得可愛。

另外，她見到人間不平的事，也有一套自己的補救方法。對於寫詩她曾經說過這樣的一段話：「我認爲古人可以垂釣、棋局，我們爲什麼不可以寫“乒乓”、“麻將”呢？一個人明明沈醉在湯姆瓊斯熱門音樂的歡樂氣氛中，如何硬要他體會『孤舟蓑笠翁，獨釣寒江雪』呢？」這種理論正可以證明她不是一個盲從的人。

●各種文類都獨具風格

琦君雖然是散文名家。可是她並不希望自己只限於寫散文。所以她也寫小說，從事兒童文學創作，評介詩詞名作，甚至翻譯、寫遊記。不管寫那一種文章，她都始終堅持用自己的風格自己的本色寫。當然由於她舊文學根基好，她最初開始寫作的時候常常把詩詞的文章引進去，她第一本書「琴心」中就有很多這類文章。朋友們對她說：「往好處看，可見你舊文學有基礎，從壞處看，就是甩不掉的辮子。」她覺得很有道理，這就像炒菜的人，不懂利用食物的天然美味，只知道猛加味精的道理一樣。當然，她後來就可以完全揮洒自如，再也不會有這種毛病了。

●熱心關切文壇幼苗

除了一直在寫作上兢兢業業之外，琦君對學生，對有心學文年輕人的愛護也是没話可説。她在司法部工作的時候就在大學兼課，後來從公職退休，教書卻一直没有中斷。一直到三年前因爲在陽明海運公司服務的另一半奉派出國，她也跟隨移居紐約。

在美國的客旅生涯對她來説，算是深居簡出。但是，她仍然心繫文壇，不但筆耕，讀書不斷以外，也不時應邀出席當地的學術性或文藝性的演説講座。她先後應聖約翰大學亞洲中心，賓州大學中國學生聯誼會的邀請暢談她的寫作生涯，甚至出席在海外舉辦的國建會、婦女聯誼座談等，對於國內的教育、文化活動她都非常關心。

她每次出席這些座談會就鼓勵年輕人多寫作、多投稿，甚至幫助她們潤飾、引薦到國内報刊上發表。她常常感嘆寫作時間不夠支配，可是卻又熱心爲年輕文友寫序、修文。她就是這樣一位永遠熱心而又關愛文壇「幼苗」的長者。

（原載於77年6月「文訊」36期）

髻

〈琦君作品選〉

母親年輕的時候，一把青絲梳一條又粗又長的辮子，白天盤成了一個螺絲似的尖髻兒，高高地翹起在後腦，晚上就放下來掛在背後。我睡覺時挨着母親的肩膀，手指頭繞着她的長髮梢玩兒，雙妹牌生髮油的香氣混合着油垢味直薰我的鼻子。有點兒難聞，却有一份母親陪伴着我的安全感，我就呼呼地睡着了。

每年的七月初七，母親才痛痛快快地洗一次頭。鄉下人的規矩，平常日子可不能洗頭。如洗了頭，髒水流到陰間，閻王要把它儲存起來，等你死以後去喝，只有七月初七洗的頭，髒水才流向東海去。所以一到七月七，家家户户的女人都要有一大半天披頭散髮。有的女人披着頭髮美得跟葡萄仙子一樣，有的却像醜八怪。比如我的五叔婆吧，她既矮小又乾癟，頭髮掉了一大半，却用墨炭劃出一個四四方方的額角，又把樹皮似的頭頂全抹黑了。洗過頭以後，墨炭全没有了，亮着半個光秃秃的頭頂，只剩後腦勺一小撮頭髮，飄在背上，在厨房裡摇來晃去幫我母親做飯，我連看都不敢衝她看一眼。可是母親烏油油的柔髮却像一匹緞子似的垂在肩頭，微風吹來，一綹綹的短髮不時拂着她白嫩的面頰。她瞇起眼睛，用手背攏一下，一會兒又飄過來了。她是近視眼，瞇縫眼兒的時候格外俏麗。我心裡在想，如果爸爸在家，看見媽媽這一頭烏亮的好髮，一定會上街買一對亮晶晶的水鑽髮夾給她，要她戴上。媽媽一定是戴上了一會兒就不好意思地摘下來。那麼這一對水鑽夾子，不久就會變成我扮新娘的「頭面」了。

父親不久回來了，沒有買水鑽髮夾，却帶回一位姨娘。她的皮膚好細好白，一頭如雲的柔髮比母親的還要烏，還要亮。兩鬢像蟬翼似的遮住一半耳朵，梳向後面，挽一個大大的橫愛司髻，像一隻大蝙蝠撲蓋着她後半個頭。她送母親一對翡翠耳環。母親只把它收在抽屜裡從來不戴，也不讓我玩，我想大概是她捨不得戴吧。

我們全家搬到杭州以後，母親不必忙厨房，而且許多時候，父親要她出來招呼客人，她那尖尖的螺絲髻兒實在不像樣，所以父親一定要她改梳一個式樣。母親就請她的朋友張伯母給她梳了個鮑魚頭。在當時，鮑魚頭是老太太梳的，母親才過三十歲，却要打扮成老太太，姨娘看了只是抿嘴兒笑，父親就直皺眉頭。我悄悄地問她：「媽，你爲什麼不也梳個橫愛司髻，戴上姨娘送你的翡翠耳環呢？」母親沉着臉說：「你媽是鄉下人，那兒配梳那種摩登的頭，戴那講究的耳環呢？」

姨娘洗頭從不揀七月初七。一個月裡都洗好多次頭。洗完後，一個小丫頭在旁邊用一把粉紅色大羽毛扇輕輕地扇着，輕柔的髮絲飄散開來，飄得人起一股軟綿綿的感覺。父親坐在紫檀木榻床上，端着水烟筒噗噗地抽着，不時偏過頭來看她，眼神裡全是笑。姨娘抹上三花牌髮油，香風四溢，然後坐正身子，對着鏡子盤上一個油光閃亮的愛司髻，我站在邊上都看呆了。姨娘遞給我一瓶三花牌髮油，叫我拿給母親，母親却把它高高擱在橱背上，說：「這種新式的頭油，我聞了就乏胃。」

母親不能常常麻煩張伯母，自己梳出來的鮑魚頭緊繃繃的，跟原先的螺絲髻相差有限，別說父親，連我看了都不順眼。那時姨娘已請了個包梳頭劉嫂。劉嫂頭上插一根大紅籤子，一雙大脚鴨子，托着個又矮又胖的身體，走起路來氣喘呼呼的。她每天早上十點鐘來，給姨娘梳各式各樣的頭，什麼鳳凰髻、羽扇髻、同心髻、燕尾髻，常常換樣子，襯托着姨娘細潔的肌膚，嬝嬝婷婷的水蛇腰兒，越發引得父親笑瞇了眼。劉嫂勸母親說：「大太太，你也梳個時髦點的式樣嘛。」母親搖搖頭，響也不響，她噘起厚嘴唇走了。母親不久也由張伯母介紹了一個包梳頭陳嫂。她年紀比劉嫂大，一張黃黃的大扁臉，嘴裡兩顆閃亮的金牙老露在外面，一看就是個愛說話的女人。她一邊梳一邊嘰哩呱啦地從趙老太爺的大少奶奶，說到李參謀長的三姨太，母親像個悶葫蘆似的一句也不搭腔，我却聽得津津有味。有時劉嫂與陳嫂一起來了，母親和姨娘就在廊前背對着背同時梳頭。只聽姨娘和劉嫂有說有笑，這邊母親只是閉目養神。陳嫂越梳越沒勁兒，不久就辭工不來了。我還清清楚楚地聽見她對劉嫂說：「這麼老古董的鄉下太太，梳什麼包梳頭呢？」我都氣哭了，可是不敢告訴母親。

從那以後，我就墊着矮凳替母親梳頭，梳那最簡單的鮑魚頭。我點起脚尖，從鏡子裡望着母親。她的臉容已不像在鄉下厨房裡忙來忙去時那麼豐潤亮麗了，她的眼睛停在鏡子裡，望着自己出神，不再是瞇縫眼兒的笑了。我手中捏着母親的頭髮，一綹綹地梳理，可是我已懂得，一把小小黃楊木梳，再也理不清母親心中的愁緒。因爲在走廊的那一邊，不時飄來父親和姨娘琅琅的笑語聲。

我長大出外讀書以後，寒暑假回家，偶然給母親梳頭，頭髮捏在手心，總覺得愈來愈少。想起幼年時，每年七月初七看母親烏亮的柔髮飄在兩肩，她臉上快樂的神情，心裡不禁一陣陣酸楚。母親見我回來，愁苦的臉上却不時展開笑容。無論如何，母女相依的時光總是最最幸福的。

在上海求學時，母親來信說她患了風濕病，手膀抬不起來，連最簡單的螺絲髻兒都盤不成樣，只好把稀稀疏疏的幾根短髮剪去了。我捧着信，坐在寄宿舍窗口淒淡的月光裡，寂寞地掉着眼淚。深秋的夜風吹來，我有點冷，披上母親爲我織的軟軟的毛衣，渾身又暖和起來。可是母親老了，我却不能隨侍在她身邊，她剪去了稀疏的短髮，又何嘗剪去滿懷的悲緒呢！

不久，姨娘因事來上海，帶來母親的照片。三年不見，母親已白髮如銀。我呆呆地凝視着照片，滿腔心事，却無法向眼前的姨娘傾訴。她似乎很體諒我思母之情，絮絮叨叨地和的談着母親的近況。說母親心臟不太好，又有風濕病，所以體力已不大如前。我低頭默默地聽着，想想她就是使我母親一生鬱鬱不樂的人，可是我已經一點也不恨她了。因爲自從父親去世以後，母親和姨娘反而成了患難相依的伴侶，母親早已不恨她了。我再仔細看看她，她穿着灰布棉袍，鬢邊戴着一朵白花，頸後垂着的再不是當年多采多姿的鳳凰髻或同心髻，而是一條簡簡單單的香蕉卷。她臉上脂粉不施，顯得十分哀戚，我對她不禁起了無限憐憫。因爲她不像我母親是個自甘淡泊的女性，她隨着父親享受了近二十年的富貴榮華，一朝失去了依傍，她的空虛落寞之感，將更甚於我母親吧。

來臺灣以後，姨娘已成了我唯一的親人，我們住在一起有好幾年。在日式房屋的長廊裡，我看她坐在玻璃窗邊梳頭。她不時用拳頭捶着肩膀說：「手酸得很，真是老了。」老了，她也老了。當年背對着背梳頭，彼此不交一語的仇視日子，轉眼都成過去。人世間，什麼是愛，什麼是恨呢？母親已去世多年，垂垂老去的姨娘，亦終歸走向同一個渺茫不可知的方向，她現在的光陰，比誰都寂寞啊。

我怔怔地望着她，想起她美麗的横愛司髻，我說：「讓我來替你梳個新的式樣吧。」她愀然一笑說：「我還要那樣時髦幹什麼，那是你們年輕人的事了。」

我能長久年輕嗎？她說這話，一轉眼又是十多年了，我也早已不年輕了。對於人世的愛、憎、貪、癡，已木然無動於衷。母親去我日遠，姨娘的骨灰也已寄存在寂寞的寺院中。這個世界，究竟有什麼是永久的，又有什麼是值得認真的呢？

（選自爾雅出版社「紅紗燈」）

●**張秀亞**，筆名有心井、陳藍等，民國八年九月生，河北滄縣人，北平輔仁大學畢業、歷史研究所研究。曾任重慶「益世報」副刊編輯、輔大講師等職，來台後任教於靜宜英專，後任輔仁大學大學部及研究所教授。曾獲中山文藝獎、文藝協會散文獎，著有散文集「三色董」、「湖上」、「北窗下」、「曼陀羅」、「石竹花的沈思」、「杏黃月」等近三十冊，小說「大龍河畔」、「尋夢草」、「藝術與愛情」等，另有詩、藝術史、文藝理論、翻譯等類型著作多冊。

激流與風暴交奏出來的河唱

張秀亞女士心性中的柔與韌

■黃秋芳

年初筆者有趟遠行，在日本，歷經過梅紅櫻雪，直到盛夏之末才回來。

長時間的奔忙讓人疲憊，舊歲裡許許多多好的與不好的習慣，都在旅行途中丟棄了，包括採訪，一種畢業後就不斷持續著的職業慣性，那份無止盡的消耗叫人心慌。然則，知道張秀亞從美國回來，像火浴後再生的鳳凰，有蛻新的感覺昂揚晃漾。記錄一個時代的好筆，無論如何，終究是一次極具魅力的「蠱惑」，何況是這樣一枝半世紀來紙上耕耘不輟，結集作品近七十冊的健筆。

●不凋花的形象

張秀亞給人的印象，向極單純，喜歡寫作、喜歡散步、喜歡窗子、喜歡寧靜，喜歡白鴿的無瑕純淨，更喜歡紫丁花垂掛出來的謙遜無華。

像她的文字一樣，明淨、委婉，幾乎是透明的，帶著點精神上的潔癖，如水清清，所有的悲愁和喜悅都從心底深處迸現，不摻有任何故意「做」出來的渣滓，一如她極喜愛的作家喀萊爾(T・Carlyle)所宣示的：「簡單、誠實、自然，巖隙裡散佈著花光燦爛的綠原。」

喜歡她的人，都習於把她比擬成純潔的天使。或者是循著她文字裡的暗示與提醒，設想著她的來處：也許湖上、也許河畔，抑或是草原與星原的接際，和更多紅塵過客比較起來，他們更願意她是個精靈、是場冬天裏的春天的夢。

所以，當她「驅著字句的羊羣」，自甘是「逐幻想的水草而居」的無求女子時，已經在讀者的想像裡，幻化成一兩聲清脆的羊鈴，音波柔和地蕩漾在夕暮帶著草香的空氣中，彷彿身著白色亞蔴衫裙的牧羊女，從遠處走來，幾朵浮雲似的白羊，似是懷著無限的眷戀、依恃，環繞在她身邊，翹足引頸爭囓著她手中一串串褐色的野菓。

這麼多年了，這樣一幅形色鮮明的意象，牢牢地佔據著讀者的認知與想像，像一種不凋花，它太純、太美，以至於沒人捨得用更深的顏色塗濁了她的形象。就是在人世的坎坷歷盡，她從她一生的流離黯淡裡萃取出生活的尊嚴與智慧，又盡量淡化了情緒裡的困頓滄桑，堅持著生命的奇蹟昂揚不悔，這種種强韌的歷程也都慢慢隱去，模糊成一片柔和失焦的光與影，像一灣溫柔的小河，不斷不斷在喧鬧著脆聲和粼光。

●從生命的缺口流出

確實，張秀亞一生的際遇如河，然而，卻没有經歷過幾年波平如鏡的安穩歲月。就在她親自翻譯的歌德詩作「小憩」的字句裡：「……小河流動、不疾不競、而水碧波澄……」其實也吐露出她最深沈的痛楚與體悟，也就是說，不費力氣的幸福可以維持著一種理所當然的溫舒平靜，但是在驟遇阻礙時，小河會遽成急湍，所有生命的浪花會迅速漩開。

泰戈爾不是說過嗎？「音樂從生命的缺口流出」，多少年來，她記憶的微雲，也是在生命的缺口裡，慢慢堆疊出來。

檢視她的大半生，民國八年出生於燕薊平原，四歲成誦，以為日子可以過得平平安安的，誰知道軍閥禍國，平靜優美的田園，竟然到處啼痕，而後革命軍北伐，那幾年她的童年生活，她稱為是生活的「黃金段」，小學畢業，她考入有名的河北省立第一女師，(凌叔華女士畢業於該校第九班，張秀亞則是卅一班的學生)而輔仁大學在盧溝橋的砲聲後，成為她生活中的方舟，她自西語系畢業後，又考入了該校研究所史學組，後來曾任益世報副刊主編、靜宜英專教授，現任輔大及輔大研究所教授以及國大代表。

她與時代脈搏一同起伏的經歷，全部忠實地表現在七十本著作裡。「北窗下」一書，替她掙得一座光燦的中山文藝獎，她以長詩獲婦聯會卅八年徵文首獎，更以其他作品獲得中國文藝協會首座散文獎章、中央婦工會首居文藝金獎章。七十四年在輔大創校六十週年紀念大會中，她更獲頒首居傑出校友獎，更是清清楚楚地記錄著她的內在力量。我們相信，這世間沒有任何一種純然的夢幻，可以昂然獨立，成為一種時代的標的，得獎種種，不見得是足以炫示的籌碼，但卻鮮明地見證著，她是如何以才能踐履著她對生命的承諾。

「如果自認為是夠堅強，不妨把命運的苛待認為是一種優待。」她有足夠的勇氣這樣說。那麼，所有情迷於不凋花形象的孩子們，是不是也有足夠的智慧去辨識貫串在柔美的瓣縷間，那種無畏的勇氣？

●伴隨著母親的美麗與哀愁長大

可以說，她是一條無悔的河流，在激流與風暴的交撞裡，以她自己的喧唱方式，遠遠長長地堅持著，從很小的年紀起就安然成形。

那時，她在渤海之濱，面對著終日有雪白水鳥展翅飛旋的海波，始終記得母親指著那白茫茫的，浮著鹹花的土地嘆息：「真是苦海鹽灘啊！」

而她那常年宦遊他鄉偶爾遄回的父親就笑著說：「樹葉落在樹底下，你到底還得跟著我在這苦海鹽灘上居住啊。」

出身書香世家的母親，從草長鶯飛的江南嫁到地瘠民苦的北方田連阡陌的地主家庭，生活習慣都不稱心，還要伺候因長年臥病而性情躁急的高堂，舊時明慧歡愉的性格，慢慢變得沈默多感。於是，張秀亞承襲了那份沈重的憂鬱，又自洋溢在童年邊際的一片海邊草色，學會用幻想來飾美夢境。

她昂意款款地回顧：「世界上如果還有我羨慕的東西，那便是小小的黃鸝，黃昏雨後，在枝間葉底，歌唱著自己的憂鬱、幻夢和歡喜。」

小小年紀的張秀亞，就這樣跟著母親，坐在風涼的階前，望著滿天小窗户似的星顆，聽她述說著許多故事。有時候，母親開了個頭：「秋風起了，百草都結了籽粒。你聽賣黑油的鈴鐺，叮噹叮噹的，才長齊翅膀的小雞，冷得咯咯直叫。」在母親溫柔詩意的逗引下，她接著編造一些故事，有時雖然露出許多馬脚，可是母親卻仍頷首含笑，輕撫著她的小辮子，任她說了下去，也把一星星創作的火苗，放進她溫熱的心胸，無止盡地燃燒著。

●第一次表現了生命的靭性

童年的結束，是在麥秋歉收那年。一部分無以爲生的農人，藏伏在村外高粱地裡搶劫行人，家裡二伯父被綁架的晚上，傭婦吹熄了油燈，抱她藏在厨房門後，她聽到斷續的槍聲，還小聲「砰，砰！」地模仿著，後來她慨嘆著：「哪裡知道，這不只是生命中第一聲槍響，而是人生災難的正式開鑼。」他們全家後來遷居天津，北伐後不久河北省府遷至保定，她父親就代理省府駐天津辦事處長，生活好轉，在那裏她於初三時就開始了她的寫作生活，她的作品曾得到當時華北及華中各大報文藝副刊主編及名作家們的讚美，他們稱她爲北方最年輕的女作家，這些鼓勵分別來自沈從文、蕭乾同、凌叔華，她寫作的靈燄，在文壇長輩們的鼓勵下，漸漸燃亮了。在師範畢業時，她出版了她的第一本書「在大龍河畔」。

民國廿六年夏天，因爲時局動盪，年邁的父親不願再在大都市逗留，偕同老母回鄉，而年輕的張秀亞因爲後期師範尚未畢業，只有住在校中。没想到，後來，七七事變發生了。她住在一處女子公寓裡，她爲了準備考大學，桌面當時攤滿了大代數、幾何……這些課本，没想到耳朵卻持續喧鬧著隆隆砲響，以及隔壁公寓中的服務人員日夕在搗大蒜的聲音——原來，城裡不斷傳説著日軍準備施放毒氣，所以他們都急著搗蒜摻泥巴做防毒面具呢。

城裡四處都亂，這個埋在書堆裡的年輕孩子卻一點也不害怕，反而孩子氣地興奮著，她覺得一個年輕人從事報國的時代要來臨了。

她本想南下參加抗戰行列，後來兄姊們説，她年紀太小，還是再讀幾年書，讀書也一樣可以報國。到了考期那天，她端著墨盒，神情莊肅地走出堆滿了砂袋準備巷戰的街頭巷口，裹在那襲淺藍衫裙裡的短小身影，一個一個跳過砂袋，全心全意去赴考。到了考場，封閉的教室讓她一怔，她看到封條上的公告：「奉學校當局命令，本次考試停辦；各位證件，容後另行寄回。」

這張公告，一時竟叫她呆住了。同學們都回鄉避難，連兄姊也南下從軍去了，她一個人留在公寓裡，像個孤魂野鬼，不知道該做些什麼，最後，她還是決定要考大學，這個堅定的信念，讓她暫時在惶亂中安定下來，她開始平靜地思索一下如何度過未來的日子。

過了一陣子，日軍入城了，北平淪陷，胡塵滿街，匯兑中斷，她投稿的文藝刊物也遷離了，她的生活陷入困境，只好以賣去哥哥留給她的莎士比亞全集等典籍的錢拮据地過活。這樣過没幾週，她知道如果日子要繼續過下去，她一定得去找工作，無論如何，她告訴自己：「我不要向現實低頭，絕不。」

透過中學高班同學的介紹，她決心暫時放下準備考試的課本，全天候執教於一附設小學的私立中學。憑著平均九十多分的優異畢業分數及全省師範生會考第三名的成績，她拿到校長排給她的課表，仍然是自在的，那是：小學一、二年級的合班國語；三、四年級的合班自然勞作；五、六年級的合班歷史；初中一、二年級的地理；高中一、二年級的英文，幾乎是個全才教員，同時兼任圖書館館長、館員。

這樣「鉅額」的工作量，月薪卻只有十二元僞幣！支付食宿費用都嫌窘促。所以，她幾乎常吃小米做的餅子，然而她從來不抱怨，每次上課，綽號「大鼓」的嚴厲校長就面無表情地站在教室外巡察，沒多久，她不但得到他難得的嘉許，而且面對轟走一位大學畢業教員的頑劣學生，這個小老師以一種又柔又韌的獨特魅力，使他們個個在聽課之後，口服心服。

她果然沒肯向現實低頭，反而以昂揚的生命力來接受生活考驗。第二年，她考進創校十二年來第一次招收女生的輔仁大學，此後，她就提著小小的方箱，興奮地走向那典麗的知識殿堂。恰在這時，她的故鄉已能與古城通郵，家中的接濟也匯到了，她開始自拮据的生活中解脫出來，而又悠遊於文學的典籍與大自然的美景中了。

●第二次抉擇的勇氣

當時的輔仁大學真是名師如雲，許多不願在敵僞學校任教的名流學者，紛紛轉赴輔大。對於知識，一向帶著天真熱情的張秀亞，在中文系裡是個出色的學生，同時也不放棄西洋文學的涉獵，爲了開拓知識的天際線；她又準備轉入西語系。不過西語系系主任要她退一班重讀一年，她想她有她的理想要去奔赴，實不願耽擱一年，所以堅定地說「不！」

系主任想了想，提出一個條件：「你如果不想退一班，就得在這學年考得全班最高分。」

張秀亞沒有答話，只是安靜地向老師鞠個躬就退出辦公室。誰也不知道，這個表面看起來極爲纖柔的女孩，內裡已經燃燒起熾烈的勇氣，像初三時一個人從天津坐火車跑到北平去找凌叔華那樣，事情既經決定，她從不肯輕易退縮或後悔。

第二年，她捧著最高分的獎狀和成績單，以及學校免學費的優待，轉進西語系，貪婪地生吞活剝著一些西洋文學典籍。浪漫主義的感傷氣息、寫實主義的吶喊高歌，以至於象徵主義的朦朧色調，糾纏在她的胸臆裡晃漾起伏，是她那永不止息的好奇，替自己打開一扇天窗，看透了無限流麗的一片雲影天光。

回顧年輕時的鮮明燦爛，張秀亞淡淡地說：「我平常極爲注意人際關係，不願意傷害任何人任何一絲感情，沒想到後來因爲我要轉系，中文系與西語系兩位系主任竟至互不講話的地步。」

講到這裡，她那恬靜的臉顏忽然粲粲笑開，眼神裡浮漾著孩子氣的捉狹的慧黠，她俏皮地說：「希望這兩位老師在天堂上講和了。」

●第三度人生轉折

畢業後，她已是兩本小說集的作者了，系上有位美國教授何濟瑞（A・Hotze）鼓勵她到美國深造，熱心地把她的成績單和作品都譯成英文；輔大女院院長是個出身普魯士聯邦王室公主的德國修女，平常極爲呵護她，這時更積極以助教薪額說服她留校做編譯員，爲教會譯寫詩文；而外文系系主任則希望她考輔大文學研究所唯一的史學組，同時協助他以楚辭體翻譯聖籍中有關彌撒禮儀的部分。

三個關愛她的師長，三種充滿遠景的規劃，她都不忍心拒絕。這時，同學們都回家了，一個人的心事沒得商量，她就每天跑到學校後門外的荷花池去，在一池映照著花葉的碧水邊，心知時間會決定一切，她不想預支太多的煩惱。

後來，美國教授申請的入學許可已經寄來，可惜因在珍珠港事變後，無法成行。輔大編譯員的聘書也送到，就是因爲在大學期間文學史成績超過九十六分，而獲一門免試的研究所考試，也金榜題名，這時候，她可不能再由荷花池上的漣漪與青萍來幫她做決定了。她想了想，就走進了研究所史學組的教室，富詩畫意趣的古物，摩挲著生銹的古銅器，研讀著史學史，可以把她那極富詩心畫意的思古幽情，凝聚成具體的愛戀，這確實也是件有趣的事，於是，她一方面讀研究所、一方面做編譯員，同時也協助系主任完成了彌撒經文的翻譯。

照說，日子原可以平平順順地這樣過下去，只是，越接近抗戰尾聲，敗象已現的日軍對淪陷區的高壓手段就更爲苛酷。張秀亞並不怕吃苦，厭惡的是，在那可怕的恐怖統治中，不得保持自由高貴的人性尊嚴。於是，她和幾個同學把描劃到人生藍圖的箭頭一轉，決定奔赴當時抗戰的司令台重慶。

要突破那樣嚴厲的封鎖線，自有許許多多的困頓、痛楚。六十餘天荊棘、荒原中的跋涉，坐排子車、坐木船，途中驚險百出，當她擠在小渡船裡橫過黃河時，在方化的河水中，倉卒間她失落了她的黑絨棉鞋……，一直到了自由區「界首」的城邊，她看到了青天白日的旗幟飄揚，她和同行的兩個女伴緊繃、糾結的情緒才一下鬆散開來，而化爲一陣熱誠的歡呼。

說也奇怪，那些疲憊、慌亂跋涉的苦辛，都刻意壓進記憶底層，獨有愛護她的西語系主任夫人爲她縫製的那隻黑絨棉鞋，常常飄浮在思潮起伏的無眠的夜裡，張秀亞講得很美：「直到現在，我還覺得那雙黑絨棉鞋，替我在黃河的波心裡留下一個逗點，這是我人生旅途上值得紀念的一筆。」

這就是張秀亞。無論生活如何顛撲動盪，她總是會在最陰暗的地方，找到夢幻和光彩。如是，她帶幾分依戀地甩開學生時期的光燦，以極近於孩子氣的天真，熱愛起自由區裡的青年男女朋友，愛他們輕快的步伐、昂揚的精神，甚至連那些土布製服她都無限心喜。她就帶著這樣全新的心情，經由看過她學生時代作品的于斌總主教推荐，更通過益世報社長的「翻譯教宗文告」的筆試，走過她人生迴廊的另一重轉折。

●人世的眞相

她的熱情和天真，與其說是富於浪漫情調的牧羊女，我覺得更像是和小王子一樣流落在一人星球裡的「小公主」。

父母親給她太豐盈的愛，但卻不忍給她任何有關「人世真相」的揭示；又念的是教會學校，自然接受了古典經籍、田園詩文的暗示，把世界想像得恬美而安詳。和她同時代、同在北方，又同樣喜愛文藝的林海音女士表示：「我青少年時代沒有少女夢幻的夢幻，幾乎一點點都沒有，張秀亞的少女時代可有一段很長很長的時期。」

這樣的張秀亞，到了嚮往已久的自由區，幾乎是帶著無數夢的衣裳，出現在相識卻不相熟的朋友間。她很快地結婚，又很快從愛情的魔法裡醒來，自己繼續走上詩文為伴的創作之路。

也許，這種種殘忍不幸的際遇，是上蒼對於這個小公主的垂憐，讓她在痛楚磨蝕裡，真正去觸及人世的真相。她對愛情失望、對婚姻覺得疼惜，而後，她又在對自己兩個小兒、女的摯愛裡，反芻對母親的歉疚與思念。

生命出現了許多難題，可是，她沒有被擊倒，只是清醒，明明淨淨地把生命看透。她開始浮游於自在人世，翻開書頁，讀幾篇好文章；掀開琴蓋，奏一支曲子；打開顏色盒，畫下窗前的一枝新綠，或者是拿起一枝筆，寫一首詩；望著遠方天光，唱一支古老的歌；凝視羣魚追逐那浸碎的白雲；看著鄰家的鴿子飛上天空……。

在最簡單的生活裡，她感受到最深沈的快樂。表現在她的文字裡有這樣的字句：「我只訂了兩份晨報，還未再去訂一份晚報。而每天下午，總有一份晚報投進我的窗口——好大的一張，是米黃的道林紙印的吧，紙張黃澄澄的。我仔細讀著它，內心感到無比的舒適與寧貼，美麗的夕陽是這份晚報的主要篇幅，而星星同月亮又爲它編寫了清新可誦的副刊。」

那是一種多麼曲折生動的想像，像一場美麗的震懾，把鮮明的意象牢牢地拼貼在讀者的記憶裡。然則，對於張秀亞而言，她的文字世界，豈只是美麗而已，想像著一個人坐在黃昏裡，永遠只是一個人，一個人去體會一點點光影的移動，細細碎碎地……，苦澀，然而細膩，因爲細膩更加重了苦澀的滋味。

最難的還不是她要如何忍受這些苦澀，而是提昇、淨化。當她對人世失望、挫折到了極處時，她所找到的最後教贖力量就是愛。透過她的巧思，那些直接的痛澀滋味都沈澱了，我們只看到一顆永不褪色的童心，一片真純，和一種溫柔敦厚的愛意。她用她無塵的心靈來體驗人生的景致，雲彩、霓虹、星星、草原，甚至一片葉子或正常事物，她看見了，她聽見了，也希望我們也能夠清楚地看到、聽到。她說，她自一些優美詩文的有限文字中，看到無限；她更說，她在一片寂靜裡，往往轉覺萬籟有聲，而她更把這聲音爲我們轉化成音樂。

她這一生，激流與風暴的日子都一個人熬過來了，我們能夠在乾爽芬馥的岸上與河唱相遇，是一場何其美麗的經驗，又何其欣幸！

（原載於77年10月「文訊」38期）

憶父

〈張秀亞作品選〉

黃昏的時候，如此淒寒，外面的雨越下越大了，竹編的短牆外，有一個藏藍衣裳的老人走過，手中執了一把黑布雨傘。雨絲沾上了他皤然的鬢邊，灰白的鬍鬚……但他的唇邊，依然浮漾一絲溫藹的微笑，好似陰雲後面的一線晴暉……我匆匆的走下石階，才要打開門迎他進來，接過他手中滴落的雨珠的舊布傘……但一聲輕雷，碎在天邊，那幻影突然消失了，我方才意識到父親已逝世十年了，我迷茫的立在冷雨中，心頭感到一陣凜寒。

那在我已成了習慣的動作了——每逢走到街上，看到一個華髮的老人，便忍不住要多望他兩眼，希望自那多皺面孔上，花白的鬍鬚間，尋到一絲熟悉的，溫藹的微笑，但及至那陌生的老者投過來驚詫的一瞥，我不禁羞愧得面孔紅脹，轉身而遁，可憐無父的孤兒，何處再去尋求慈父的微笑？

透過那直淌眼淚的窗玻璃，我似乎看到了千萬里外那一片鬱黑的松林，微紅的夕陽下，孤零的松子成熟了，間或撲簌的落到地上，一道清冷的小溪，嗚咽著向前趕路。我也似聽到了這墓園中的鳥鳴，一聲，兩聲，稀疏如同簷前的殘滴。就在寂寞的墳場內，黃土覆埋著那一絲溫藹的微笑，覆埋著那顆最愛我的心靈，覆埋或我親愛的父親。

十年了，我在世間做了無父的孤兒，如同一株細弱的小草，在淒風苦雨中顫搖，多少次，在不幸的重壓下我要仆倒了，但我記起了父親，那一生耿直堅強，曾如松柏般苦撐著傲骨的父親，我遂拭乾了滿頭雨珠，力抵風雨的推曳，挺直了腰身。

父親去世十年，而我不見他的慈顏，算起來已有十一個年頭，他是我離鄉遠走的翌年去世的，我無法探聽他致疾致死的原因，但是我的離平赴渝，實增添了他的懸念，當更加重了他的心疾。

在古城中，於敵僞的壓迫下，苦渡了四年窒息的生活，三十一年夏，我終於畢業，如同一隻小鳥，羨慕遠處山林明媚的風光，我拍拍翅膀，試試它的强韌，想飛了。

是一個秋末的下午，父親自故鄉×縣趕來看我，課後，我伴了他到北海公園的荷池畔。殘葉滿塘，枝柯間偶爾飄來一兩聲蟬鳴，更使人感到蕭索。當我悄悄的吐露出我遠行的心意，慈愛的父親一手撫著池欄，並未置可否，只怔怔的凝望著暮靄中深紫的遠山……寂靜中，忽然有兩架敵機，軋軋的掠空而過，父親手中的烟斗，突然掉落到地上，他並不去收拾烟斗，只仰首看著天空，我見他額頭的皺紋似乎加深了。

「啊，這兩架罪惡的飛機，不知又去轟炸我們後方的什麼城市。你的姊姊也好久沒來信了，不知她在那裏？」他低下了頭，吐發出一聲悠長的嘆息，我聽得出那聲音爲無形的淚水浸透了。

姊姊是先我兩年奔赴自由祖國的，而消息杳然，父親不忍正面否決我的意見，但我懂得他言語的深意。我再不敢提起了，在嘶啞的蟬鳴聲中，父親踏著一地夕陽送我回校，走到什刹海邊，他突然站住了，遞給我一包點心，我也不知道是什麼時候買的。

「我明天就要走了，不必來送我。」

我呆呆的站在那兒，深自懊悔引父親傷心，怔怔的望著水上斜陽，一句話也說不出。

「你回校吧，不早了！」走了幾步，父親又回過頭來叮嚀著。

第二天晚間，我上街購物，偶爾行經父親住過的旅社，見他住過的那間屋窗上，晃動著那微僂的影子，我狂喜的撲了進去，可不是，父親正在窗前踱著步子，他見了我，衰老的臉上湧起了那麼歡快的笑容。

「孩子，爸爸知道你今天會來的，所以沒有走。」

他捨不得離開古城中的女兒，所以又躭擱了下來，但他並沒有通知我。

「爸，如果我今天不來呢？」我輕輕的笑著說。

父親高興的撚著花白的鬍鬚。

「那我至少又和我的孩子在同一個城中多待了一天。」

我又感又愧，真要哭出來了，父親又怎會知道我今天只是途經這兒，並不是誠心的來看他。我翻動著書包，拿出來才收到的一筆數目很小的稿費，撕了一張筆記簿將它包了起來，匆匆忙忙的背過身去寫了幾個字：「獻給爸爸。」遞了過去。

父親笑吟吟的打開了紙包，卻將錢悉數落在我的書包裏，滿面得意的神情，將那包紙細心的疊成整整齊齊的四方形，掖到自己的衣袋中，我從來沒有看見父親這麼快活過，歡樂的情緒，在他的臉上燃燒。

「孩子，爸爸已經收下你的錢了。」他又接著說：

「我回去後還要爲你寄點錢來，多用功，但也要保養身體，天冷，穿得暖一點……明天不要來了，爸爸一定要走了。」

是的，爸爸一定要走了，爸爸真的走了，他當真一去不返！三年後的一日，我在重慶接到家人的信說，父親在一個清晨，手揑著我一封「報平安」的信死去了。前一天他爲了山城中女兒的信至，曾在院中擺起几案，虔誠的燃起香燭，向天膜拜，感謝上蒼默佑他的幼女。實際上，我寄給父親的一張潦草的家書，還是和朋友遊散談笑之暇，抽出了幾分鐘的時間，匆遽寫成的。遠遊的孩子，也許隔二三十天，甚或幾個月才偶爾憶起了故鄉中可憐的老人，但那一封寥寥千數字的短簡，竟成了父親莫大的安慰與喜樂，爲此而謝神敬天！

父親的死，據我仔細推想，是由於思念遠遊的孩子們，更因自故鄉陷入敵手後，生活受盡騷擾，致不能享其天年。

在二十七年敵軍將侵入天津之際，父親便辭去了省府的職位，他不願看到敵騎縱橫的狂態，同時，也思及「大亂住鄉」的老話，而想歸隱田園，但不幸幾個月後，敵手也伸入那個安謐的縣城，同時，更加上土八路的竄擾，美麗而平和的鄉村，竟是到處啼痕。

我到重慶後，接到的父親信中，末了總是綴有一句：「捐稅奇重。」原來是倭兵白天來要錢，搜完了錢就遁去，土八路是夜間來要錢，到手才肯走。這兩個魔鬼把守晝夜兩扇大門，遂使善良的老百姓無法生活，何況父親半生宦遊根本不懂農事，田產收入，再經過總管的剝削，到手中的，只是一些欠債的賬簿了。

後來聽一個族人說：有一個麥秋，田中收成很好，憂鬱的父親，也展開了笑顏，但當夜土八路又送來勒索的條子，要麥子十擔，父親眼看著袋袋金黃的麥粒，裝上了羣魔的車子，自己撿起了一根輕飄飄的麥桿，怪詩意的笑著說：

「到底我們還清了這筆孽債！」

父親當晚還買了酒同小菜，和賬房先生對酌，誰知敲門聲又起，一張勒索的條子又送來了，又派穀子五擔。堅强的父親至此竟流下了眼淚，經過這番折磨，他終於病懨懨的病倒了，母親著女傭爲他做了一碗蛋花湯，父親竟自病床上掙扎起來，憤憤的將一碗熱湯潑在地上。

「什麼樣的年月呵，我們還有吃蛋花湯的福氣嗎？」

這時候，大伯父遭到土八路的綁架，二伯父被敵人縛在樹上，鞭撻了一日夜，要他說出藏錢的所在，父親小病稍癒，趁了一個無星無月的夜，和母親一同摸索到井欄邊，將歷年縣長任內得到的嘉禾章，獎狀，一齊投入沉沉的井水裏，另外，又預備了一頂鄉農的斗笠和短衣。

過了幾天，大批的土八路當真蜂擁而至，父親穿起了短褐，戴起了斗笠，化裝成貧農模樣，跑到田野間，這時候，初秋的月亮已升得很高了，田間露水很重，一陣風來，更挾來侵人的寒意。父親一手扶著竹杖，在田陌間顫抖著，還是一個同逃到田間的堂嫂看著心裏難過，折了一把濕漉漉的鳳尾草遞給父親：

「叔叔，您就這上面坐坐吧！」

這苦難的生活，終於毀壞了父親的健康。

勝利後，姑姑到北平來看我，自她的小箱中，拿出了一隻千瘡百孔補綴了多少次的灰色線襪，她說：

「你父親說過，你看到這隻襪子會哭的，在土八路同敵兵的侵擾壓迫下，穿一雙完整的新襪子都是罪，所以，補了又補，直成了這個樣子。」

姑姑更說，在父親歿後的三「七」，她和母親都同時夢到父親要襪子。她們買了幾雙線襪，放在父親新砌的墓門前燒了，灰燼中吹起一陣小旋風，渾圓得如同父親生前用硃筆在古書上畫的圈兒，她說，這證明死者已將襪子收了去了。這說法雖近迷信，但卻是怎樣的可悲！

拿起父親生前穿過的舊線襪，我不禁聯想到雨果的悲痛詩句：

「啊，你遭難的死者，

沒有人知道你們的姓名！」

（選自林白出版社「杏黃月」）

編後記

■封德屏

兩本各厚達三百餘頁的「筆墨長青」、「智慧的薪傳」即將完稿付印，望著它們，好像了卻一樁埋藏已久的願望，充滿了欣喜與感動。

在去年由文訊雜誌主辦、六家文學雜誌協辦的「文藝界重陽敬老聯誼活動」中，整個會場充滿了溫馨感人的氣氛。服務於新聞局國內處的作家丘秀芷，向總編輯李瑞騰提起合作爲這些前輩作家、學者出書的計劃。文訊雜誌自創刊以來持繼不輟的「文宿專訪」，正是這個計劃最好的基石。有了新聞局的贊助及鼓勵，這兩本書就開始進行編輯作業。

「文宿專訪」不但是「文訊」最重要的專欄之一，也是雜誌當期的封面人物。文訊雜誌用這個專欄，一方面爲前輩作家、學者留下珍貴的記錄，一方面表達我們對他們的敬仰與推崇。除了慎重的決定人選，敲定適合撰寫或採訪的作家外，照片、畫像，無不盡心拍攝、繪製。前輩作家的作品目錄，都藉此整理出來，以供後生晚輩們參考閱讀。

在「文訊」幾年的編輯生涯中，許多溫馨的回憶也隨著工作的進行留在心底深處。猶記得和李宗慈在楊雲萍教授杭州南路日式宿舍，從午后坐到天色全暗；大雨滂沱中和焦桐造訪曾虛白教授的住宅；和九十二高齡的何容先生在垂滿長鬚的老榕下合影留念；王文漪女士遠在天母的家，和她和靄溫煦的笑容；坐在台灣文壇前輩巫永福典雅的客廳中，謹慎地用不靈光的台語和他交談；鄭騫教授的滿室書香和他家那隻吠聲響亮的狗；楊乃藩先生樸實無華的住宅和他健筆如飛的架勢；張秀亞阿姨堅持要請我們一大票人午餐的隆情厚意……。

和這些七、八十歲，甚至九十高齡的作家、學者在一起，並不如想像中的拘謹。他們幽默健談、多禮謙遜，使人如沐春風。他們對事認真負責，對人體貼關懷，信守時間，講求文字，對我這個平日催稿有無力感、最氣逾時交稿的編輯人來說，他們無疑是全世界最好的作者。

如果將專欄中出現的作家、學者編成一巨册，實在太龐大。於是我們約略將卅一位前輩作家分爲兩類，一爲資深作家，計十六位，書名定爲「筆墨長青」；一爲學界耆宿，計十五位，書名定爲「智慧的薪傳」。除了每人有一篇長文敍述他們的文學思想、生平主要經歷外，我們還在他們「著作等身」的作品中挑選了一篇文章做爲代表作品。在所有文章的最前面，我們用銅版紙將他們的照片留影下來，讓讀者藉文與圖的對證，加深印象。

必須要說明的是，藉著這一次出書我們對各篇內文作了精細的校正；同時爲了統一，我們重訂了不少標題，以期更能與內容契合。

感謝卅一位前輩們，由於他們的努力耕耘、默默奉獻，成就了這兩本書的內在光華，也感謝二十位執筆撰寫介紹文字的作家學者們，由於他們的生花妙筆、辛勤採訪，使得前輩的智慧得以集中。當然更感謝新聞局的大力鼎助，使這兩本充滿智慧、經驗與文采的好書，能夠順利出版。

祝福前輩作家們「筆墨長青」；願這些「智慧的薪傳」，生生不息，綿延不斷。

七十八年三月十三日

文訊叢刊⑨

筆墨長青 十六位文壇耆宿

主　　編／文訊雜誌社
封面設計／劉　開
內頁完稿／詹淑美

發 行 人／蔣　震
出 版 者／文訊雜誌社
社　　址／臺北市林森北路七號
電　　話／(02)3930278・3946103
編 輯 部／臺北市復興南路一段127號三樓
電　　話／(02)7711171・7412364・7529186

總 經 銷／聯經出版事業公司
地　　址／臺北縣汐止鎮大同路一段367號三樓
電　　話／(02)6422629代表號
印　　刷／裕臺公司中華印刷廠
臺北縣新店市大坪林寶強路六號

定價140元（如有缺頁、破損，請寄回本社調換）
郵撥帳號第12106756號文訊雜誌社

中華民國七十八年四月初版
行政院新聞局局版臺誌字第6584號